Anja Wagner

MAGIC AGENTS –
IN DUBLIN SIND DIE FEEN LOS!

ANJA WAGNER

MAGIC AGENTS

In Dublin sind die Feen los!

cbj

Bei diesem Buch wurden die durch das verwendete Material und die Produktion entstandenen CO_2-Emissionen ausgeglichen, indem der cbj Verlag ein Projekt zur Aufforstung in Brasilien unterstützt.
Weitere Informationen zu dem Projekt unter:
www.ClimatePartner.com/14044-1912-1001

FSC www.fsc.org MIX Papier aus verantwortungsvollen Quellen FSC® C014496

Penguin Random House Verlagsgruppe
FSC® N001967

Wir produzieren Klimaneutral ClimatePartner.com/14044-1912-1001 Druckprodukt

1. Auflage 2023

Dieses Werk wurde vermittelt durch die Literarische Agentur Michael Gaeb

Umschlagillustration & -gestaltung sowie Kapitelvignetten:
Nele Schütz Design/Sonja Gebhardt
ah · Herstellung: AJ
Satz und Druck: GGP Media GmbH, Pößneck
ISBN 978-3-570-18056-3
Printed in Germany

www.cbj-verlag.de

Allgemeingültige Richtlinien für Magent*innen auf Mission

1. Die Tätigkeit *magischer Agenten (kurz: Magenten)* ist streng geheim.
2. Sollte die Tarnung auffliegen, muss unverzüglich für Vergessen gesorgt werden, vorzugsweise mit *Vergiss-es-Tropfen.*
3. *Vergiss-es-Tropfen* sind auch das Mittel der Wahl bei magischen Missgeschicken.
4. Magentenhilfsmittel sind stets verschlossen zu halten und dürfen nur im Verborgenen angewendet werden.
5. Merke: Der magische Begleiter ist deine magische Ladestation, sein Wohlbefinden hat höchste Priorität. (Der Ratgeber *Mein magischer Begleiter – wie er wirklich tickt* gehört in jedes Magentengepäck.)
6. Der Notknopf führt zum sofortigen Abzug aus der Mission und zur Versetzung in den Innendienst. Er darf nur im Notfall betätigt werden.
7. Die magische SmartWatch muss stets aufgeladen sein, das Passwort ist täglich zu ändern.
8. Magentenfaustregel: Traue niemandem und traue jedem alles zu.
9. Erwachsene können sich nicht vorstellen, dass Kinder einen wichtigeren Auftrag haben als sie. Sie sind in dem Glauben zu belassen.
10. Die landestypischen Legenden und Mythen des jeweiligen Einsatzortes sind zu studieren und zu respektieren.

1. KAPITEL

Unnormal normal

Es ist faszinierend, dass Menschen sich gerade dann auffällig benehmen, wenn sie nicht auffallen wollen. Das gilt besonders für diejenigen, die ein großes Geheimnis umweht und die alles dafür tun würden, dass niemand es je herausfindet. So wie meine Familie.

Ich konnte den Schwefel schon riechen, als ich aus dem Bus stieg. Es war mir sofort klar, wer für den beißenden Gestank verantwortlich war. Das wusste jeder im Erlenweg. Trotzdem tat ich so, als würde ich nichts bemerken, und schlenderte durch unsere Straße nach Hause.

»Wenn du mich fragst, hat der nicht alle Latten am Gartenzaun«, krächzte der alte Theo aus Haus Nummer zwei gerade unserer Nachbarin Ilseborg entgegen. Er hatte dafür sogar seinen Laubbläser ausgeschaltet, was nicht oft vorkam, besonders nicht an sonnigen Herbstnachmittagen. Überhaupt war im Erlenweg allgemein bekannt, dass Theo immer dann besonders mies gelaunt war, wenn er so wie jetzt mit den Daumen seine Hosenträger fletschen ließ.

Ilseborg, die mit gerümpfter Nase verwelkte Blätter von ihrem Ginsterbusch pflückte, drehte sich zu mir, als hätte sie meine Anwesenheit gespürt. »Ah, Elia. Wird auch Zeit, dass du nach Hause kommst.« Sie sah mich mit gerunzelter Stirn an, was man bei ihr nicht an den Falten erkennen konnte, sondern daran, wie sich ihr mausgrauer Pottschnitt über ihre Augen senkte. »In eurer Garage gab es vorhin schon wieder grüne Blitze.«

»Und eure neue Kehrmaschine riecht nach Schwefel«, donnerte Theo dazwischen und deutete mit seinem knorrigen Zeigefinger auf unseren Garten. »Dein Vater jagt uns eines Tages noch allesamt in die Luft.«

Ja, das fürchtete ich auch. Und es war eine berechtigte Sorge. Erst vor zwei Jahren hatte mein Vater es fertiggebracht, seine Werkstatt in der Zentrale abzufackeln. Das Tarnungskommando hatte damals alle Hände voll zu tun gehabt, den Unfall für die Feuerwehr wie einen normalen Zimmerbrand aussehen zu lassen. Am Ende sind wir dann in den beschaulichen Erlenweg am Stadtrand gezogen, wo Enno seinen Arbeitsraum in unserer Garage eingerichtet hat und dort jetzt alte Autos restauriert. So glaubt jedenfalls die Nachbarschaft.

»Ich sag ja immer, dass nichts Gutes dabei rauskommt, wenn man den ganzen Tag zu Hause hockt.« Ilseborg warf einen missbilligenden Blick zu unserem Grundstück. Sie zupfte ihr geblümtes Kleid zurecht, unter dem ihre Gummistrümpfe hervorblitzten. »Das bringt einen nur auf komische Ideen.«

»Recht hast du, Ilseborg«, brummte Theo. »Ausnahmsweise«, fügte er noch hinzu, doch das ging schon zur Hälfte im aufheulenden Dröhnen seines Laubbläsers unter.

Weil ich niemandem sagen durfte, dass mein Vater dafür bezahlt wurde, sonderbare Dinge zu erfinden, ignorierte ich Ilseborgs Worte. »Ich gehe dann mal.«

»Mach das!«, rief Ilseborg gegen Theos Lärm an und deutete auf unser Haus. »Und sieh mal besser schnell nach ihm. Da scheint irgendwas nicht mit rechten Dingen zuzugehen.«

Wie zur Bestätigung zuckte in dem Moment ein giftgrüner Blitz hinter den kleinen Fenstern des doppelflügeligen Garagentors auf. Ich vermied es, Ilseborg noch einmal anzusehen, und ging die letzten Meter im Laufschritt. Erst vor der Garagentür blieb ich stehen und klopfte an. Das war aber keine Höflichkeit, sondern reiner Selbstschutz.

»Einen Moment noch!«, rief mein Vater Enno von drinnen. Ich hörte es scheppern, dann einen lauten Fluch. Während ich auf ihn wartete, lehnte ich mich ans Tor und sah seiner neuesten Erfindung bei der Arbeit zu: Unsere Mülltonne fuhr kreuz und quer durch den Garten und saugte das Laub ein. Die Idee war genial, ich konnte sogar darauf wetten, dass Theo im Grunde seines Herzens neidisch auf Ennos Laubsauger-Tonne war. Es gab nur ein Problem damit.

Mein Vater verstand die Bedeutung von *normal* nicht. Er war felsenfest davon überzeugt, dass seine übel riechende Erfindung ein Meisterwerk war. »Ich weiß gar nicht, was ihr habt. Unser Garten ist ab sofort genauso aufgeräumt und laubfrei wie der von Theo und Ilseborg, und wir müssen nichts dafür tun. Wir haben genug Zeit für wichtigere Dinge, während die Mülltonne sich selbstständig füllt. Jetzt werden die Nachbarn endgültig davon überzeugt sein, dass wir ganz normale Leute sind.« Dummerweise setzte Enno zum Antrieb seiner Maschinen aber ausschließlich auf Magie. »Das ist so schön leise und umweltfreundlich«, war sein Lieblingssatz. Nur leider stank zu viel Magie eben nach Schwefelwasserstoff, kurz gesagt: nach faulen Eiern.

Die Garagentür wurde einen Spaltbreit geöffnet und Enno blickte heraus. Sein schwarzer Schopf stand ihm vom vielen Haareraufen zu Berge und über sein Gesicht zog sich eine dicke Schmauchspur. »Du kannst jetzt reinkommen. Aber lass Ratz nicht entwischen!«

Ich folgte ihm in die Garage und schloss das Tor hinter mir. »Es läuft heute wohl nicht gut?«

»Kann man so nicht sagen, aber irgendwas stimmt hier noch nicht«, murmelte mein Vater. Er hatte sich zwischen den vollgestopften Regalreihen nach hinten geschlängelt. Durch die angestaubten Fläschchen in einer Glasvitrine sah ich, dass er vor seiner großen Tafel stehen geblieben war und mit einem Stück Kreide in einer Formel herummalte.

Ich warf meine Tasche in die Ecke neben Ratz' Körbchen und fischte ein Cornichon aus dem offenen Gurkenglas im Regal. »Na, wo steckst du, du kleines Leckermäulchen?«, lockte ich und hockte mich hin.

Ratz ließ nicht lange auf sich warten. Er kam unter dem Regal hervorgekrochen und schnupperte mit seiner schwarzen Schnauze an der Minigurke.

Während der kleine Zwicker das saure Leckerli anknabberte, streichelte ich ihm über das weiche Fell. Es war schneeweiß mit zwei dicken schwarzen Streifen, die von seiner Schnauze ausgehend über Augen, Ohren und Rücken verliefen und in den Schwanz mündeten. Ratz sah aus wie eine Mischung aus Dachs und weißer Ratte und gehörte zu Enno.

»Hoffentlich habe ich auch so viel Glück bei der Zuteilung meines magischen Begleiters«, sagte ich leise und gab Ratz den Rest der Gurke.

»Sei vorsichtig mit dem, was du dir wünschst«, brummte mein Vater.

Enno behauptete immer, dass er den Tag verfluchte, an dem Ratz in sein Leben gekommen war. Aber so ganz glaubte ich ihm das nicht. Sicher, er musste sich von Ratz zwicken lassen, um sich magisch aufzuladen, und wenn der schlechte Laune hatte, war er nicht gerade sanft. Doch ich fand das deutlich harmloser als die Prozedur, durch die meine Mutter jeden Tag gehen musste.

Im Gegensatz zu meinem Vater hatte Edvina nämlich als Zwölfjährige einen gewöhnlichen Eileger zugeteilt bekommen. Krok, der eine Mischung aus boshafter Krähe und gerupfter schwarzer Eule war, konnte einen mit seinem lauten Gekrächze auf die Palme bringen. Noch schlimmer war aber das schwarze Ei, das er täglich legte und das meine Mutter roh ausschlürfen musste, um sich mit Magie aufzuladen. »Das ist eben der Preis, den man für seine Kräfte zahlt«, pflegte Edvina tapfer zu sagen, nachdem sie die schwarz-gelbe Glibbermasse hinuntergewürgt und aufgehört hatte, sich vor Ekel zu schütteln. »Wäre es nicht ein Traum, wenn Magie einfach angeboren sein könnte?«

Enno hielt uns dann immer einen langen Vortrag über Relativität und Wahrscheinlichkeit – mit dem Fazit, dass angeborene Magie beim Menschen unmöglich sei. »Deshalb brauchen wir ja unser internationales Späher-Netzwerk«, schloss er jedes Mal mit stolzem Blick zu den Familienfotos auf unserem Kaminsims. Kein Wunder, Enno stammte aus einer der berühmtesten Späher-Familien.

Späher nannte man erwachsene, ehemalige Magenten, die weltweit nach neuen Talenten für die anspruchsvolle Ausbildung bei der S.A.M. suchten. So wie meine Tante Elvira. Schon drei der von ihr entdeckten Talente waren bis in die Leitung des Geheimdiensts aufgestiegen. Sie hatte eine gute Nase für besondere Begabungen, denn nicht jedes Kind war für die Ausbildung zum magischen Agenten geeignet. »Die Eigenschaft, auch in brenzligen Situationen einen kühlen Kopf zu bewahren, eine schnelle Auffassungsgabe und eine gewisse Sportlichkeit sind Grundvoraussetzungen für einen Magenten«, zählte Elvira immer auf und fügte gern mit einem breiten Grinsen hinzu: »Genauso wie ein unempfindlicher Magen.«

Deshalb machte es mich richtig stolz, dass sie auch mich damals vorgeschlagen hatte.

»Wann kriege ich eigentlich meinen Begleiter? Direkt morgen, an meinem zwölften Geburtstag?«, rief ich nach hinten und sah Ratz zu, wie er sich satt und zufrieden in seinem Körbchen einrollte.

»Nein, erst am Montag. Ich denke, sie verbinden die Zuteilung mit deinem ersten Tag in der weiterführenden magischen Akademie«, murmelte Enno abwesend. Seine Kreide quietschte über die Tafel.

»Aber das dauert ja noch ewig.« Enttäuscht stand ich auf, schlängelte mich zwischen den Regalen zu Enno hindurch und setzte mich auf seine Schreibtischplatte.

Wenn ich die Tafelskizze richtig deutete, arbeitete mein Vater gerade an der Erfindung eines magischen Fingerrings. Er rieb sich grübelnd das Kinn, was weiße Kreidespuren in seinem Gesicht hinterließ.

Meine Kehle schnürte sich zusammen. »Ich habe wirklich geglaubt, das ginge schneller.«

Enno sah mich so irritiert an, als müsste er erst überlegen, woher wir uns kannten. »Was hast du denn gedacht? Dass die S.A.M. am Wochenende nichts anderes zu tun hat, als Neu-Magenten ihre Tiere zuzuteilen?«

Um ehrlich zu sein, genau das hatte ich erwartet. Seit sechs Jahren sehnte ich schließlich genau diesen Tag in meinem Leben herbei und hatte vor einer Woche mit der bestandenen Magentenprüfung alle Voraussetzungen dafür erfüllt. Als Klassenbeste sogar, doch das beeindruckte meine Eltern nicht besonders. »Magent ist Magent«, hatte Enno nur gebrummt. »Eine blutrünstige Bestie fragt dich nicht zuerst nach deinen Noten.«

»Dann kann ich ja auch erst ab Montag auf Mission geschickt werden«, sagte ich niedergeschlagen.

Mein Vater legte die Kreide weg, rieb sich seine Hände an der Hose sauber und setzte sich zu mir auf den Schreibtisch. »Tut mir leid, wenn du falsche Vorstellungen hattest. In manche Geheimnisse werden Magenten erst nach dem Bestehen ihrer Prüfung eingeweiht. Sicher ist sicher. Aber sieh es doch positiv. So kannst du den wichtigsten Geburtstag in deinem Leben auf jeden Fall mit uns verbringen. Und irgendwann geht es auch für dich auf Mission.«

»Irgendwann?«, flüsterte ich entsetzt.

Enno nickte und schob mir eine Haarsträhne hinter das Ohr, als ob das nötig wäre. Leider hatte ich nicht Edvinas blonden Lockenschopf, sondern Ennos schwarze Bindfadenhaare geerbt, und die klemmten auch von ganz alleine hinter meinen etwas zu großen Ohren.

Mein Vater griff hinter sich und nahm einen kleinen, verstaubten Bilderrahmen von der Wand. Das Foto zeigte ihn als Jugendlichen in Uniform inmitten einer Schulklasse. »Bei mir war es drei Wochen nach meinem zwölften Geburtstag so weit. Von heute auf morgen ging es los. Das war eine aufregende Sache. Ich wurde als Gastschüler in ein Londoner Internat eingeschleust und sollte dort einen aus der Grabkammer entflohenen dreihundert Jahre alten Geist wieder einfangen.«

»Das war alles?« Meine Vorfreude verglomm wie ein Schwefelhölzchen.

»Na, hör mal!« Enno tat eingeschnappt. »Das war nicht so einfach, wie es klingt. Der Geist war immerhin davon überzeugt, dass er eine der Lehrerinnen töten muss.«

Das klang schon vielversprechender, und ich war halbwegs versöhnt.

Da kam ein Auto in unsere Einfahrt gefahren und der Motor verstummte vor der Garage.

»Wer kann das sein?« Ich sah Enno fragend an. Für meine Mutter war es noch viel zu früh. Sie arbeitete in der Verwaltung der S.A.M., seit Ennos Malheur in der Erfinderwerkstatt die einzige Abteilung, zu der Erwachsene noch Zutritt hatten. Dort dachte sie sich neue Identitäten für junge Magenten im Einsatz und für enttarnte Magentenfamilien aus. Und sie stellte Kontakte in der ganzen Welt her, um die magischen Agenten undercover unterzubringen. Manchmal gab es Notfälle und dann arbeitete sie bis tief in die Nacht. Ich war mir sicher, dass sie auch für uns schon neue Identitäten in der Schublade liegen hatte. Wenn man ein Familienmitglied wie Enno hatte, sollte man besser vorbereitet sein.

Eine Autotür wurde zugeschlagen und jemand kam auf das Garagentor zu.

»Vielleicht die Post«, meinte mein Vater, griff nach dem Bonbonglas und sprang von der Schreibtischplatte.

Uschi, unsere Postfrau, war die einzige Person, die uns wirklich gefährlich werden konnte. Keiner kam näher an unser geheimes Leben heran als sie. Und nur sie kannte die Absender unserer Briefe. Zum Glück war Uschi kurzsichtig. Jedenfalls ließ sie sich nie etwas anmerken, wenn sie mir die Umschläge überreichte. So, als wäre es ganz normal, dass wir Post von der *Spezialeinheit junger Agenten für Magisches*, kurz S.A.M., bekamen.

Zur Sicherheit bot Enno ihr aber trotzdem in regelmäßigen Abständen ein Kirschsahnebonbon an, seine wohl köstlichste Erfindung. Uschi liebte die Bonbons und nahm immer gleich zwei – eins für sofort und eins für den Weg. Ich fand es faszinierend, die Wirkung an ihr zu beobachten: Dank der eingearbeiteten Vergiss-es-Tropfen löschte sich alles Magische aus Uschis Gedächtnis. Kaum hatte die Süßigkeit ihre Zunge berührt, guckte sie ganz verwirrt und prüfte dreimal ihre Zustellerliste, als wüsste sie gar nicht mehr, was sie eigentlich bei uns wollte.

Die Garagentür wurde vorsichtig geöffnet und tatsächlich trug jemand mehrere Pakete herein. Aber nicht Uschi, sondern meine Mutter.

»Edvina, du bist schon zurück?«, rief Enno in einer Mischung aus Erleichterung und Verwunderung und stellte das Bonbonglas wieder auf den Schreibtisch.

»Hallo, ihr zwei!« Edvina zog mit dem Fuß die Tür hinter sich zu und balancierte die Päckchen durch die Regalreihen.

Enno eilte ihr entgegen und rettete das Kuchenpaket, das oben auf dem Stapel bedrohlich wankte. Er öffnete den Deckel und wollte schon seinen Finger in die Sahne bohren.

»Untersteh dich, Enno. Der ist für morgen.« Edvina ließ die restlichen Pakete auf den Schreibtisch fallen und nahm meinem Vater die Torte weg. »Epione hat mir heute Nachmittag freigegeben. Also war ich noch schnell in der Stadt.« Sie suchte aus den Päckchen das kleinste heraus und überreichte es mir feierlich. »Sie hat mir sogar ein Geschenk für dich mitgegeben.« Edvina starrte auf den braunen Karton und überlegte. »Warte, ich sollte dir dazu was sagen. Aber was war es noch mal? Also ich glaube, du sollst es nicht vor deinem Geburtstag auspacken.« Sie nickte zufrieden. Im nächsten Moment schüttelte sie ihren Lockenkopf. »Nein, jetzt weiß ich es wieder! Du sollst es *sofort* auspacken.«

Meine Finger zitterten ein bisschen, als ich die Klebestreifen löste. Ich hatte noch nie ein Geschenk aus der Zentrale bekommen. Die Schachtel ließ sich nach hinten aufklappen. Ich nahm einen kleinen Zettel heraus, und darunter kam eine Armbanduhr zum Vorschein, laut Aufkleber auf dem Display eine *WitchWatch*. Was sollte das sein? In unserer Ausbildung hatten wir an einer gewöhnlichen SmartWatch und mit Tablets die Anwendung der wichtigsten magischen Apps trainiert.

»Wow«, machte Edvina.

»Jung-Magent müsste man noch mal sein.« Enno war nicht nur beeindruckt, sondern auch augenscheinlich neidisch. »Als ich mit zwölf meine Ernennungsurkunde erhalten habe, gab es nur die neueste Ausgabe von *Die größten Magenten Europas*. Jetzt fühle ich mich alt.«

Edvina lachte. »Bei uns gab es *Die zehn spektakulärsten Missionen aller Zeiten*.«

Ich nahm die WitchWatch aus der Schachtel und legte sie mir ums linke Handgelenk. Während ich den Sticker abzog und über den glänzenden Bildschirm streichelte, öffnete Enno den kleinen Anleitungszettel und las vor: »Diese WitchWatch ist bereits aufgeladen und verfügt über eine SIM-Karte der S.A.M., die nicht entfernt werden darf. Das Passwort ist *Magent40137* – unbedingt nach dem ersten Einloggen ändern!« Enno ließ den Zettel sinken und sah mich gespannt an.

Ich holte tief Luft und drückte auf den Knopf unter dem Display.

»Passwort«, sagte eine hohl klingende Stimme in der Uhr.

»Magent40137«, rief ich.

»Willkommen, Elia Evander, du hast 26 verpasste Anrufe!«, verkündete die Stimme. Der Bildschirm wurde schwarz, dann erschien das grünliche Gesicht einer jungen Hexe. »Mein Name ist Glenda, deine persönliche Witch in der Watch. Bitte lege dein Passwort fest.«

»Wie wäre es mit Himbeerbaiser?«, schlug Enno vor und sah sehnsüchtig zu dem Kuchenpaket auf seinem Schreibtisch.

»Himbeerbaiser?« Ich lachte über Ennos Idee.

»Akzeptiert. Dein heutiges Passwort ist *Himbeerbaiser*.« Glenda verschwand vom Bildschirm, denn ein Anruf ging ein. *Epione ruft an* stand dort. Ich sah meine Eltern erschrocken an.

»Nun geh schon ran«, drängte Edvina.

Nervös tippte ich auf den grünen Telefonhörer.

Das Gesicht der Geheimdienstleiterin erschien auf dem Display. Ihr hellblonder Bob umrahmte ihr jugendliches Gesicht. »Elia, endlich erreiche ich dich! Vor über drei Stunden habe ich Edvina schon mit deiner WitchWatch nach Hause geschickt.«

»Dass ich sofort nach Hause gehen soll, hat sie nicht gesagt«, zischte Edvina mir leise zu.

»Hallo, Epione«, sagte ich. »Tut mir leid, meine Mutter war noch Besorgungen machen. Jedenfalls vielen Dank für die Uhr, und …«

»Hör zu, Elia«, unterbrach Epione mich. »Das ist keine gewöhnliche

SmartWatch. Wir haben dir den Prototypen einer völlig neuartigen Uhr zur Erprobung zugeteilt. Diese WitchWatch hat ein paar … ähm, nun ja … sie hat gewisse Extras. Ich bin wirklich gespannt auf deinen Testbericht. Aber der eigentliche Grund für meinen Anruf ist: Ich brauche dich für einen Einsatz. Einer unserer Magenten hat den Notknopf betätigt und wird gerade aus seiner Mission abgezogen. Kannst du einspringen?«

»Ich? Einspringen! Wieso ausgerechnet ich? Und wann, etwa jetzt sofort? Wohin soll es gehen?« Als mir auffiel, wie aufgeregt ich mich anhörte, verstummte ich.

»Das erfährst du alles noch. Es tut mir wirklich leid, dass du so Hals über Kopf einberufen wirst. Wir müssen natürlich warten, bis du zwölf bist, das können wir nicht umgehen. Daher erwarten wir dich um Mitternacht vor der Tür der Zentrale. Edward wird dich in Empfang nehmen. Deine Eltern dürfen dich nicht in den Magentenbereich begleiten, aber das wissen sie ja selbst.«

Aufregung kribbelte durch meinen Körper, als würde dort eine ganze Ameisenhorde herummarschieren. »Alles klar«, sagte ich so professionell wie möglich.

»Prima!« Epiones ernstes Gesicht verzog sich zu einem Lächeln. »Und denk dran: ein einziges Gepäckstück. Mehr ist nicht drin. Bis dann, wir sehen uns.« Das Display wurde wieder dunkel und ganz hinten lehnte Glenda wartend an der Uhrwand.

Aufgeregt sah ich meine Eltern an. Mitternacht, hatte Epione gesagt.

»Heute schon?«, flüsterte Edvina. Ihre Stimme zitterte.

Enno zog die Kuchenschachtel heran und öffnete wieder den Deckel. »Verwunderlich ist das nicht. In unserer Familie läuft doch immer alles ein bisschen anders.« Er nahm den Löffel aus seiner Kaffeetasse und schaufelte sich ein dickes Stück Himbeertorte in den Mund. »Der Kuchen wird ja dann morgen nicht gebraucht«, sagte er kauend.

S.A.M. international

Hamburg – Boston – Rio de Janeiro –
Johannesburg – Tokio

Sehr geehrte Elia Evander,

wir gratulieren zur bestandenen Magentenprüfung mit der überragenden Höchstpunktzahl von 999 Punkten. Als Anerkennung Ihrer Leistungen wird Ihnen hierfür die

Ehrennadel in Silber

verliehen.

Herzlichen Glückwunsch und immer gutes Geschick!

Im Auftrag:

Amanda Adams

S.A.M. international, Headquarters

2. KAPITEL

Die Zentrale

Den Notknopf zu betätigen ist keine Schande«, sagte Edvina zum mindestens zwanzigsten Mal, seitdem wir das Haus verlassen hatten. Sie kurvte uns durch die Stadt, die auch kurz vor Mitternacht noch voller Leben war. »Es gibt in der S.A.M. auch andere schöne Aufgaben für begabte Magentinnen.«

»Die da wären?«, fragte Enno interessiert. Er saß wie immer angespannt auf dem Beifahrersitz, denn gewöhnlichen Motoren traute er nicht über den Weg. Ratz hatte sich wie ein Pelzkragen um seinen Nacken geschlungen und schlief leise schnarchend.

Edvina warf Enno einen warnenden Blick zu.

»Doch, doch«, beeilte mein Vater sich daraufhin zu versichern. »Es ist auch eine wirklich schöne Herausforderung, Assistent in der Aufzuchtabteilung für magische Begleiter zu sein. Käfige ausmisten kann sehr erfüllend sein. Oder denkt mal an die Kantine. Es muss ja auch jemand den aufstrebenden Magenten das Essen servieren und denen in der Grundausbildung, die noch keinen eigenen magischen Begleiter haben, die tägliche Portion Magie untermischen. Das ist ein sehr verantwortungsvoller Job.«

»Enno!«, mahnte Edvina. Sie parkte unseren Wagen vor einem siebenstöckigen Backsteinbau am Straßenrand. In der Bäckerei im Erdgeschoss brannte nur noch spärliches Licht. Am frühen Morgen würde sich *Rosies Backstube* allerdings vor Kunden kaum retten können, denn die Besitzerin, die eigentlich Edelrosa hieß, verkaufte die leckersten Zimt-Croissants der Stadt.

Was mich an *Rosies Backstube* aber viel mehr als ihre Zimt-Croissants faszinierte, war die Leichtigkeit, mit der Erwachsene zu täuschen waren. Niemand wunderte sich darüber, dass viel mehr Menschen die Bäckerei betraten als sie wieder verließen. Das lag natürlich daran, dass *Rosies Backstube* nur Tarnung war. Während normale Kunden sich morgens vor der Verkaufstheke tummelten, gingen die erwachsenen Mitarbeiter der S.A.M.-Verwaltung an ihnen vorbei durch eine Nebentür mit der Aufschrift *Privat: Zutritt nur für Personal* zur Arbeit.

Wenn jemand dem Geheimnis doch einmal zu nah kam und sich über die vielen Mitarbeiter in der Backstube wunderte, reichte Rosie schnell einen Teller mit Kuchenstückchen über die Theke. »Eine kleine Kostprobe gefällig?«, fragte sie dann so überzeugend, dass man ihr Angebot auf keinen Fall ablehnen konnte. Ich hatte ja den Verdacht, dass Rosie Vergiss-es-Tropfen in die Geschmacksproben einbackte, aber bislang hatte sie immer nur sehr geheimnisvoll zu meiner Vermutung gelächelt. Überhaupt schien niemand der rundlichen Rosie mit dem breitesten Lächeln und den besten Croissants der Stadt ein faustdickes Geheimnis zuzutrauen.

Angehende Magenten in der Grundausbildung, so wie ich bis vergangene Woche eine gewesen war, betraten den Gebäudekomplex der S.A.M. aber nicht durch *Rosies Backstube*, sondern durch die *Maximal Schülernachhilfe*, die rechts neben der Bäckerei lag und natürlich keine Nachhilfe anbot, sondern der Zugang zur magischen Akademie, kurz

Makademie war. Auch *Piets Zoohandlung* nebenan war selbstverständlich nur Tarnung und führte zwischen Regalen voller Hunde-, Katzen- und Hamsterfutter Eingeweihte in die Tierarztpraxis für magische Begleiter.

»Hast du auch ein paar Sahnebonbons eingesteckt?«, fragte Enno und kramte in seiner Jackentasche.

»Einen ganzen Beutel. Vergiss-es-Bonbons in drei Geschmacksrichtungen und das Handbuch für magische Begleiter.« Ich klopfte auf den alten Seesack, den Enno mir heute Abend mit Stolz vermacht hatte. »Der hat mich auf alle Missionen begleitet, und ich hoffe, er bringt dir genauso viel Glück wie mir«, hatte er gesagt, und in seiner Stimme hatte ein Hauch von Rührung mitgeklungen.

Edvina stieg aus dem Wagen und öffnete die hintere Autotür, um nach dem Seesack zu greifen. »Ich drücke dir wirklich die Daumen, dass du keinen Eileger zugeteilt bekommst. So einen Vogel auf einer Mission geheim zu halten, ist eine Riesenherausforderung.«

»Wohl nichts im Vergleich zu einem verspielten Jungzwicker, der alles kneifen will, was zwei Beine hat.« Auch Enno war ausgestiegen. Er klopfte seine Hosentaschen ab und zog ein kleines Päckchen hervor. »Ha, da ist es ja!«

Ich kletterte aus dem Wagen und sah an der S.A.M.-Zentrale hoch, die noch hell erleuchtet war. Wo sich wohl der Haupteingang für die ausgebildeten Magenten versteckte?

Edvina reichte mir den Seesack und streichelte mir zum Abschied über die Wange. »Versprich mir, dass du den Notknopf benutzt, wenn es zu gefährlich wird.« Sie deutete auf meine WitchWatch. »Und vergiss das Aufladen nicht.«

»Ich finde, dass die Magenten heutzutage viel zu leichtfertig auf den Notknopf drücken können«, sagte Enno kopfschüttelnd. »Wir mussten früher erst mal ein Telefon suchen und in höchster Gefahr mit bebenden Fingern dreimal die Null wählen. Da hast du es dir gut überlegt, ob du dich nicht doch lieber selbst rettest. Andererseits …«

»Enno!«, zischte Edvina meinem Vater zu.

»Was denn?« Er zuckte mit den Schultern. »Andererseits ist mehr Sicherheit ja durchaus von Vorteil. Früher ist es immer mal wieder vorgekommen, dass ein Magent von seinem Einsatz gar nicht zurückkehrte.«

»Glaub ihm kein Wort.« Edvina sah meinen Vater aus zusammengekniffenen Augen an.

»Ach ja?« Enno zog die Brauen hoch. »Darf ich dich an Emilia Ebert erinnern? Einfach grauenhaft war das! Oder an Erik Essmann, der im schottischen …?«

»Ach guck, es geht los«, unterbrach Edvina ihn und deutete die Straße hinab.

Hinter der Schülernachhilfe öffnete sich eine Tür und ein Junge in Jeans und Karohemd trat hinaus in die Nacht. Er blieb auf dem Gehweg stehen und sah sich um. Sein Blick streifte mich, und er nickte mir flüchtig zu. Dann trat er zurück ins Gebäude.

»Das ist also der Eingang«, murmelte Edvina überrascht. »Das hätte ich nie erwartet. Ich musste damals noch durch die Warenannahme der Zoohandlung gehen.«

Mein Vater pfiff anerkennend. »Die Tarnung ist wirklich genial. Den *Notausgang* zu benutzen, nein so was.«

Notausgang war der Name des schummrigen Ladens neben der Schülernachhilfe, der von einem Jugendlichen mit langen Haaren und dicker Brille betrieben wurde. Es war eine Art Jugendtreff und vermittelte laut Schaufensterplakat *Abenteuer der anderen Art*. Gruppen von Jugendlichen wurden irgendwo in der Stadt in einem Raum eingeschlossen und mussten Rätsel lösen, um sich wieder zu befreien. Solche Escape-Room-Spiele gehörten natürlich auch zum Magententraining, nur dass wir echte Übungsgeister und Bestien zu bekämpfen hatten.

Und plötzlich hatte ich einen dicken Kloß im Hals. Mir wurde klar, dass ich nie wieder mit der Anzucht sprechender Schlingwurzeln, dem Ausprobieren von Magentenhilfsmitteln oder dem Lösen kniffliger Trainingsfälle beschäftigt sein würde. Statt meine tägliche Portion Magie vermischt mit süßem Schokoladenpudding zu löffeln, würde ich mich ab sofort von meinem Begleiter zwicken lassen müssen oder Schlimmeres. Jetzt wartete die Realität auf mich.

Auf einmal wurde mir bewusst, wie schön und aufregend die Grundausbildung an der Makademie gewesen war. Ich würde sogar Ewald vermissen, der uns dienstags mit *Historie der magischen Spionage* gelangweilt hatte. Und Erin, die mich für meine zukünftigen Einsätze fit gemacht hatte – mit Kampfsport zur Verteidigung in brenzligen Situationen, Sprinttraining und Geschicklichkeitsübungen.

»Dann heißt es jetzt wohl Abschied nehmen«, sagte Edvina und drückte mich fest an sich.

Enno räusperte sich und reichte mir das kleine Päckchen. »Für dich, Elia. Meine neueste Erfindung. Ich musste mich ein bisschen beeilen, sie noch fertig zu bekommen, also wende es erst einmal ganz vorsichtig an. Steht aber alles auch in diesem Brief.« Er zog einen handgeschriebenen Zettel aus seiner Brusttasche und ein Tütchen grün-gelb gestreifte Vergiss-es-Bonbons. »Apfelkuchengeschmack, meine beste Kreation. Steck sie dir in die Jackentasche für alle Fälle.«

»Danke«, sagte ich gerührt. Ich verstaute das Päckchen mit dem Brief vorsichtig in der Seitentasche meines Seesacks und horchte auf, denn aus der WitchWatch erklang ein lautes Tröten, und dann begann Glenda »Happy Birthday« zu singen. Ein Pärchen, das gerade vorüberging, sah neugierig zu uns. Ich schob den Ärmel meiner Jacke hoch und flüsterte »Danke, Glenda, aber ganz falscher Zeitpunkt!« in die Uhr.

»Dann eben nicht«, blaffte Glenda daraufhin beleidigt und spazierte aus dem Bildschirm.

»Eventuell muss ich meine Meinung korrigieren«, sagte Enno kopfschüttelnd. »Vielleicht hat man mit so einer Uhr auch noch mehr Schwierigkeiten am Hals.«

»Tja, das war's dann wohl. Unser kleines Mädchen ist nun offiziell eine Magentin.« Edvina schniefte und küsste mich auf die Stirn. »Herzlichen Glückwunsch zum Geburtstag, mein Kind.«

»Passt auf euch auf«, flüsterte ich so beherrscht wie möglich.

Enno schob sich vor Edvina. »Also, wenn ihr den Abschied noch dramatischer macht, errät wirklich jeder, dass hier was faul ist.« Er drückte mich kurz an sich.

Ich rieb meine Wange an Ennos Wollpulli, der vertraut nach Schwefel roch. »Es wäre toll, wenn unser Zuhause bei meiner Rückkehr noch steht«, sagte ich.

Sogar Ratz öffnete zum Abschied die Augen, und ich streichelte ihm über das glänzende Fell. Dann lief ich auf den *Notausgang* zu, ohne mich noch einmal umzudrehen.

Die Ladentür stand offen, und in dem Büro roch es genau so, wie ich es mir immer vorgestellt hatte: muffig.

»Ich nehme an, du bist Elia Evander?«, fragte der Junge, der auf mich gewartet hatte, und schloss die Tür hinter mir ab. Mit Pferdeschwanz und ohne Brille hätte ich ihn kaum erkannt und ich schätzte ihn auf gerade mal sechzehn oder siebzehn.

»Genau, die bin ich.« Ich sah mich neugierig um. Der Ladenraum war nicht sehr groß. In der Mitte stand ein alter Schreibtisch mit einem noch älteren Computer und ringsum waren ein paar alte Sessel verteilt. Das war alles? Von hier sollte ich auf meine erste Mission geschickt werden? Ich war ein bisschen enttäuscht. Irgendwie hatte ich mir die S.A.M.-Einsatzleitung ganz anders vorgestellt, vor allem viel spektakulärer.

»Mein Name ist Edward, ich bin Epiones Stellvertreter.« Der Junge legte den Schlüssel in die oberste Schreibtischschublade. Dann drehte er sich herum und öffnete eine Klappe in der hinteren Wand. »Dein Gepäck kommt hier hinein.«

Als ich zögerte, grinste er mich verständnisvoll an. »Keine Sorge, du kriegst es zurück. Ist nur ein Sicherheitscheck. Wir überprüfen es auf Wanzen und magische Störfelder.«

Ich legte meinen Seesack in die Öffnung und sah zu, wie Edward die Klappe schloss und auf einen Knopf daneben drückte. »Und abwärts«, sagte er, als ein leises Brummen ertönte.

Ich überlegte, ob ich ihm von Ennos Geschenk in der Seitentasche erzählen sollte. Doch er ging schon zu einem schweren Vorhang und verschwand dahinter. »Kommst du?«, hörte ich ihn gedämpft rufen.

Ich horchte erleichtert auf. Der *Notausgang* war also auch nur Tarnung. Ich schob den Vorhang zur Seite und folgte Edward in einen langen, spärlich beleuchteten Flur, in dem es sonderbar modrig roch.

»Pass auf, wo du hintrittst!«, warnte Edward und stieg über eine Schlingpflanze, die unter einer Tür hindurchwuchs. »Hier züchten wir das Spezialfutter für die magischen Begleiter.« Edward deutete auf die Milchglastüren links und rechts. »Und natürlich die Pflanzen und Kräuter für unsere Hilfsmittel.«

»Darf ich mal hineinsehen?«, fragte ich gespannt und sprang ebenfalls über eine dicke Ranke.

Edward schüttelte den Kopf. »Das Betreten der Gewächshäuser ist ohne Schutzkleidung nicht gestattet, denn manche der Pflanzen haben ein … Eigenleben.« Er steuerte auf den Paternoster am Ende des Flurs zu. »Wir fahren zuerst hinauf in die Gepäckausgabe. Magisches Gepäck«, fügte er zwinkernd hinzu. »Ich weiß noch genau, wie ich zum ersten Mal durch diesen Gebäudeteil geführt worden bin.«

Noch nie zuvor hatte ich so einen offenen Aufzug benutzt. Zum Glück fuhr er sehr langsam, sodass es ganz leicht war, die Kabine zu betreten. Gemächlich beförderte uns der Paternoster nach oben. Wir ließen die Gewächshäuser unter uns, es wurde für einen Moment finster, und dann erschien im nächsten Stockwerk ein Gang, der ganz mit Sägespänen ausgelegt war.

»Das ist die Aufzuchtabteilung für magische Begleiter. Dorthin gehen wir gleich nach der Gepäckausgabe«, sagte Edward. »Sicher bist du schon gespannt, welches Tier dir zugeteilt wird.«

Ich nickte aufgeregt und kreuzte die Finger hinter dem Rücken.

»Nur keinen Eileger, was?« Edward grinste, als hätte er meine Gedanken erraten. »Wenn du es keinem weitersagst: Meiner heißt Joshi, und er ist eine grüne Schreck-Ente. Jeden Morgen muss ich grünlich gelben Glibber schlürfen.«

Ich war mir nicht sicher, ob Edward bluffte. Vielleicht wollte er mich auf die Probe stellen? Zur Vorsicht tat ich so, als würde mich grüner Schleim zum Frühstück nicht schocken. »Wie hoch fahren wir eigentlich?«, fragte ich stattdessen.

Edward lehnte an der Aufzugwand und machte keine Anstalten, den Paternoster bald wieder zu verlassen. Gerade passierten wir einen Flur, der gar keiner war. Es war vielmehr eine große, offene Halle mit vielleicht zwanzig Schreibtischen. In dieser Etage konnte man den Aufzug nicht verlassen, denn der Ausstieg war mit einem Gitter versperrt.

»Das ist die Verwaltung, die einzige Abteilung, zu der auch Erwachsene Zutritt haben. Deshalb die Gitter.« Edward klopfte an das Metall und sah mich fragend an. »Arbeiten deine Eltern hier?«

»Meine Mutter«, sagte ich und war froh, als es im Aufzug wieder dunkel wurde. Hoffentlich merkte Edward nicht, dass ich meinen Vater mit Absicht verschwieg.

Der Paternoster tuckerte weiter aufwärts, und in der nächsten Etage stiegen wir aus. Wir hatten einen riesigen Saal erreicht, der wie eine Bibliothek erschien, nur dass hier in zahllosen Regalreihen keine Bücher, sondern Gepäckstücke aller Art lagerten. Auf den vielen Wegweisern und Schildern standen Zahlenkombinationen. Ich fühlte mich wie in das Fundbüro eines Bahnhofs versetzt.

Edward trat vor einen Tresen, der aussah wie eine altmodische Theaterkasse. Er drückte auf die Rezeptionsklingel und stützte sich wartend auf die Theke. »Und, Elia, was arbeitet dein Vater?«

Ich spürte, wie Hitze in mein Gesicht stieg. »Er ist Erfinder für magische Hilfsmittel.«

»Ah, cool.« Edward nickte. Plötzlich veränderten sich seine Gesichtszüge und er sah mich aus halb zusammengekniffenen Augen musternd an. »Ist dein Vater etwa Enno Evander? *Der* Enno Evander, der vor ein paar Jahren unsere Erfinderwerkstatt in Schutt und Asche gelegt hat?«

»Ich fürchte, ja«, sagte ich zerknirscht.

Zum Glück trat in diesem Moment ein vielleicht fünfzehn oder sechzehn Jahre altes Mädchen verschlafen an die Theke. »Ja, bitte?«, fragte sie und gähnte. Dann erblickte sie Edward. »Oh, hey, Edward.« Verlegen fuhr sie sich durch ihr zerzaustes Haar.

»Hi, Erna. Ich bringe dir Elia Evander.«

»Hi, Elia.« Erna reichte mir ihre Hand über den Tresen. »Erster Einsatz?«

»Genau«, sagte ich nervös.

Erna seufzte. »Ein ganz heißer Tipp von mir: Vermeide es unbedingt, den Notknopf zu drücken, denn sonst endest du so wie ich in der Gepäckausgabe und haust dir die Nächte um die Ohren.«

»Ich werde mir Mühe geben.« Ich grinste.

Edward zog einen kleinen Zettel aus der Hosentasche und reichte ihn Erna. »Wir brauchen das Gepäck zu dieser Einsatznummer, bitte.«

Erna überflog die Nummer und stutzte. »Das soll ein Witz sein, oder?«

»Keineswegs.« Edward schüttelte den Kopf.

»Na, hör mal! Dieses Gepäck ist heute erst zurückgekommen und aufgefüllt worden. Ich habe es eigenhändig zu Beginn meiner Schicht ins Regal geräumt. Da hättet ihr Eddi doch einfach dortlassen können, wenn seine Mission noch gar nicht abgeschlossen war.«

Edward zuckte mit den Schultern und beugte sich über den Tresen. »Das hätten wir liebend gern getan, doch Eddi hat den Notknopf gedrückt«, raunte er leise, aber ich verstand trotzdem jedes Wort.

Erna riss ihre Augen weit auf. »Eddi hat den Notknopf gedrückt? Unser Eddi? Der mutigste und coolste Magent des ganzen Geheimdiensts?«

Edward warf mir einen kurzen Seitenblick zu und nickte dann zögerlich. »Ja, ich fürchte *der* Eddi.«

Erna zog einen Kaugummistreifen aus ihrer Hosentasche, wickelte ihn aus und steckte ihn sich in den Mund. Dann musterte sie mich kauend. »Und ausgerechnet die Kleine hier soll seinen Einsatz übernehmen? Seid ihr eigentlich wahnsinnig?«

Ich hätte ihr am liebsten zugestimmt, auch wenn ich ihr das mit der Kleinen übel nahm.

Edward legte mir einen Arm um die Schultern. »Unterschätze Elia nicht. Sie hatte verblüffende 999 Punkte in der Magentenprüfung.«

»999 Punkte?« Erna sah mich beeindruckt an. »Du hast alles gewusst?«

»Fast«, sagte ich verlegen. »In *Historie der magischen Spionage* hatte ich einen Zahlendreher im Geburtsjahr des Magenten, der den Diebstahl des Grimoire von Armadel aus dem Britischen Museum durch einen berüchtigten Hexenclan aufgeklärt hat.«

»Nicht zu fassen!« Erna war die Kinnlade heruntergeklappt.

»Und jetzt brauchen wir das Gepäck«, drängte Edward und tippte auf den Zettel mit der Einsatznummer. »Der Fall ist eilig.«

»Ja, kommt sofort.« Erna murmelte die Nummer vor sich hin und verschwand in einem langen Gang zwischen hohen Regalen. Zwei Minuten später kehrte sie mit einem dunkelgrünen, fahrbaren Lederkoffer zurück, der eine merkwürdige, leicht dreieckige Form hatte und mit Stickern zugeklebt war.

»Das ist mein Gepäck?«, fragte ich und runzelte die Stirn.

»Japp, hübsch, nicht wahr?«, meinte Edward. »Das ist ein alter Instrumentenkoffer, ich glaube, für eine Harfe.«

»Ich spiele gar nicht Harfe.« Mehr fiel mir dazu nicht ein. Egal, wohin ich in dieser Nacht geschickt werden sollte, ich schämte mich schon jetzt für mein Reisegepäck. Ein alter Seesack und ein Harfenkoffer. Schlimmer konnte es wohl nicht kommen.

»Nächste Station: Magischer Begleiter«, verkündete Edward, nachdem ich den Empfang des Harfenkoffers unterzeichnet hatte.

»Ich kann es kaum abwarten«, sagte ich ironisch. Bei meinem Glück bekam ich jetzt noch einen krächzenden blau-lila Eileger zugeteilt.

Da die menschliche Spezies über keine angeborenen magischen Kräfte verfügt, muss die Magie durch externe Quellen zugeführt werden. Magenten in der Grundausbildung sollte ihr täglicher Löffel Magie bis zu ihrem zwölften Geburtstag ins Essen gemischt werden. Hierzu empfehlen sich besonders aromatische Lebensmittel, da Magie immer mit einer leichten Note von Schwefelwasserstoff verbunden ist. Mit Vollendung des zwölften Lebensjahres erhalten die ausgebildeten Magenten ihren eigenen magischen Begleiter, der sie als Ladestation unabhängig mit Magie versorgt.

Auszug aus:
Mein magischer Begleiter – wie er wirklich tickt
1. Kapitel: Allgemeine Gesetzmäßigkeiten
23., überarbeitete Auflage
S.A.M. international Publications

3. KAPITEL

Ein Muffel namens Selmor

Was für magische Begleiter haben denn deine Eltern?«, fragte Edward, als wir zurück in den Aufzug stiegen und wieder nach unten fuhren.

Ich lehnte den Harfenkoffer an die Wand und grinste. »Meine Mutter hat einen Eileger namens Krok. Er ist ein streitsüchtiger, fast federloser Vogel, der schwarze Eier legt.«

»Igitt, ich fühle mit ihr.« Edward schüttelte sich. »Und dein Vater?«

»Der hat einen süßen Zwicker. Ratz ist eine schwarz-weiß gestreifte Ratten-Dachs-Mischung und seine Leibspeise sind saure Gürkchen.« Ein sonderbares Gefühl legte sich auf meine Brust, weil ich ganz plötzlich Enno, Edvina und Ratz vermisste.

»Oha, aber Zwicker können auch übel sein«, meinte Edward grinsend.

»Das behauptet Enno, also mein Vater, auch immer, aber ich hätte wirklich lieber einen Zwicker als einen Eileger«, gab ich zu.

»Vielleicht hast du Glück.« Edward zuckte mit den Schultern. »Aber Eileger sind nun mal die mit Abstand häufigsten magischen Begleiter. Danach kommen erst die Zwicker.«

»Aber es gibt doch auch noch viele andere, exotischere Tiere«, warf ich hoffnungsvoll ein. »Zum Beispiel die Würger, die sind wirklich niedlich! Wie kleine Kätzchen.«

Edward zog die Augenbrauen hoch. »Vergiss nicht, dass man deren herausgewürgte Speiballen essen muss, um sich magisch aufzuladen. Epione hat einen kleinen getigerten. Ich glaube, sie mischt sich das Gewürge morgens ins Müsli.«

Ich seufzte. Wenn man es so betrachtete, hatte wohl jeder magische Begleiter einen Haken. Ich wusste sogar von Blut speienden Fledermäusen aus Tansania, Laich legenden Riesenkröten aus Guatemala oder Schleim spuckenden Echsen aus Singapur.

»Ich bin jedenfalls mit meinem Joshi ganz zufrieden«, sagte Edward in meine Gedanken.

»Wäre ich dann wohl auch«, gab ich zu und wurde so langsam wirklich nervös.

Zwei Stockwerke tiefer traten wir aus dem Paternoster in den mit Sägespänen ausgelegten Gang. Die Türen links und rechts waren aus Metall und hatten kleine Fenster, durch die man in die verschiedenen Gehege und Volieren hineinsehen konnte.

»Wir haben allein zehn verschiedene Aufzuchträume nur für Eileger«, sagte Edward. Er parkte den Harfenkoffer neben dem Paternoster und deutete auf die Schilder unter den Fenstern. »Krähenartige, Nachtaktive, Sprechende …«, las er im Vorbeigehen vor.

»Warum haltet ihr sie eigentlich in Käfigen? Bei den Magenten zu Hause leben sie doch auch frei.« Ich sah in ein Gehege für asiatische Tiger-Würger. Der Raum wirkte wie ein gemütliches Wohnzimmer mit mehreren Sofas. In der Mitte stand ein riesiger Kratzbaum mit Hängematten, Schaukeln und kleinen Brücken. An der hinteren Wand rauschte Wasser über einen kleinen Wasserfall in eine große Trinkschale.

Edward seufzte. »Wir müssen sie voreinander schützen, denn sie würden sich sonst gegenseitig fressen. Und so können wir ihre magischen Absonderungen morgens leicht einsammeln und in die Küche oder in die Magie-Labore geben. Aber wie du ja siehst, sind das keine richtigen Käfige.«

Am Ende des Gangs wurde eine Tür geöffnet. Ein junger Magent mit schwarzen Locken und grünem Arbeitsoverall trat heraus und wartete auf uns. »Elia Evander?«, rief er.

An seiner Stimme erkannte ich ihn. »Ebrar?«

Ebrar führte uns in einen Nebenraum. Auf dem Tisch standen mehrere Schüsseln mit Bananenstückchen, Trauben, Nüssen und untergemischten magischen Pflanzen, die sich hin und her wanden.

»Entschuldigt, die Nachtaktiven müssen gleich noch einmal versorgt werden.« Ebrar schob die Schalen zur Seite und zeigte auf die Stühle.

»Was tust du hier?«, fragte ich und setzte mich. Ich kannte ihn aus der Makademie. Ebrar hatte seine Prüfung zwei Jahre vor mir abgelegt.

»Na, was wohl?« Ebrar grinste zuerst Edward und dann mich an.

»Oh! Tut mir leid«, sagte ich, als es mir dämmerte. Dass er hier arbeitete, bedeutete ja wohl, dass er irgendwann einmal auf einer Mission den Notknopf gedrückt hatte.

»Kein Problem, ich bin gerne im Innendienst.« Ebrar rieb sich die Augen. »Nur an die Nachtschichten muss ich mich noch gewöhnen.« Er ging in ein kleines Büro nebenan und holte eine Akte. »Ich habe schon gelesen, dass du heute kommst.« Ebrar räusperte sich und zog einen Zettel aus dem Ordner. »Du sollst deinen magischen Begleiter bekommen und deshalb muss ich dir ein paar Fragen stellen. Gibt es bei dir oder in deiner Familie irgendwelche Tierhaarallergien? Und wie sieht es mit der Verträglichkeit von Eiern aus?«

»Da ist nichts, von dem ich wüsste«, sagte ich schulterzuckend.

Ebrar kreuzte etwas an. »Dann müsste ich jetzt noch wissen, welche Tiere in eurem Haushalt schon vorhanden sind. Egal, ob magisch oder nicht.«

»Meine Mutter hat einen Eileger …«, begann ich aufzuzählen.

»Einen Krähenartigen?«, unterbrach mich Ebrar.

Ich zögerte. »Ja. Sein Gekrächze ist furchtbar, seine wenigen Federn sind schwarz und die Eier, die er legt, auch.«

»Krass«, meinte Ebrar kopfschüttelnd und murmelte: »Krähenartige vertragen sich nicht mit anderen Eilegern. Dann fällt das für dich schon mal raus.«

Noch vor einer Stunde hätte ich das für eine gute Nachricht gehalten.

Ebrar sah mich fragend an. »Und habt ihr noch mehr Tiere?«

Ich nickte. »Mein Vater hat einen Zwicker. Laut Enno ist er gemeingefährlich, ich finde ihn aber einfach süß.«

Ebrar machte Kreuze auf dem Fragebogen, trug hier und dort etwas ein und sah mich immer wieder nachdenklich an. »Lass mich mal sehen. Würger fallen raus, sonst frisst euer Zwicker versehentlich noch die Speiballen, und es kommt zu ungewollten magischen Reaktionen. Speier gehen auch nicht, denn die sind nachtaktiv, was den Eileger deiner Mutter wahnsinnig machen würde. Hmm … da fällt mir ein … aber ob das gut geht …«

Meine Kehle schnürte sich zu. Ich ahnte Schlimmes.

»Selmor!«, rief Ebrar nach einer Weile. Er klappte die Akte wieder zu und legte sie auf den Tisch.

»Selmor?«, fragten Edward und ich wie aus einem Mund.

Ebrar nickte strahlend. »Selmor ist ein Muffel. Er passt sowohl zu Zwickern als auch zu Eilegern, er ist tagaktiv und speit auch nichts aus.« Dann rieb er sich das Kinn. »Allerdings ist er … na ja, wie soll ich es sagen?«

»Immer geradeheraus, bitte«, forderte Edward.

Ebrar druckste herum. »Selmor ... er ist ... speziell. Er konnte sich bisher mit keinem Magenten anfreunden und wurde schon öfters zurückgegeben. Es ist nicht so ganz leicht mit ihm.«

Ich hatte es geahnt. Mir würde der Problemfall der Abteilung zugeteilt werden.

»Am besten hole ich ihn einfach mal.« Ebrar verschwand hastig aus dem Raum.

Ich sah Edward fragend an.

»Tut mir leid, ich kenne Selmor nicht«, sagte Edward schulterzuckend. »Aber deine Situation scheint etwas ungewöhnlich zu sein.«

Irgendwo fiel eine Tür ins Schloss, und dann hörte ich Ebrar leise sprechen. Mein Herz klopfte mit jedem Atemzug schneller.

»Hier ist also Selmor.« Ebrar kam, gefolgt von einem etwa katzengroßen Tier, zurück.

Zuerst sah ich nur ein süßes braun-schwarzes Koboldmaki-Gesicht mit viel zu großen, spitzen Öhrchen und riesigen, dunklen Knopfaugen. An seinen Vorderpfoten hatte das Tier fünf feingliedrige, lange Finger, sein Rückteil erinnerte eher an eine Katze mit zwei pelzigen weißen Pfoten und einem braun-weiß geringelten Schwanz.

Ich quietschte auf vor Freude und Erleichterung. »Oh, ist der süß!«, rief ich, hockte mich auf den Boden und lockte ihn an. »Komm her, Selmor, lass dich mal ansehen!«

»Ansehen? Dafür weckt ihr mich? Pah! Wenn du mich nicht haben willst, sag es lieber sofort. Dann geh ich wieder schlafen und es bleibt mir erspart, dass du mich nach drei Tagen Streit wieder zurückgibst«, keifte Selmor mich an.

Erschrocken wich ich zurück und sah zu Ebrar. »Er kann sprechen?«

»Nicht nur das.« Ebrar grinste.

»Was denn noch?« Argwöhnisch betrachtete ich das Fellknäuel, das sich vor mir auf den Boden legte und sich einrollte. Vorsichtig streckte ich meine Finger nach ihm aus. Er war warm und weich, und ich traute diesem putzigen, grummeligen Wesen überhaupt nichts Böses zu.

»Also ich finde ihn cool«, sagte Edward begeistert.

Ebrar hockte sich neben mich. »Um dich magisch aufzuladen, musst du Selmor streicheln.«

Ich strahlte Ebrar glücklich an. Er hatte also nur geblufft, und ich hatte den mit Abstand harmlosesten magischen Begleiter von allen bekommen. Harmlos, wenn auch muffelig.

»Der Haken ist, dass Selmor seine überschüssige Magie nicht durch eigene Kraft wieder loswerden kann. Er kann keine Eier legen, keine Speiballen herauswürgen oder dich zwicken, wenn sein Magielevel zu hoch steigt«, erklärte Ebrar vorsichtig.

»Das ist kein Problem«, versicherte ich glücklich.

Doch Ebrar schüttelte den Kopf. »Du verstehst nicht, Elia. Selmor *muss* regelmäßig gestreichelt werden. Wenn du es einmal vergisst …« Er stockte.

»Was ist dann?«, hakte ich nach.

Ebrar fuhr Selmor übers Fell und vermied es, mich anzusehen. »Nun ja, sein Magielevel würde steigen und steigen, und dann wäre es wie bei allem, was zu viel Magie besitzt«, sagte er gedehnt.

Ich überlegte, dachte an Ennos Erfindungen und sah entsetzt auf den kleinen Pelzträger hinab. »Willst du etwa behaupten, der fängt an zu stinken, wenn ich ihn nicht rechtzeitig streichle? Ist es das? Mein magischer Begleiter stinkt nach faulen Eiern?«

»Schwefelwasserstoff«, korrigierte Selmor und blickte mich garstig an.

»Er ist eben ein Muffel, und der Name ist Programm«, sagte Ebrar entschuldigend.

»Machen wir es kurz und schmerzlos, okay?« Selmor setzte sich auf. »Ich bin im Gegensatz zu den gewöhnlichen Begleittieren außerdem nicht ganz unsichtbar für die normalen Menschen. Liegt an den Straßenkatzengenen mütterlicherseits. Und klar, dass ich deshalb auffälliger bin auf Missionen und nicht so leicht zu verstecken. Bla, bla, bla … Aber ich habe auch Vorzüge! Ich kann mich ziemlich gut verwandeln. Außerdem kann ich meinen Kopf um fast 360 Grad drehen und habe einen genialen Geruchs- und Orientierungssinn.«

»Was frisst denn so ein Muffel?«, fragte Edward interessiert.

Ebrar stand auf und nahm eine Karte aus einer Halterung an der Wand. »Frisches Obst, zur Not auch Rosinen und Fruchtsäfte«, las er vor. »Einmal täglich einen Teelöffel voll Eisenkraut-Zauberpaste und als Eiweißquelle Insekten oder Mäuse, aber die fängt er sich selbst.«

»Und natürlich verschweigt er meine ausgeprägte Schwäche für Thunfisch und Popcorn!« Selmor verdrehte die Augen, guckte Ebrar böse an und legte sich wieder hin.

»Jackpot, würde ich sagen«, meinte Edward.

»Warte, bis er anfängt zu stinken«, warf Ebrar ein.

Ich biss mir schnell auf die Unterlippe, denn beinahe hätte ich ausgeplaudert, dass ich das von Enno schon kannte.

Wenig später stieg ich mit Selmor auf dem Arm zurück in den Aufzug. Edward schob meinen Harfenkoffer in die Kabine, und wir fuhren wieder aufwärts, vorbei an der Verwaltung und der magischen Gepäckausgabe. Im vierten Stockwerk war alles steril weiß wie in einem Krankenhaus und ein leichter Chlorgeruch wehte zu uns herüber.

»Das ist die Entwicklungsabteilung mit den Magie-Laboren«, erklärte Edward. »Wenn ich dich ganz oben bei Epione abgesetzt habe, komme ich noch mal hierher zurück und besorge dir eine Tube Zauberpaste für Selmor.«

»Mit Thunfischgeschmack«, murmelte Selmor grantig. »Zur Not geht auch Rote Bete. Nur keinen ranzigen Lebertran. Urghs.«

Ich konnte nicht aufhören, Selmor zu streicheln, weil ich Angst hatte, dass er sich in eine Stinkbombe verwandeln würde. Wir ließen die Labore unter uns, und es wurde dunkel im Paternoster, als wir weiter hinauf zum fünften Stockwerk fuhren. Der lange Gang dort war nur spärlich erleuchtet und es roch nach Bohnerwachs.

»Das ist der Trakt mit der weiterführenden Makademie für alle, die die Grundausbildung abgeschlossen haben. Auch du wirst ab jetzt hier trainieren, wenn du nicht gerade auf Mission bist«, erklärte Edward.

Im nächsten Stockwerk war der Flur mit einem dicken flaschengrünen Teppich ausgelegt und die vielen Zimmertüren waren aus dunklem Holz. Dazwischen funkelten kleine Wandleuchter an goldgemusterten Tapeten.

»Das ist unser Internatsbereich. Hier wohnen hauptsächlich die Externen ab zwölf Jahren und ein paar der fast volljährigen Magenten, die vor dem Ende ihrer aktiven Tätigkeit entweder zum Rettungs- und Tarnkommando wechseln, in die S.A.M.-Leitung aufsteigen wie Epione und ich oder an der Makademie unterrichten. Und dann sind hier natürlich auch die untergebracht, die nach dem Auslösen des Notknopfs im Innendienst arbeiten wie Ebrar und Erna. Das ist einfach praktischer wegen der Nachtschichten. Ist aber ganz cool hier zu wohnen«, meinte Edward grinsend.

»Das kann ich mir vorstellen«, sagte ich begeistert.

»Noch cooler sind aber die Missionen.« Edward deutete nach oben. »Achtung, jetzt wird es kalt.«

Der Aufzug verließ das Gebäude und ein kühler Luftzug fuhr in die Kabine. Das siebte und letzte Stockwerk lag im Freien. Ich blickte hinauf in einen sternenklaren Himmel. Dann stiegen wir aus dem Paternoster und betraten eine Dachterrasse mit einer großen Fläche, auf der einige Drohnen standen. Ringsum führten Glastüren in einzelne Büros. In einem davon brannte noch Licht.

Edward lief quer über die Dachterrasse darauf zu. »Wir sind hier auf unserem Drohnenlande- und -startplatz. Von dort versenden wir die angeforderte Spezialausrüstung zu den Magenten auf Mission. Am häufigsten ist das übrigens ausgegangene Zauberpaste. Aber beeilen wir uns lieber, Epione wartet sicher schon auf dich.«

Noch bevor Edward anklopfen konnte, wurde die Tür aufgerissen. »Na endlich!«, rief Epione. »Ihr müsstet eigentlich schon auf dem Weg zum Flughafen sein. Fährst du mal bitte schnell in die Gepäckkontrolle, Edward? Es scheint da irgendein Problem zu geben.«

Es dämmerte mir sofort, dass Ennos Päckchen das besagte Problem sein musste, doch ich tat so, als wäre ich völlig ahnungslos.

»Alles klar!« Edward schob meinen Harfenkoffer in Epiones Büro. »Wir sehen uns.« Er nickte mir lächelnd zu und eilte dann wieder Richtung Paternoster.

»Du hast also Selmor zugeteilt bekommen?« Epione runzelte die Stirn und streichelte dem Muffel nachdenklich übers Fell. »Na ja, irgendjemand muss sich wohl seiner erbarmen. Der Stinkstiefel ist unser absoluter Ladenhüter. Aber komm doch rein, Elia.« Epione ging durch ihr Büro zu ihrem Schreibtisch und öffnete eine schwarze Akte.

Das Büro war perfekt aufgeräumt, selbst die Bücher im Regal standen so ordentlich aufgereiht, als würde Epione nie darin lesen. In einem mit flauschigen Fellen ausgelegten Körbchen schlief ihr Tiger-Würger. Ich blieb vor einer großen Digitaluhr stehen, die die Zeit rückwärts zählte zu irgendeinem Ereignis, das in 168 Tagen, 22 Stunden und 54 Minuten eintreten würde.

Epione kam langsam herüber und lächelte mich an. »So viel Zeit bleibt mir noch als Leiterin der S.A.M. Europa. Dann werde ich volljährig.«

»Weißt du schon, was du danach tun möchtest?«, fragte ich. Weil Selmor leise schnarchte, hörte ich erst mal auf, ihn zu streicheln.

»Ja, ich würde gerne zur S.A.M. Nordamerika wechseln und dort am College des magischen Geheimdiensts die Evolution magischer Begleiter studieren. Aber …« Sie deutete auf eine kleine Sitzgruppe neben dem Schreibtisch. »Jetzt soll es um dich und deinen ersten Einsatz gehen.« Epione setzte sich in einen der Sessel und tippte auf die Tischplatte, die daraufhin hell aufleuchtete, weil sie ein großer Bildschirm war.

Ich sah gespannt auf das Display, auf dem Epione mit ein paar Klicks die Europa-Karte aufrief.

Langsam zoomte sie näher heran. »Die Fähnchen, die du in den einzelnen Ländern siehst, stehen für Magenten im Einsatz.«

»Was bedeuten denn die unterschiedlichen Farben?«

Epione zeigte auf ein grünes Fähnchen. »Grün heißt, dass die SmartWatch des dort eingesetzten Magenten geortet werden kann. Ein gelbes Fähnchen bedeutet, dass der Magent gerade nicht geortet werden kann, sich aber in den letzten zwei Stunden orten ließ. Das sind recht viele, aber das ist erst mal kein Problem. In den meisten Fällen liegt das daran, dass die Magenten vergessen, ihre SmartWatch aufzuladen. Nach zwei Stunden wird so ein Fähnchen dann aber rot. Das ist das Zeichen für unser Rettungskommando, Kontakt aufzunehmen. Auch wenn jemand den Notknopf betätigt, leuchtet sein Fähnchen rot, und der Magent wird umgehend aus der Mission abgezogen. Ein lila Fähnchen markiert dagegen einfach nur einen neuen magischen Vorfall.«

»Es gibt ja ganz schön viele Vorfälle«, stellte ich mit Verwunderung fest, denn ich konnte die lila Fähnchen, die über ganz Europa verteilt waren, gar nicht zählen.

Epione lächelte mich an und schüttelte den Kopf, wobei ihr blonder Bob hin und her flog. »Es wird erst mal alles gemeldet, was irgendwie magisch auffällig ist. Von der Sichtung eines verletzten Fabelwesens über einen einfachen, missratenen Zauber bis hin zu Angriffen eines mordlustigen Geistes. Manchmal reicht es schon aus, eine Drohne mit einem Gegenzauber loszuschicken. So was ist dann in wenigen Minuten erledigt.«

Enttäuschung machte sich in mir breit. »Mein Einsatz etwa auch?«

Epione lächelte. »Nein, ganz und gar nicht. Dein erster Einsatz ist sehr anspruchsvoll und führt dich nach ...«, sie zog mit zwei Fingern den Kartenausschnitt noch näher heran.

Aufgeregt sah ich ihr dabei zu, wie sich das Bild immer weiter auf den Nordwesten Europas konzentrierte.

»Nach Irland. Genauer gesagt in die Hauptstadt Dublin. Aber das hast du sicher schon erraten.« Epione deutete lächelnd auf den Harfenkoffer neben ihrer Bürotür.

»Äh, na klar«, stammelte ich und zweifelte an meiner hochgelobten Kombinationsgabe. Wirklich jeder wusste ja wohl, dass die Harfe das Nationalsymbol Irlands war – es zierte schließlich sogar die irische Euromünze.

Epione sah mich an. »Der Fall ist knifflig und tatsächlich auch nicht ganz ungefährlich. Der Magent, von dem du ihn übernimmst, war einer unserer besten.« Sie schaute mir forschend ins Gesicht, als erwartete sie bei dieser Ankündigung Spuren von Angst oder mindestens Unsicherheit bei mir zu entdecken.

»Geht in Ordnung«, sagte ich deshalb so gelassen wie möglich.

»Gut.« Wenn Epione sich über meine Ruhe wunderte, ließ sie sich das nicht anmerken. »Wir vermuten, dass in Dublin ein magisches Artefakt verschwunden ist. Es wird der *Schlüssel zur Sid* genannt. Das Problem ist, dass keiner eine Ahnung hat, wie er genau aussieht oder wo sich das Portal befindet, zu dem er gehört.«

Ich runzelte die Stirn. »Und wie kommst du dann darauf, dass er verschwunden ist?«

Epione zoomte mit zwei Fingern das Dubliner Stadtzentrum heran und immer mehr kleine lila Fähnchen wurden sichtbar. »Das sind alles magische Vorfälle, die in den letzten Tagen gemeldet wurden. In Dublin irren Fabelwesen durch die Stadt. Auch gefährliche, nach Blut dürstende Kreaturen. Es werden immer mehr! Eddi hat von chaotischen Zuständen berichtet. Die einzige Erklärung dafür ist, dass das Portal in die irische Sid nicht mehr funktioniert. So nennt man in Irland die magische Parallelwelt, in der diese ganzen Wesen eigentlich zu Hause sind. Sie leben dort getrennt von den Menschen, damit sie sich gegenseitig nichts anhaben können. Und jetzt finden sie wohl nicht mehr zurück.«

Ich starrte auf den Bildschirm. »Wenn ich das richtig verstehe, soll ich also etwas suchen, von dem ich nicht weiß, wie es aussieht, um damit die Funktion eines Portals wieder herzustellen, von dem keiner weiß, wo es ist?«

»Exakt!«, rief Epione zufrieden und lehnte sich zurück. Sie tippte auf das kleine rote Kreuz auf dem Display, um es auszuschalten. »Hast du noch irgendwelche Fragen?«

Ich sah sie sprachlos an. Das war hoffentlich nicht ihr Ernst! Mehr Informationen wollte sie mir nicht geben? Im Training hatten wir immer haufenweise Hinweise bekommen, die mit der richtigen Schlussfolgerung zum Ziel führten. Aber so?

Epione lachte über mein verblüfftes Gesicht. Sie stand auf, überreichte mir die schwarze Akte mit der Aufschrift *Topsecret!* und ging zu ihrer Bürotür. »Wir können nicht jeden Einsatz bis ins Detail recherchieren und aufbereiten. Du bist gut ausgebildet worden, hast eine hervorragende Prüfung abgelegt und verfügst damit über alle Fertigkeiten, dir die nötigen Informationen selbst zu erarbeiten.« Sie öffnete die Tür und schob meinen Harfenkoffer nach draußen. »In der Akte findest du noch ein paar organisatorische Hinweise. Darum kümmert sich Edward.«

Noch immer fassungslos über die spärlichen Auskünfte verließ ich Epiones Büro. Edward stieg gerade aus dem Paternoster und hielt ein kleines braunes Päckchen in der Hand. *Ennos* Päckchen.

»Was um alles in der Welt ist da drin, Elia?«, rief er. »Emmy hat in der Gepäckkontrolle extrem hohe Magiewerte gemessen. Sie meinte, es wäre ein Wunder, dass es nicht nach faulen Eiern stinkt.«

»Ach, das?« Ich tat völlig überrascht. »Keine Ahnung, was da drin ist. Mein Vater hat es mir vorhin erst gegeben, es ist ein Geburtstagsgeschenk.«

»O du heiliger Blutspeier!«, rief Epione. »Ich habe dir noch nicht einmal gratuliert.«

»Tut mir leid, ich habe es auch völlig vergessen«, sagte Edward betreten.

»Ich nicht, aber meine Gratulation war ja nicht erwünscht«, meldete Glenda sich in meiner WitchWatch beleidigt zu Wort.

»Nur weil es ein Geburtstagsgeschenk ist, kassiere ich es ausnahmsweise nicht ein.« Edward zwinkerte mir zu, als wir wieder im Aufzug waren. Er öffnete den Reißverschluss am Harfenkoffer ein Stück und stopfte Ennos Päckchen hinein. »Ich rate dir aber dringend davon ab, es zu benutzen. Ich meine, wir kennen ja beide den Erfinder des Inhalts.«

»Mal sehen, was es überhaupt ist«, sagte ich ausweichend.

Edward deutete aus der Aufzugkabine. »Nächster Halt: Untergeschoss. Jetzt wird es interessant.« Er wackelte bedeutungsvoll mit den Augenbrauen.

Ich lugte neugierig an ihm vorbei.

Gebäudeplan der S.A.M.-Zentrale

7. OG:	Leitung S.A.M. Europa mit Drohnenlandeplatz
6. OG:	Internat für Magenten ab zwölf
5. OG:	weiterführende Makademie
4. OG:	Magie-Labore und Erfinderwerkstatt
3. OG:	Magische Gepäckausgabe
2. OG:	Verwaltung (Achtung: Zutritt auch für Erwachsene!)
1. OG:	Aufzuchtabteilung für magische Begleiter
EG:	Botanik: Anzucht fantastischer Pflanzen
UG:	Gepäckkontrolle Einsatzwache Rettungs- & Tarnkommando Magententools (nicht für Unbefugte!)

4. KAPITEL

Magententools

Der Keller war ein halbdunkles Gewölbe, in dem Laternen an dicken Säulen flackerten. Vier Bogengänge führten in die einzelnen Abteilungen.

Edward schob meinen Harfenkoffer zu dem Gang, über dem *Magententools (nicht für Unbefugte!)* stand. »Emmy?«, rief er in die Dunkelheit.

»Direkt hinter euch«, hörte ich eine fröhliche Stimme von den steinernen Wänden widerhallen. Ich blickte mich um und sah in ein lächelndes Gesicht. »Eben noch in der Gepäckkontrolle, jetzt hier drüben. Ehrlich, Edward, ihr könntet ruhig einen zusätzlichen Magenten für die Nachtschicht einteilen, ich hetze die ganze Zeit zwischen den Abteilungen hin und her.«

Ich kannte Emmy aus der Backstube. Sie war Rosies Tochter und sah ihr verblüffend ähnlich.

»Hey, Elia«, sagte Emmy. Sie zog einen Schlüsselbund aus ihrer Hosentasche und schloss eine schwere Holztür auf. »Gleich geht's auf große Mission, habe ich gehört.«

Große Mission. Mein Magen zog sich zusammen. »Ja, ich bin schon ein bisschen aufgeregt«, gab ich zu.

»Kann ich verstehen, zumal sie dir Selmor aufs Auge gedrückt haben.« Emmy schielte auf meinen Muffel und trat dann durch die Tür. Ich folgte ihr.

Edward murmelte etwas, das wie »Taxi rufen« klang, und verschwand im dunklen Gewölbe.

Die Magententool-Ausgabe sah aus wie ein gemütliches Wohnzimmer. In einem Kamin knisterte ein Feuer, davor standen mehrere Sessel auf einem schweren Teppich. In raumhohen Regalen lagerten Tausende kleine, beschriftete Kisten. Da blieb mein Blick an einem großen Insekt mit langen, haarigen Fransenbeinen unter der Zimmerdecke hängen.

»Das ist Walter, mein magischer Begleiter. Er macht es sich immer hier gemütlich, wenn ich Schicht habe«, sagte Emmy, die meinem Blick gefolgt war. »Er ist eine Haare schießende Spinne – und ja, es pikt genau so, wie es klingt.«

Ich grinste und war erneut damit versöhnt, *nur* Selmor bekommen zu haben.

»Leg den Muffel doch ab, er scheint ja fest zu schlafen.« Emmy zeigte auf die Sessel und wartete, bis ich meine Hände frei hatte. Dann lächelte sie mich feierlich an. »Du bekommst jetzt von mir alles, was zur Standardausrüstung gehört. Dann gibt es noch die speziellen Tools, die extra für deinen Einsatzort zusammengestellt worden sind. Aber die findest du in deinem magischen Sondergepäck. Keine Sorge, deren Anwendung ist kinderleicht.«

Wenn sie es so sagte, hörte es sich wirklich einfach an.

»Okay«, Emmy musterte mich prüfend. »Beginnen wir mit dem Gürtel. Der ist für die Utensilien, die man immer bei sich haben sollte, einfach praktischer als ein Rucksack. Hast du irgendwelche farblichen Vorlieben?«

Ich überlegte. »Gibt es Grün?«

Emmy nickte. »Hab ich da, kein Problem.«

Gespannt sah ich ihr dabei zu, wie sie zielsicher zu einem der hinteren Regale ging, auf eine fahrbare Leiter stieg und eine Schachtel aus der Menge fischte. »Lederimitat, Meergrün. Oder hättest du lieber Krötengrün?«

»Meergrün klingt super«, sagte ich schnell. Dingen mit Tiernamen traute ich nicht über den Weg.

»Diese Größe dürfte passen.« Emmy öffnete die Schachtel und hielt mir einen Gürtel entgegen.

Ich probierte ihn an und er saß tatsächlich wie angegossen. Fasziniert zog ich an den kleinen Ösen ringsum, die sich automatisch aus- und einfahren ließen.

»Kommen wir also zu den Tools«, murmelte Emmy und holte einen klein zusammengefalteten Zettel aus der Westentasche. »Ah, natürlich, zuerst das Wechselglas.«

Sie lief zum nächsten Regal und nahm mehrere längliche Kisten hervor. »Such dir eins aus, ja?«

Ich lugte in die Schachteln und betrachtete die kleinen Monokulare, die ein wenig an Piratenspielzeug erinnerten. »So winzige Wechselgläser habe ich noch nie gesehen«, sagte ich staunend.

»Ja, genau«, rief Emmy von irgendwo zwischen den Regalen. »Die aus dem Training sind im Vergleich riesengroß. Doch für deine Mission brauchst du natürlich das allerneuste Modell.« Sie kam mit einer Dose zu mir zurück. »Aber das Prinzip ist dasselbe: Wenn du hindurchschaust, siehst du die Welt ohne Magie. Wie ein Nicht-Magent. Sehr nützlich.«

Das fand ich auch. Ich nahm ein silbern verziertes Monokular aus der obersten Schachtel, zog es auseinander und blickte mich damit im Raum um. Walter, die magische Spinne, war nicht mehr zu sehen. Selmor hingegen schon.

»Das passt zu dir!«, fand Emmy. Ich konnte ihr da nur zustimmen.

Emmy reichte mir in schneller Abfolge ein magisches Spezialwerkzeug nach dem anderen, bis mein Gürtel richtig schwer war. Ich erhielt einen Stromkapper in der Form einer Stimmgabel und einen magischen Schlüssel, der sich jedem Türschloss anpasste. Außerdem gab Emmy mir eine magische Schere, mit der man angeblich bösartige Schlingen, Fesseln und Ähnliches durchtrennen konnte.

Die Schere war so winzig, dass ich darüber grinsen musste. Damit ließ sich ja höchstens ein Grashalm durchschneiden! Ich ging zu dem Bäumchen, das neben dem Kamin stand und dessen Zweige sich wanden, als wären es Hunderte spaghettidünne, lebendige Krakenarme. Winzige Blätter wuchsen an diesen Fadenästen. Als Emmy nicht hinsah, schnitt ich vorsichtig in einen der Zweige hinein.

»Aaaaahhhhh!«, schrie die Pflanze markerschütternd auf. Die Äste rollten sich zusammen, als hätte der ganze Baum eine Dauerwelle verpasst bekommen.

Emmy ließ die Kiste fallen, in der sie gerade gewühlt hatte, presste sich die Hände auf die Ohren und sah mich entsetzt an. »Was hast du getan?«

Schuldbewusst schaute ich auf die winzige Schere in meiner Hand, und als der Baum aufhörte zu kreischen, flüsterte ich: »Ich war einfach neugierig, ob so ein Miniding überhaupt funktioniert.«

»Du hast Gretchen angegriffen?«, hauchte Emmy.

»Nein«, ich schüttelte heftig mit dem Kopf. »Ich habe nur in diese Pflanze …«

»Das *ist* Gretchen«, flüsterte Emmy. »Sie ist die einzige ihrer Art, ein finnischer Lauschbaum. Die Blätter sind heiß begehrt, denn es sind magische Wanzen. Du steckst dir eins ins Ohr und kannst hören, was im Zimmer nebenan geredet wird.« Emmy betrachtete seufzend den Bonsai. »Ich fürchte, Gretchen wird dir heute kein Lauschblatt schenken. Dann musst du ohne zurechtkommen, okay?«

Schuldbewusst nickte ich und hängte die Schere schnell an meinen Gürtel. Ich nahm mir vor, sie nie wieder zu benutzen.

Emmy überflog ihren Zettel. »Die Manausische Schlingfessel ist gestrichen und wird ersetzt durch ...« Sie drehte das Papier herum und murmelte. »Ah, genau. Elastische, vollmagische Handschellen.« Sie ging zum hinteren Regal, zerrte eine große Holzkiste aus einem der unteren Fächer und suchte ein paar grüne Gummibänder hervor. »Fünf Stück gehören zur Grundausrüstung, du kannst sie dir aber immer nachfüllen lassen.«

Ich betrachtete skeptisch die Bänder, die mich an Haargummis erinnerten.

»Sehen harmlos aus, was?«, meinte Emmy grinsend, als ich die Handschellen an einer Öse am Gürtel befestigte. »Man wirft sie gezielt auf Arme oder Beine des zu fesselnden Wesens. Praktisch ist, dass sie sich jeder Größe anpassen und deshalb nicht so aggressiv sind wie die natürlichen Schlingfesseln. Die haben ja mitunter zu schweren Abschnürungen geführt.«

Als Nächstes gab Emmy mir ein Gerät, das wie ein Lötkolben aussah. »Die Anwendung des Wundenverschließers ist dir bekannt?«

Ich nickte. »Ja, ich habe den schon öfter an den Trainingspuppen ausprobiert.«

»Wichtig ist, dass du ihn wirklich zehn Sekunden lang vorglühen lässt«, erinnerte mich Emmy. Dann überreichte sie mir ein Säckchen. »Hier drin ist Nebelpuder. Eine Prise davon in die Luft geworfen und eine dichte Wolke umhüllt dich. Geh bitte sparsam damit um, die Herstellung ist höchst kompliziert.«

Ich band den Beutel an meinen Gürtel. »Ja, damit kenne ich mich aus. Das habe ich in meiner praktischen Magentenprüfung vorgeführt.«

»Ich habe schon gehört, dass du eine neue Rekordpunktzahl erreicht hast. So was spricht sich herum wie ein Lauffeuer.« Emmy schlug sich vor die Stirn. »Apropos Lauffeuer.« Sie fischte eine weitere Schachtel aus dem untersten Regalfach. Darin befand sich ein Stäbchen an einem Haken. Es war nicht viel größer als ein Streichholz. »Ein laufendes Feuer, bitte sehr.«

Behutsam nahm ich es aus der Kiste und hängte es an meinem Gürtel ein. Laufende Feuer waren sehr nützlich, wenn man sich aufgebrachte Geister vom Leib halten musste. Kräftig über den Boden gerieben, würde sich eine Feuerwand schützend zwischen mich und den Geist stellen.

»Und wo wir gerade beim Feuer sind«, murmelte Emmy und fuhr mit dem Finger über ihre Liste. »Es fehlt dir jetzt nur noch der Funkenknaller.«

Ich horchte auf. Den kannte ich ja gar nicht.

Emmy zog die Leiter auf die andere Seite des Raumes und stieg drei Sprossen hinauf. »Wieder in deiner Lieblingsfarbe Grün, richtig?«

Ich nickte und war ganz gespannt, was in der Kiste sein würde, die sie aus dem Regal zog.

Emmy reichte mir etwas, das wie eine Wasserpistole aussah. Sie war dunkelgrün und so klein, dass ich Mühe hatte, sie an meinem Gürtel zu befestigen.

»Vorsicht, die ist schon geladen. Wenn du damit schießt, löst du ein Feuerwerk aus, das Nicht-Magenten abstößt und Magische anlockt. Ist ein ganz neues Gadget und eine Erfindung von Enno Evander. Das ist doch dein Vater, oder?«

Ich nickte verblüfft. Plötzlich erklärten sich mir die bunten Blitze in unserer Garage.

»Jeder abgeschossene Funkenknaller sorgt für eine Stunde Feuerwerk.« Emmy faltete den Zettel zusammen. »Die verzauberten Kompassnadeln sind nicht mehr notwendig und wurden kürzlich von der Liste der Standardausrüstung gestrichen. Das übernimmt inzwischen eine unserer Apps. Und normalerweise würde ich dir jetzt dafür eine geeignete SmartWatch aushändigen, aber Epione meinte, du darfst die neue WitchWatch ausprobieren. Kann ich die mal sehen?«, fragte Emmy mit neugierigem Blick auf meinen Arm.

»Klar!« Ich schob meinen Ärmel hoch und zeigte Emmy die Uhr. »Das ist Glenda, eine Witch in der Watch.« Meine Uhrenhexe saß im Schneidersitz auf dem Boden und las in einem Buch.

»Hallo, Glenda!«, rief Emmy laut und überdeutlich und winkte fröhlich.

Glenda klappte das Buch zu, stand auf und kam ganz nah an den Bildschirm heran. »Erstens braucht man das Passwort, um mit mir zu sprechen. Und zweitens ...«, zischte sie, bevor sie tief Luft holte und schrie: »... bin ich nicht schwerhörig!«

Emmy wich einen Schritt zurück und zog die Augenbrauen hoch. »Ach du liebe Güte. Du hast echt Pech, Elia. Als würde Selmor nicht ausreichen, hast du auch noch eine garstige Uhrenhexe zugeteilt bekommen. Ich möchte nicht mit dir tauschen.«

»Gleichfalls«, brummte Glenda und verzog sich dann vom Bildschirm.

Emmy schüttelte den Kopf und ging zurück zum Regal. »Aber ich muss dir noch die Liste für den Download der magischen Apps geben, und ...«

»Was ist ihr Problem?«, zischte Glenda. »Ich bin eine intelligente Uhrenhexe, die ein paar läppische Apps auch ohne Wegweiser findet. Das Magische Internet ist mein *Zu-hau-se*! Du lieber Himmel, sie ist wohl nicht mit der besten Kombinationsgabe gesegnet, was?«

Ich sah erschrocken zu Emmy, die sich ganz langsam und mit puterrotem Gesicht zu mir herumdrehte.

Zum Glück klopfte es in diesem Moment an der Tür und Edward steckte seinen Kopf herein. »Seid ihr so weit, Emmy? Das Taxi ist jeden Moment da.«

»Du kannst sie mitnehmen«, sagte Emmy. »Ich wünsche dir einen guten Einsatz, Elia, und dass dich deine beiden verrückten Begleiter nicht um den Verstand bringen«, fügte sie leise hinzu.

»Ich werde mich beschweren!«, rief Glenda.

Selmor, der inzwischen aufgewacht war, stimmte knurrend mit ein. »Und ich erst.«

Masterplan – Definition

Um nicht ziellos in der Gegend herumzuirren, sollte zu Beginn einer neuen Mission ein *Masterplan* erstellt werden. Darin werden alle Informationen festgehalten und Überlegungen angestellt, wie der Fall gelöst werden könnte. Der Plan kann auf Papier oder elektronisch in einer App verwaltet werden. Dafür empfiehlt sich besonders die App Masterplan für Magenten (MAMA).
Wichtig ist, dass der Plan regelmäßig aktualisiert und die Vorgehensweise stetig angepasst wird. Dabei sind die drei goldenen Regeln zu beachten:

1. Ein erster Ansatz führt selten direkt zum Ziel, aber er wird dich immer etwas lehren.
2. Wenn dein Plan nicht funktioniert, gehe drei Schritte zurück.
3. Ändere deinen Plan, aber nie dein Ziel.

Auszug aus:
Grundlagen für Magenten
8. Kapitel: Der Masterplan
76., überarbeitete Auflage
S.A.M. international Publications

5. KAPITEL

Der Masterplan

Ich folgte Edward mit Selmor und meiner Einsatzakte im Arm durch die Flure. Wir verließen die Geheimdienstzentrale durch *Rosies Backstube*. Noch immer brannte in der Bäckerei spärliches Licht. Die Uhr im Verkaufsraum zeigte halb zwei an. Rosie war noch nicht da, nur vor dem Laden stand ein Bulli mit einem aufgemalten Croissant und dem schnörkeligen Schriftzug der Bäckerei. Ein kleiner, rundlicher Mann mit Schnauzbart war gerade dabei, meinen Seesack in den Wagen zu laden.

»Das ist ja Edmondo«, sagte ich verblüfft. Edmondo war Rosies Mann und außerdem der Busfahrer der Makademie.

Edward öffnete die Ladentür und ließ mich vorangehen. »Genau«, sagte er und schob meinen Harfenkoffer ratternd über den Gehweg. »Edmondo fährt nicht nur den Bus, sondern auch unser Taxi, wenn wir mal eins brauchen.«

»Der Bäckereibulli ist ein Taxi?«, fragte ich erstaunt.

»Guten Morgen, Magenten«, rief Edmondo fröhlich, als wäre er niemals müde. Dann stutzte er. »Ist es denn die Möglichkeit? Elia Evander! Du bist nun also auch schon zwölf Jahre alt. Es kommt mir vor wie gestern, dass du als Sechsjährige zum ersten Mal in meinen Bus gestiegen bist.«

»Hallo, Edmondo! Ja, gerade noch sechs gewesen und jetzt schon auf erster Mission«, antwortete ich grinsend.

»Mir scheint, die Magenten werden immer jünger.« Edmondo wuchtete mit Edward zusammen den Harfenkoffer in den Bulli.

»Oder du wirst immer älter, Edmondo.« Edward zwinkerte mir zu.

»Du musst dich täuschen, ich bin jung wie ein frisch geschlüpfter Eileger.« Edmondo fuhr sich durch sein grauschwarzes Haar. »Ihr könnt übrigens vorne einsteigen.«

Ich folgte Edward mit Selmor auf dem Arm zur Beifahrertür.

»Es ist besser, wenn der Muffel sich direkt daran gewöhnt, dass er nicht ständig herumgetragen wird«, meinte Edward, als er die Tür des Bullis hinter sich zuzog. »Ich weiß, dass du Angst vor seinem Gestank hast. Aber du brauchst freie Hände im Einsatz, und ein magischer Begleiter klammert sich ganz automatisch an seinen Magenten, du wirst sehen.«

Der Lieferwagen hatte vorne drei Sitze, und so rutschte ich auf den mittleren durch. Mit einem mulmigen Gefühl legte ich Selmor neben mir ab. Er öffnete ein Auge und sah mich mit Todesverachtung an.

»Jetzt aber zu deiner Mission.« Edward nahm die schwarze Akte und öffnete sie. »Du willst ja bestimmt wissen, wo du wohnen wirst.«

Ich nickte aufgeregt. »Und wie ich dorthin komme. Und wo ich mit der Suche beginnen soll, wenn ich keine Info habe. Und ob ich …«

»Stopp!«, rief Edward. »Alles der Reihe nach, okay?« Er zog ein Dokument aus der Akte. »Ach, wie witzig. Diesen Kontakt hier hat deine Mutter erstellt. Edvina Evander, das ist doch deine Mutter?«

»Ja, das ist sie.« Sofort fühlte ich mich ein bisschen sicherer.

»Edvina hat schon Hunderte solcher Kontakte in ganz Europa hergestellt.« Edward blätterte um. »Und du wirst bei einer Familie leben. Inkognito natürlich. Die McFergus wohnen über einem Pub in Dublins Altstadt. Edvina hat hier vermerkt, dass sie regelmäßig Gastschüler aufnehmen. Zur Familie gehören Brianne, Professorin und Musikerin …« Edward reichte mir ein Foto. Die Frau auf dem Bild hatte lange, rötlich schimmernde Locken und war offenbar eine Sängerin. Jedenfalls zeigte der Schnappschuss sie vor einem Mikrofon.

Edward gab mir den nächsten Steckbrief. »Das hier ist Angus McFergus, ebenfalls Professor und …«

»Musiker«, vervollständigte ich. Der groß gewachsene Mann auf dem Foto hatte nur noch wenige Haare auf dem Kopf, dafür aber einen geflochtenen Bart. Das Bild war auf der Bühne eines Pubs aufgenommen worden, und er spielte ein Instrument, das wie eine birnenförmige Geige aussah.

»So ist es.« Edward lächelte mich an. »Aber was dich am meisten interessieren dürfte, ist der Sohn der Familie, Connor, zwölf Jahre alt.« Die dritte Fotografie zeigte einen Jungen mit kinnlangen Locken und einem breiten Grinsen im Gesicht. »Haustiere hat die Familie nicht, was wegen unserer magischen Begleiter immer günstig ist.« Edward sah von der Akte auf und grinste mich an. »Ich war mal bei einem Ehepaar untergebracht, das eine gefräßige, Vögel jagende Katze hatte. Da hatte ich echt meine liebe Not, Joshi zu beschützen! Denn Tiere können ja die Magie wittern.«

Edmondo stieg nun auch in den Bulli ein, setzte seine Sonnenbrille auf, obwohl es mitten in der Nacht war, und startete den Motor. Ohne auch nur ein Wort mit uns zu sprechen, lenkte er den Wagen in einem halsbrecherischen Tempo durch die Stadt, als würde er um jeden Preis auffallen wollen.

»Hast du zu deiner Unterkunft noch Fragen?« Edward sah mich prüfend an.

Ich überlegte. »Wissen die McFergus, dass ich komme? Und als was wurde ich ihnen denn angekündigt?«

»Ah, ja. Gut, dass du es ansprichst. Du wirst dich gleich an eine Reisegruppe hängen. Die sechste Klasse einer Privatschule macht eine Studienfahrt nach Dublin. Du tust für die Einreise so, als wärst du Teil dieser Gruppe.«

Das dürfte nicht allzu schwierig werden. Ich würde mich einfach am Flughafen und beim Flug in ihrer Nähe aufhalten, und keiner würde Verdacht schöpfen. Besonders nicht meine Gastfamilie.

»Alles klar.« Ich blickte durch die Windschutzscheibe auf die Straße und speicherte die vielen Informationen ab. In wenigen Stunden würde ich also auf einer Insel sein, von der kein Auto, Lieferwagen oder Bus der Welt mich nach Hause fahren konnte. Und mein einziger Eingeweihter war ein schlecht gelaunter Muffel.

»Wie verstecke ich Selmor eigentlich?«, fiel mir da plötzlich ein.

Edward klappte die Akte zu und lehnte sich zurück. »Tja, das ist eine sehr gute Frage. Gewöhnliche magische Begleiter sind ja für normale Menschen unsichtbar. Dein Muffel aber hat Straßenkatzengene, die ihn immer für alle sichtbar sein lassen. Ich vermute mal, dass du ihn als dein Haustier ausgeben musst.«

»Ausgemachter Blödsinn«, zischte Selmor neben mir. »Ich merke schon, es kommen anstrengende Zeiten auf mich zu. Ich empfehle euch beiden dringend, euch die Ohren zu putzen oder besser zuzuhören. Und auch die Lektüre der Magenten-Ratgeber ist immer eine gute Idee.«

Edward grinste mich an. Er hatte gut Lachen, er musste ja auch nicht mit einem Harfenkoffer und einem sprechenden Muffel undercover nach Dublin reisen!

Wenig später bremste Edmondo den Bäckereiwagen so abrupt vor Terminal zwei, dass Selmor vom Sitz in den Fußraum rutschte.

»Lasst euch Zeit«, sagte unser Chauffeur, hängte seine Sonnenbrille an den Rückspiegel und holte eine Zeitung aus dem Handschuhfach hervor.

Edward öffnete die Wagentür, sprang aus dem Bulli und holte mein Gepäck aus dem Laderaum. Ich stieg aus und wollte nach Selmor greifen, doch er war weg.

»Selmor?« Ich suchte alles bis unter die Sitze ab. Nichts. Nur eine plüschige Umhängetasche mit einem braun-weiß geringelten Tragegurt. Hatte die vorhin schon dort gelegen?

»Ähm, Edward?«, rief ich.

»Gibt es ein Problem?« Edward stellte den Harfenkoffer und meinen Seesack auf dem Gehweg ab.

»Ich kann Selmor nicht finden!«

»Sie kann Selmor nicht finden«, äffte mich jemand nach, der verdächtig nach meinem Muffel klang. »Elia Evander hat also tatsächlich nicht zugehört, als ich vorhin sagte, dass ich mich meisterhaft verwandeln kann.«

Sprachlos nahm ich die Tasche aus dem Wagen und betrachtete sie von allen Seiten. Auf einer Seite schauten mich aus dem Fell zwei große Augen an. »Selmor? Bist das etwa du?«

Die Tasche stöhnte auf. »Hört, hört. Sie hat es kapiert! Ich frage mich ernsthaft, wie so jemand die Magentenprüfung bestehen konnte.«

Vorsichtig hängte ich mir die Selmor-Tasche über die Schulter und griff nach meinem Seesack und dem Harfenkoffer. »*Muffel* heißen diese Wesen ja wohl eindeutig wegen ihrer stinkigen, miesen Laune«, sagte ich leise zu Edward, der neben mir her in die Flughafenhalle lief.

»Das habe ich gehört«, brummte Selmor.

»Ich auch«, echote Glenda aus der WitchWatch.

Edward konnte sich ein Lachen nicht verkneifen. »Wir müssen zu Schalter 27.«

Es war ganz schön viel los im Flughafengebäude und dabei war es noch nicht einmal drei Uhr morgens. Vor Schalter 27 stand eine lange Schlange, und an deren Ende wartete eine Traube von Schülern, die etwa in meinem Alter waren.

»Das ist die Schulklasse«, raunte Edward. Er sah sehr zufrieden aus.

Ein schneller Blick auf die große Anzeigentafel über dem Schalter verriet mir, dass mein Flug um kurz vor fünf gehen würde. Demnach wäre ich schon gegen sieben Uhr morgens in Dublin. Weil ich meine beiden Gepäckteile aufgeben musste, würde ich mich nach der Landung wahnsinnig beeilen müssen, um möglichst als Erste an der Gepäckausgabe zu sein. Nicht auszudenken, wenn mein Harfenkoffer in falsche Hände geriete!

Die Lehrerin der Privatschule winkte ihre Gruppe hektisch nach vorne an den Schalter. Als ich mich dazugesellte, rief sie: »Hey, du da! Bring hier mal nichts durcheinander. Kannst du bitte einen Schalter weitergehen?«

»Klar, kein Problem.« Spontaneität war nicht umsonst in der Ausbildung mein Spezialgebiet gewesen. »Ich habe schließlich unsere Harfe dabei«, sagte ich zu der jungen Frau an Schalter 28 und lächelte sie an, bevor ihr etwas komisch vorkommen konnte. »Und die muss natürlich ohne Durcheinander aufgegeben werden.«

»Eine Harfe gehört bei einer Klassenfahrt nach Dublin ja auch unbedingt dazu«, meinte die Frau, als ich den schweren grünen Kasten aufs Band wuchtete. Sie überprüfte meinen Ausweis, dann das Dokument meiner Eltern mit ihrer Einwilligung in die Reise und druckte mir die Bordkarte aus. Zum Schluss klebte sie Gepäckaufkleber auf den Harfenkoffer und den Seesack, die danach langsam auf dem Gepäckband davonfuhren. »Viel Spaß in Dublin und singt euch nicht heiser«, sagte sie und reichte mir meine Papiere.

»Das lief ja wie geschmiert«, freute sich Edward, als wir vor der Sicherheitskontrolle standen. »Es ist an der Zeit, mich zu verdrücken. Nur noch zwei Dinge, Elia: Denk immer daran, dass du einen Notknopf hast. Bring dich nicht in Lebensgefahr! Und sollte irgendjemand deinem Geheimnis zu nah kommen, musst du für Vergessen sorgen. Aber das weißt du natürlich.«

Ich nickte und streichelte sanft über meine Umhängetasche, bis Selmor leise schnurrte. »Keine Sorge. Ich werde es schaffen.«

Edward lächelte mir noch einmal zu, dann drehte er sich um und ging davon.

Ich straffte meine Schultern. »Okay, ihr zwei«, flüsterte ich Selmor und Glenda zu. »Wäre super, wenn wir jetzt ohne Probleme durch die Kontrolle kommen könnten.«

»An mir soll es nicht scheitern«, sagte Glenda spitz.

»Erfahrungsgemäß sind es die Magenten, die sich auffällig benehmen, und nicht so ein alter Hase wie ich«, pflichtete Selmor meiner Uhrenhexe bei.

Selmor und Glenda behielten recht. Wir passierten ohne Schwierigkeiten die Sicherheitskontrolle, nicht einmal meine Magentenausrüstung am Gürtel bereitete mir Probleme. Da hatte Emmy mit der Tarnung wohl ganze Arbeit geleistet.

Als ich endlich im Flugzeug saß, lehnte ich mich aufatmend zurück. Ich hatte sogar einen Fensterplatz erwischt, aber um fünf Uhr morgens war es draußen leider noch dunkel. Also zog ich einen Notizblock hervor. Es wurde Zeit für den Masterplan.

Nachdenklich kaute ich auf meinem Stift herum. Viel wusste ich nicht. Eigentlich nur, dass es um Irlands Hauptstadt ging, dass dort ein magisches Artefakt abhandengekommen war und dass dieses Ding zwar *Schlüssel zur Sid* genannt wurde, aber gar nicht unbedingt ein herkömmlicher Schlüssel sein musste. Und dieses ominöse Was-auch-immer sollte ich finden und zu einem versteckten Portal bringen.

Als ein Mädchen sich neben mich setzte, das zu meiner Alibi-Klasse gehörte, drehte ich den Notizblock erst einmal herum.

»Fliegst du ganz alleine nach Dublin?«, fragte das Mädchen. Es sah sehr nett aus mit seinen vielen Sommersprossen und den spaghettilangen Haaren.

»Austauschprogramm«, murmelte ich. »Du auch?«

»Ja, wir machen eine Studienfahrt mit Schüleraustausch«, erklärte das Mädchen aufgeregt. »Ich heiße übrigens Julia.«

»Elia«, sagte ich, ohne groß nachzudenken. Verdammt, eigentlich durfte man als Magentin seinen Namen auf einer Mission nicht jedem einfach so nennen.

Aber Julia schien zum Glück absolut harmlos zu sein.

»Du hast die süßeste Laptoptasche der Welt!«, rief sie begeistert, als sie den verwandelten Selmor entdeckte. »Wo hast du die gekauft? Das ist aber kein echtes Fell, oder?«

»Du kannst ganz beruhigt sein«, versicherte ich schnell. »Für diese Tasche musste kein Tier sterben.« Als Julia ihre Hand ausstreckte, ließ ich Selmor schnell in die Ecke neben meinen Sitz rutschen. »Warst du schon einmal in Dublin?«, versuchte ich, meine Nachbarin abzulenken.

»Noch nie.« Julia öffnete ihren Rucksack und zog einen Stadtführer heraus, in dem bestimmt fünfzig kleine Lesezeichen steckten. »Ich habe alles markiert, was ich mir ansehen will.«

Glenda zischte etwas, doch zum Glück gab es gerade eine Pilotendurchsage, sodass Julia es nicht hörte. Sie teilte ihre Süßigkeiten und den Stadtplan mit mir und plauderte wie ein Wasserfall über die Sehenswürdigkeiten Dublins.

Als Julia von einem alten Bibliotheksgeist erzählte, wurde ich aufmerksam und notierte mir die Marsh Library unauffällig als den Ort, an dem ich meine Suche starten wollte. Geister waren bekanntlich uralte Seelen und kamen überallhin. Wenn sich einer in Dublin auskannte, dann vermutlich dieser Geist. Wenn es ihn denn tatsächlich gab …

Ich war völlig in Julias Stadtführer versunken, als mir ein vertrauter, beißender Geruch in die Nase stieg.

»Riechst du das auch?«, fragte Julia, als ich aufsah.

Selmor, fiel es mir siedend heiß ein. Ich fuhr mit der Hand in die Nische neben meinem Sitz und streichelte hastig über meine Umhängetasche.

»Das wurde aber wirklich Zeit«, knurrte Selmor.

»Hast du was gesagt?« Julia hielt sich die Nase zu. Auch ihre Mitschüler um uns herum fächerten sich frische Luft zu.

»Ich meinte, ich rieche es auch schon eine ganze Zeit«, sagte ich und streichelte hektisch weiter über das Fell meines Muffels. Trotzdem dauerte es noch ein paar Minuten, bis der Gestank sich langsam verzog.

»Puh«, machte Julia erleichtert. »Woher kam das bloß?«

»Ich glaube, ich möchte es gar nicht so genau wissen«, scherzte ich.

S.A.M. international

Hamburg – Boston – Rio de Janeiro –
Johannesburg – Tokio

Rundbrief No. 1_Oktober

An alle aktiven Magenten!

Die Hauptverwaltung der S.A.M. international informiert darüber, dass die Liste der verbotenen magischen Hilfsmittel erweitert wurde. Der Einsatz folgender Tools ist ab sofort nicht mehr gestattet:

1. Kanadische Komakröte, **2.** Manausische Schlingfessel,
3. Malaysischer Murmelschocker

Restbestände sind unverzüglich der jeweiligen S.A.M.-Leitung zu übergeben. Bei Missachtung des Verbots wird ein internes Ermittlungsverfahren eröffnet. Es drohen eine unverzügliche Versetzung in den Innendienst und bei wiederholter Missachtung ein Ausschluss aus der S.A.M.

Immer gutes Geschick!

Im Auftrag:

Amanda Adams

S.A.M. international, Headquarters

6. KAPITEL

Manausische Schlingfessel

Willkommen in Irland!«, rief Glenda, kaum dass wir gelandet waren. »Die Uhrzeit wurde um eine Stunde zurückgestellt. Es ist jetzt genau sechs Uhr sieben und 38 Sekunden. Das Wetter heute: feiner Sprühregen, wie könnte es auch anders sein, bei milden neun Grad. Achtung: Batterielevel kritisch gering. Aufladung dringend erforderlich.«

Prompt sah Julia mich interessiert an. »Was ist das denn für eine besondere App?«

»Eine ziemlich nervtötende«, sagte ich und sah Glenda wütend an. »Ich werde sie wohl löschen.«

»So eine bodenlose Frechheit«, zeterte Glenda.

Ich ärgerte mich, dass ich die Anleitung der WitchWatch noch nicht studiert hatte und nicht wusste, wie ich sie auf stumm schalten konnte.

Ich faltete meinen Masterplan klein zusammen und steckte ihn mir in die Hosentasche, denn draußen wurde schon das Gepäck aus dem Flugzeug geladen. Doch die Stewardess ließ uns warten, bis die Passagiere der ersten Klasse ausgestiegen waren, dann erst nickte sie uns zu.

Ich lief inmitten der Schulklasse durch lange Flughafenflure zur Gepäckausgabe.

»Autsch«, schimpfte Selmor, weil er mir als Tasche im Gedränge immer wieder gegen die Hüfte schlug. »Geht das vielleicht auch etwas sanfter?«

»Tut mir leid, Selmor«, flüsterte ich ihm zu und klemmte ihn mir unter den Arm.

»Schon besser, nur die Luft wird gleich knapp«, ächzte er.

In der großen Halle mit der Gepäckausgabe war es so früh am Morgen noch nicht sehr voll. Ich suchte das richtige Fließband und stellte mich neben die anderen Wartenden. Es dauerte nur ein paar Minuten, dann begann das Band sich zu drehen, und die ersten Gepäckstücke erschienen. Ich atmete auf, als ich auch meinen Seesack entdeckte. Um mich herum griffen Menschen nach ihren Koffern und verschwanden dann nach draußen. Andere gesellten sich wartend zu mir.

Schließlich hatte sogar Julia als Letzte der Klasse ihren Koffer erhalten und die Gruppe trottete Richtung Ausgang. Wo war bloß mein Harfenkoffer? Als das Band stoppte und alles Gepäck fort war, packte mich die Panik.

»Dein Puls ist zu schnell, Elia«, krähte Glenda warnend aus meiner WitchWatch.

Ich beschloss, sie fürs Erste zu ignorieren und sah mich um. Nichts Auffälliges, nur ein Zollbeamter, der an einem Pult stand und sich gerade einen brühend heißen Kaffee eingoss.

Dann fiel mein Blick auf ein Schild neben dem Ausgang. »Musikinstrumente, Kinderwagen und unförmiges Gepäck« stand darauf und ein Pfeil wies in eine Nische neben der Tür.

Ich atmete tief durch und lief zur Ausgabe für Sondergepäck. Einen Versuch war es wert.

Als ich den Harfenkoffer tatsächlich dort stehen sah, entspannte ich mich.

»Puls wieder akzeptaaaa…«, verkündete Glenda gedehnt, dann schaltete sich meine WitchWatch aus.

Auch gut, dachte ich. So war wenigstens Glenda erst einmal zum Schweigen gebracht. Nur die Vorstellung, dass mein Fähnchen sich auf Epiones Bildschirm nun gelb färbte, machte mich etwas unruhig.

Es trennten mich noch drei Gepäckbänder von meinem Ziel, als ich sah, wie ein Junge vor dem Harfenkoffer stehen blieb und ihn interessiert betrachtete. Er war etwas älter als ich, hatte sein schwarzes, kinnlanges Haar mit Gel nach hinten frisiert und trug eine schwarze Jacke. Auf dem Rücken hatte er einen großen, abgewetzten grauen Rucksack. Der wollte doch wohl nicht …?

»Hey, das ist meiner!«, schrie ich, als der Junge blitzschnell nach meinem Magentengepäck griff und damit Richtung Ausgang verschwinden wollte.

Ohne sich umzudrehen, lief er seelenruhig weiter. Ich rannte los und stürmte hinter ihm her. Noch immer sah er sich nicht um. Er hob nur seine Hand, als wollte er sich frech verabschieden. Im nächsten Moment flog mir etwas entgegen, schlang sich um meine Beine und riss mich zu Boden. Verdammt! Das war eine Manausische Schlingfessel! Woher hatte der Dieb bloß eine magische Pflanze? Und dann auch noch eine verbotene? War er etwa ein Magent?

Ich zerrte an den Ranken, die sich immer fester um meine Beine schlangen. Mit bebenden Fingern zog ich die Schere von meinem Gürtel und schnitt mitten durch die Stränge. Einmal, zweimal. Die Pflanze war widerspenstig, aber sie lockerte sich, fiel in sich zusammen und löste sich langsam auf.

Ich rappelte mich hoch und stürzte hinter dem Jungen her, der inzwischen die Ausgangstür erreicht hatte. Im Laufschritt stürmte ich auf ihn zu und musste dabei immer wieder anderen Fluggästen ausweichen. Da ließ der Dieb meinen Koffer plötzlich los, drehte sich grinsend zu mir herum und griff in seine Jackentasche. Sicher wollte er mir die nächste Gemeinheit entgegenschleudern. Wer Manausische Schlingpflanzen dabeihatte, verfügte sicher über noch andere verbotene Dinge. Aber ich war schneller. Mit einem gezielten Griff an meinen Gürtel warf ich etwas Nebelpuder in die Luft, und der Junge verschwand in einer dichten Wolke.

Ich schnappte nach meinem Harfenkoffer, doch der Fremde zog und zerrte an mir, als könnte er durch den Nebel sehen. Er klammerte sich an mich, und so näherten wir uns rangelnd der Ausgangstür.

Als die Wirkung des magischen Nebels nachließ, wurde der Zollbeamte auf unseren Kampf aufmerksam. Er stellte den Kaffeebecher ab, zog sein Funkgerät und sah uns irritiert an. »Darf ich fragen, was das werden soll?« Er deutete auf den Harfenkoffer, dessen Griff der Fremde und ich fest umklammert hielten.

»Das ist mein Koffer!«, riefen wir im Chor.

Ich blickte den Jungen zornig an, aber der Fiesling grinste nur frech.

»Aha.« Der Beamte kratzte sich im Bart und warf einen kurzen, sehnsüchtigen Blick auf seinen dampfenden Kaffee. »Dann wollen wir doch mal nachsehen, damit hier endlich wieder Ruhe einkehrt!« Er wuchtete den Harfenkoffer auf einen Metalltisch.

Mein Herz raste wie wild und ich ging in Gedanken alle Möglichkeiten durch, die ich für solch brenzlige Situationen gelernt hatte. Wenn ich jetzt einen Fehler machte, bestand die Gefahr, dass der magische Geheimdienst enttarnt wurde!

Flucht war ausgeschlossen, denn das wäre viel zu auffällig. Die *Wahrheit* war auch keine Option, denn sie würde ein umgehendes Vergessen erfordern – und mit Sicherheit durfte der Beamte kein Bonbon von mir annehmen. Blieb also nur das Vortäuschen von *Ahnungslosigkeit*.

Der Zollbeamte öffnete den Kofferdeckel ein wenig. »Du«, er zeigte auf den fremden Jungen. »Was ist hier drin?«

Der Dieb sah mich hämisch an, bevor er sagte: »Ich bin Zauberer und habe morgen einen Auftritt. Ist aber alles nur Bluff, was Sie da an Zubehör finden.«

Der Beamte hob noch einmal den Kofferdeckel an, zog ein grünes Samttuch darin ein wenig zur Seite und schaute dann mich prüfend an. »Und was behauptest du? Bist du auch eine Zauberkünstlerin?«

Ich schüttelte den Kopf. »Nein, ich bin eine Austauschschülerin mit einem *Harfen*koffer! Was wird da wohl drin sein?« Ich konnte kaum sprechen, so wütend war ich.

Der Mann nickte, schloss den Koffer wieder und hob ihn vom Tisch. Dann lächelte er den Dieb an. »Zauberer, ja?«

Am liebsten hätte ich dem Jungen einen Malaysischen Murmelschocker entgegengeworfen. Nur leider waren die seit ein paar Tagen verboten.

»Ein richtig guter sogar«, blies der Fremde sich auf. Er besaß sogar die Frechheit, mir zuzuzwinkern. Er wollte gerade nach dem Koffer greifen, als der Zollbeamte loslachte.

»Junge, ich weiß nicht, was dein Problem ist. Aber lass bloß das Mädchen in Ruhe.« Er schob mir den Instrumentenkoffer entgegen und sagte: »Hier, deine Harfe. Und viel Spaß beim Musizieren hier bei uns in Dublin!«

Ich brauchte ein paar Sekunden, bis ich begriffen hatte, dass sich in dem Koffer offenbar tatsächlich eine Harfe befand. »Vielen Dank«, sagte ich erleichtert und griff nach meinem Gepäck. Das war gerade noch mal gut gegangen!

Als der Fremde mir zum Ausgang folgen wollte, rief der Zollbeamte: »Nicht so eilig, junger Mann! Wir zwei unterhalten uns noch kurz über deine Zaubershow.«

Mit Todesverachtung sah der Junge mich an, bevor er von dem Beamten in ein Büro geführt wurde. Das geschah ihm recht! Hoffentlich war ich wegen ihm nun nicht zu spät.

Eilig stolperte ich in die Flughafenhalle. Doch schon nach wenigen Metern wurde ich von einer großen Menschentraube gestoppt. Ich sah mich nach meiner Alibi-Klasse um und entdeckte sie nahe des Ausgangs, wo meine »Mitschüler« bereits von ihren Gastfamilien in Empfang genommen wurden.

»Ach, sehen Sie? Da kommt sie gerade!«, rief Julia und winkte mir zu.

Eine Frau mit roten Locken lächelte mich an. »Du bist Elia Evander? Ich bin Brianne McFergus, deine Gastmutter sozusagen.« Sie lachte herzlich.

»Hallo! Ja, ich bin Elia, und es ist sehr nett von Ihnen, dass Sie mich aufnehmen«, sagte ich und ließ meinen Blick aufmerksam durch die Menge schweifen.

»Sag doch einfach Brianne zu mir.« Sie zwinkerte mir zu. »Na komm, ich helfe dir mit dem Gepäck.« Beim Anblick meines Koffers staunte sie. »Du spielst Harfe?«

»Noch nicht«, gab ich zu. »Aber ich dachte, ich könnte es hier lernen.«

»Allerdings!« Brianne strahlte. »Angus, mein Mann, spielt sieben verschiedene Instrumente. Aber die irische Fiddle, das ist eine Geige in Birnenform, die mag er am liebsten.«

»Ja, ich weiß«, sagte ich lächelnd.

Als Brianne daraufhin verwundert die Augenbrauen hochzog, fiel mir ein, dass ich das offiziell gar nicht wissen konnte. »Also, ich weiß, dass die irische Fiddle eine Birnenform hat«, erklärte ich deshalb hastig.

»Ach so.« Brianne grinste. »Lass uns gehen, es wird Zeit, dass du den Rest meiner Familie kennenlernst. Die beiden warten im Auto, weil wir im Halteverbot stehen. Aber ich kann dir versichern, dass sie supergespannt auf dich sind.« Sie griff nach meinem Harfenkoffer.

Weil ich den aber nicht mehr aus der Hand geben wollte, übergab ich Brianne stattdessen den Seesack. Ich verabschiedete mich von Julia und winkte auch den anderen aus der Gruppe noch einmal zu.

Die Lehrerin war zum Glück abgelenkt, sie suchte offensichtlich nach einem Schüler und rannte aufgeregt hin und her.

Da entdeckte ich ihn: Der Kofferdieb kam gerade aus der Gepäckausgabe und blickte mich finster an.

»Oh, mein Herz«, stöhnte Selmor leise, als ich meiner Gastmutter schnell durch die Menschenmenge zum Ausgang folgte. »Da hast du mit der Birnenform ja gerade noch mal die Kurve gekriegt.«

»Du musst schrecklich müde sein«, meinte Brianne. »Immerhin warst du die halbe Nacht unterwegs.«

Die ganze Nacht, wollte ich antworten, doch dieses Mal war ich auf der Hut. »Ich bin viel zu aufgeregt, um müde zu sein«, sagte ich stattdessen, weil das der Wahrheit am nächsten kam.

»Das kann ich mir vorstellen. Du wirst Dublin lieben!« Brianne öffnete den Kofferraum eines dunkelblauen Wagens, der mit eingeschalteten Warnblinkern auf dem Seitenstreifen direkt vor dem Ausgang parkte. »Angus? Connor?«, rief sie hinein. »Das ist Elia Evander. Und seht nur, sie hat ihre Harfe dabei!«

»Die Harfe wird dir noch zum Verhängnis werden«, grummelte Selmor leise, als Angus und Connor aus dem Wagen stiegen, um mich zu begrüßen.

Angus McFergus war in Wirklichkeit noch größer, als es auf dem Foto ausgesehen hatte. Sein Bart war heute nicht geflochten, aber seine Augen leuchteten vor Freude, als er mir die Hand reichte. Allerdings war ich mir nicht ganz sicher, ob er wegen mir oder meiner Harfe so entzückt war. »Herzlich willkommen in Dublin, Elia, in der Stadt der Dichter und der Musik, der Pubs und der Feenvölker …«

»Schon gut, Dad.« Connor schob sich vor seinen Vater. »Schön, dich kennenzulernen, Elia. Ich bin Connor, aber das weißt du ja schon.«

Mir fiel buchstäblich die Kinnlade herunter. Woher wusste Connor McFergus, dass ich schon alles über ihn wusste?

»Sorry, ich dachte, du hättest es gerade gehört. Mum schreit immer so laut, wenn sie aufgeregt ist«, sagte Connor zu meiner Erleichterung.

»Möchtest du deine Tasche auch dazulegen?«, fragte Angus, nachdem er mein Gepäck im Kofferraum verstaut hatte. Er wollte schon nach dem geringelten Gurt greifen, als ich schnell zurückwich. »Die möchte ich lieber bei mir behalten, wenn es okay ist.«

»Sicher ist das okay.« Brianne schlug die Kofferraumklappe zu. Sie lief zur Fahrerseite und verkündete: »Zurück fahre ich!« Sie hielt mir die hintere Wagentür auf und raunte: »Angus schleicht immer so langsam durch die Gegend, dass man unterwegs den Feen beim Hügelbauen zusehen könnte.«

Grinsend stieg ich ein und klemmte die Selmor-Tasche zwischen mich und die Autotür. Ich musste unbedingt verhindern, dass Connor, der ebenfalls hinten einstieg, sie versehentlich berührte. Ich hatte keine

Ahnung, was passieren würde, wenn ein Nicht-Magent einen sichtbaren magischen Begleiter berührte. Von so einem Fall hatte ich in den sechs Jahren meiner Ausbildung noch nie gehört.

Noch dringender musste ich allerdings an meinem Masterplan arbeiten und mir einen Überblick über den Inhalt des Harfenkoffers verschaffen. Außerdem musste ich zügig meine WitchWatch aufladen, sonst würde das S.A.M.-Rettungskommando bei den McFergus auf der Matte stehen, bevor ich dort überhaupt eingezogen war.

BANSHEE, die
noun (n)
von irisch-gälisch »bean sí« – Geisterfrau aus den Hügeln

Eine Banshee ist in der keltischen Mythologie und im Volksglauben Irlands ein weiblicher Geist aus der magischen Parallelwelt (Sid). Demnach hat jede irische Familie ihre eigene Banshee. Diese erscheint, um den bevorstehenden Tod eines Familienmitglieds anzukündigen.
Für Nicht-Magenten ist eine Banshee nicht zu sehen.
Magenten erkennen eine Banshee leicht an ihrem Äußeren: Ein flatterndes Kleid, glutrot geweinte Augen sowie lange, ungepflegte Haare und Fingernägel sind eindeutige Alarmzeichen. Aber das wichtigste Merkmal: Eine Banshee ist immer barfuß unterwegs.
Achtung! Banshees sind keine Feen!
Und wie immer gilt im Zweifelsfall: Ein kurzer Blick durch ein Wechselglas verschafft dem Magenten Gewissheit.

Lexikon der Fabelwesen
Prof. Dr. Dr. Emeralda Emerson
S.A.M. international Publications

7. KAPITEL

Die Geisterfrau

Aufwachen, Elia, wir sind da!«

Connors Stimme drang wie aus weiter Ferne zu mir. Der Motor war verstummt, dafür hörte ich Regen aufs Autodach trommeln. Ich rieb mir über die Augen, weil es inzwischen taghell geworden war, und sah mich um.

Brianne hatte den Wagen am Rand einer engen Kopfsteinpflasterstraße geparkt. Links und rechts zogen sich hübsche, alte Gebäude in den Himmel. Vor vielen Fenstern rankten in zugewachsenen Blumenkästen grüne Pflanzen, die mindestens die Hälfte der Häuserfronten zuwucherten.

Als ich aussteigen wollte, fiel mir gerade noch rechtzeitig Selmor wieder ein. Rasch strich ich meiner Umhängetasche übers Fell.

»Ahh«, knurrte mein magischer Begleiter verschlafen. »Mir tun alle Knochen weh. Ich müsste mich dringend mal kurz zurückverwandeln.«

»Einen kleinen Moment noch«, flüsterte ich ihm zu. »Ich lasse mir sofort mein Zimmer zeigen, oder wir schließen uns auf dem Klo ein, okay?«

»Klo klingt super«, ächzte Selmor, als ich ihn hochhob und die Wagentür öffnete.

Ich sah mich in der Häuserschlucht um. Am Ende der schmalen Gasse wurden gerade große Fässer durch eine Luke in den Keller eines Pubs gerollt. Überhaupt schien es in dieser Gegend nichts als Pubs und kleine Restaurants zu geben.

»Komm, Elia!«, rief Brianne. Sie stand vor einer kirschrot gestrichenen Haustür neben einem Pub und hatte meinen Seesack geschultert.

Angus hob den Harfenkoffer aus dem Wagen und überreichte ihn Connor, der ihn ratternd über die Pflastersteine zum Eingang schob.

»Brianne bringt dich nach oben, und dann schläfst du dich erst einmal aus, bevor Connor dir später ein wenig von der Stadt zeigt«, sagte Angus. »Ich muss leider los, ich habe gleich ein Seminar.« Er stieg wieder ins Auto, winkte uns zu und fuhr dann langsam durch die schmale Gasse davon.

Ich hängte mir meine Tasche über die Schulter und schlurfte zum Haus. Die rote Tür stand weit offen und führte in ein Treppenhaus. Brianne war schon fort, nur Connor wartete im Eingang auf mich.

Und da sah ich sie. Eine junge Frau, vielleicht so alt wie Epione, in einem schmutzigen weißen Flatterkleid und mit langen schwarzen, ungekämmten Haaren. Sie hockte lässig auf der Fensterbank, ihre nackten Füße schaukelten hin und her. Hatte sie etwa die ganze Zeit dort gesessen? Verflucht, warum fiel sie mir erst jetzt auf?

Die Frau zog sich mit ihren knochigen Fingern einen Kaugummi aus dem Mund, wickelte ihn um ihre pechschwarzen Fingernägel, nur um ihn sich dann wieder in den Mund zurückzustecken. Völlig unerwartet sah sie mich plötzlich an. Mein Verdacht bestätigte sich, denn ihr Gesicht war blass, und unter rot geweinten Augen hatte sie dunkle Schatten. Es gab keinen Zweifel. Das war kein normaler Mensch, das war eine

Banshee. Ich hatte den Unterricht in *Kunde der Kreaturen* geliebt und kannte die Merkmale eines jeden magischen Wesens auswendig.

»Was tust du hier?«, zischte ich der Banshee zu. Angriff war in so einem Fall die beste Verteidigung.

»Na, was wohl? Herausfinden, wer Connor McFergus ist. Aber wer bist du, dass du mich sehen kannst?« Die Banshee stand auf und spuckte mir das Kaugummi direkt vor die Füße.

»Ich bin eine Agentin im Auftrag der Magie«, raunte ich ihr zu. »Wenn du ruhig bleibst, geschieht dir nichts.«

Abrupt blieb die verheulte Frau stehen. »Ruhig bleiben? Ich muss den Jungen totschreien! Sonst komme ich nicht wieder nach Hause«, rief sie und lachte laut kreischend.

Ich schaute ihr fest in die roten Augen. »Nein, das musst du sicher nicht.«

»Du hast ja keine Ahnung.« Die Banshee strich mir mit ihrem langen schwarzen Fingernagel unter dem Kinn entlang. Dann schlurfte sie davon.

»Dazu lasse ich es nicht kommen!«, schrie ich und rannte ihr hinterher.

Die Banshee lachte noch lauter und verdrückte sich mit einer geschmeidigen Bewegung in eine enge Nebenstraße.

»Nun hör mich doch an«, rief ich in die kleine Gasse hinein. »Ich glaube, ich kenne dein Problem, und ich will dir helfen.« Aus der Gasse wehte mir ein leichter Fischgeruch entgegen. Ansonsten herrschte gähnende Leere. Die Banshee war fort.

Besorgt ging ich zurück und trat zu Connor in den Hauseingang. Dann schleppten wir ächzend meinen Harfenkoffer die Treppe hinauf.

»Willkommen bei den McFergus, Elia!«, rief Brianne uns von oben entgegen.

Im ersten Stock gelangten wir in einen offenen Wohnbereich, in dem alles gleichzeitig untergebracht war: Wohnzimmer, Esszimmer, Bibliothek, Musikzimmer und Küche mischten sich in einem einzigen, großen Raum.

Wir stellten den Koffer neben dem Seesack ab, und Connor wischte sich über die Stirn. »Dein Zimmer ist ganz oben unter dem Dach, das sind noch drei weitere Treppen. Können wir die Harfe vielleicht hier unten lassen? Hier musizieren wir immer.«

»Oh, oh«, machte Selmor unheilvoll.

»Ich glaube, das ist keine gute Idee«, sagte ich, und weil Connor daraufhin eine Augenbraue hochzog, fügte ich hinzu: »Die Harfe ist mir sehr wichtig.«

»Merkt man. Dann bringen wir sie eben hoch.« Connor nickte, ging durchs Zimmer und öffnete eine kleine Tür zwischen deckenhohen, vollgestopften Bücherregalen. »Hier ist übrigens unser Badezimmer versteckt.«

»Der Junge weiß, was Muffel brauchen«, stöhnte Selmor kaum hörbar.

Nachdem ich uns im Bad eingeschlossen hatte, beobachtete ich fasziniert, wie Selmor sich in Sekundenschnelle in den Muffel zurückverwandelte, den ich in der Geheimdienstzentrale kennengelernt hatte. Ich setzte mich mit ihm auf den schwarz-weiß gefliesten Boden und streichelte ihn ausgiebig. Selmor schnurrte zufrieden und streckte sich.

Nach einer Weile klopfte es an die Badezimmertür. »Alles klar, Elia? Brauchst du was? Handtücher, Klopapier, was zu lesen? Oder bist du eingeschlafen?«, rief Brianne lachend.

Ich drehte den Schlüssel herum und schnappte mir Selmor. Der wurde seufzend wieder zur Umhängetasche, bevor wir das Bad verließen, damit Brianne keinen Verdacht schöpfte. »Nein, alles klar. Mir war nur nach dem Flug etwas flau.«

»Verständlich.« Brianne deutete auf eine Holztreppe im hinteren Bereich des Wohnraums. »Connor ist schon nach oben gegangen. Er zeigt dir dein Zimmer und ich mache in der Zwischenzeit Frühstück für uns.«

»Vielen Dank für alles«, sagte ich und lächelte Brianne an. Interessant, dass man manche Menschen auf Anhieb mochte.

»Wir danken dir!«, rief Brianne mir hinterher. Als ich sie daraufhin verwundert ansah, meinte sie augenzwinkernd: »Angus und ich sind oft unterwegs. Der Job an der Uni, die Auftritte mit unserer Band ... Connor ist oft allein und kann ein bisschen Gesellschaft gut vertragen.«

Nachdenklich stieg ich die Stufen ins nächste Stockwerk hinauf, in dem es drei Zimmertüren gab. Die Schlafräume der McFergus, vermutete ich.

Über eine schmale, steile Treppe gelangte ich noch eine Etage höher auf einen unaufgeräumten Speicher. Ich folgte dem Lichtschein, der durch eine Schlucht zwischen alten Möbeln hindurchschien und zu einer weiteren, noch engeren Leiter führte, über die ich ein kleines Dachzimmer erreichte.

Connor saß dort nach Luft japsend auf dem Boden zwischen dem Harfenkoffer und dem Seesack und grinste mich an. »Runter trägst du die Sachen.«

Das Zimmer war nicht sehr groß, und die Dachschrägen waren so niedrig, dass man den Kopf einziehen musste. Regen prasselte auf die beiden Dachfenster, und ich konnte deshalb nur verschwommen die Aussicht über Dublins Altstadt erahnen.

»Es ist gemütlich hier«, sagte ich und ließ meine Tasche aufs Bett fallen.

»Ahh!«, maunzte Selmor ganz leise.

Eine kunterbunte Häkeldecke überspannte die ganze Matratze. Daneben stand ein kleiner Schreibtisch mit einem alten Küchenstuhl davor. Hinter der Tür waren Kissen und Wolldecken auf einem gelben Ohrensessel gestapelt.

»Schön, dass es dir gefällt.« Connor zuckte mit den Schultern. »Die Häuser mitten in der Stadt sind nicht sehr geräumig. Unser letzter Austauschschüler hat sich andauernd darüber beschwert, dass er durch die Abstellkammer musste, um hier raufzukommen. Dabei ist das der einzige Raum, in dem man die Musik aus dem Pub nicht hört.«

»Warum wohnst du dann nicht hier oben?«, fragte ich und setzte mich aufs Bett. Im nächsten Moment hätte ich mir am liebsten auf die Zunge gebissen. Nicht dass ich Connor noch auf den verrückten Gedanken brachte, die Zimmer tauschen zu wollen! Das war ja wohl der perfekte Platz, um unbeobachtet eine Mission vorzubereiten.

Connor stand auf. Er war locker einen halben Kopf größer als ich und konnte in dem Dachzimmer nicht gerade stehen. »Das *war* mein Zimmer. Aber zuletzt habe ich mir andauernd den Kopf gestoßen.« Er ging zur Tür und sah mich an. »Dann lasse ich dich mal in Ruhe auspacken. Du findest dann den Weg nach unten, oder?«

Ich nickte und ließ mich rückwärts auf die Matratze fallen.

Als die Tür sich hinter Connor geschlossen hatte, bebte die Tasche neben mir und Selmor wurde zum Muffel. »Noch eine Minute länger und ich hätte zur Strafe eine Stinkbombe losgelassen«, maulte er.

Ich zog meinen Seesack zu mir heran und schüttete kurzerhand den gesamten Inhalt heraus. Ich durfte keine Zeit verlieren! In der Box für die WitchWatch fand ich in dem Fach unter der Anleitung nicht nur ein Ladekabel, sondern auch mehrere Adapter.

»Liebe Besitzerin dieser WitchWatch …«, las ich. »… freuen wir uns … bla, bla, bla … Achte beim Aufladen darauf, dass nicht alle EU-Länder die gleichen elektrischen Stecker verwenden.« Ich sah mich nach einer Steckdose um und suchte den richtigen Adapter aus der Schachtel. Kaum hatte ich die WitchWatch abgenommen und ans Ladekabel angeschlossen, leuchtete der kleine Bildschirm auf.

Im Inhaltsverzeichnis der Anleitung suchte ich nach *Lautstärke regulieren* und *stummschalten*. »Ah, Seite sechs. Sämtliche Einstellungen verändert man über einen Befehl an die in der Uhr wohnende Hexe. Es ist darauf zu achten, dass der Befehl unmissverständlich ist. Manche Hexen sind sehr gesprächig und hören nur auf ein klares Kommando.«

Das Display blinkte und Glenda erschien. Sie reckte sich verschlafen. »Passwort?«

»Himbeerbaiser«, murmelte ich und suchte in der Anleitung nach der Ansage der Batterieladung.

Da zuckte Glenda zusammen und rief: »Mein Betriebssystem war eine Stunde, 53 Minuten und neun Sekunden heruntergefahren! Mit anderen Worten: Das war verdammt knapp, Elia Evander.«

»Knapp, aber noch nicht tragisch«, sagte ich erleichtert und stand auf.

»Nicht tragisch?«, keifte Glenda mich an. »Jetzt will ich dir mal was über Pünktlichkeit und das Auslösen unnötiger Rettungseinsätze erzählen, junge Magentin.«

»Still!«, sagte ich laut und deutlich.

Es wirkte. Glenda verstummte, stemmte mit wutrotem Gesicht die Hände in die Hüften und verschwand aus dem Bildschirm.

»Na also«, murmelte ich zufrieden und stopfte den ganzen Rest zurück in den Seesack. Dann hob ich den Harfenkoffer aufs Bett und öffnete ihn neugierig.

Landesspezifische Richtlinien für Magent*innen auf Mission in *Irland*

1. Es regnet in Irland häufig. Wenn es mal länger nicht regnet, ist etwas faul.
2. Iren sind abergläubisch. Vorsicht ist geboten, wenn ein Ire behauptet, nicht abergläubisch zu sein.
3. Es wird ausdrücklich vor dem Gebrauch von Harfen gewarnt!
4. Riesen sind zu meiden.
5. Feen haben immer recht.
6. Sollten Feen mal im Unrecht sein, gilt Regel Nr. 5.
7. *Aunty Nellie's Sweet Shop* im Bezirk Temple Bar ist immer einen Besuch wert.
8. Banshees sind keine Feen, demnach trifft Regel Nr. 5 auf sie nicht zu.
9. Das Geisterfest Ende Oktober heißt Samhain. Nur Laien sagen Halloween.
10. Ein Leprechaun ist kein niedlicher Kobold, sondern ein griesgrämiger Feenmann. (Achtung: Regel Nr. 5 beachten!)
11. Es wird zur Flucht geraten, wenn jemand *Pooka* ruft.

8. KAPITEL

Ennos Geschenk

»Na, so was«, murmelte ich, als zuerst die in ein grünes Samttuch eingehüllte Harfe zum Vorschein kam, die mich eben am Flughafen gerettet hatte. Eine *Schlafharfe* laut Etikett. Ich drehte das Schild um und las: »Mit Vorsicht zu gebrauchen. Wirkung tritt unverzüglich ein.«

Schnell wickelte ich das Instrument wieder in das Tuch und nahm dann den Koffer genauer unter die Lupe. Ich fand eine kleine Schlaufe und zog daran. Unter einem doppelten Boden verbargen sich gut getarnte Beutel und Päckchen. In einem der Pakete entdeckte ich eine Notfallapotheke mit Medikamenten wie etwa einer Heilsalbe zur Anwendung bei kleineren Bisswunden, Pasten gegen magische Flohbisse – »Achtung, immer den magischen Begleiter mitbehandeln!« – oder gegen Brandblasen bei magischer Überladung und sonstigen Kurzschlüssen. Sogar eine Rolle Magie-Garn war zum Nähen größerer Verletzungen beigelegt.

Außerdem enthielt das Paket reichlich Vergiss-es-Tropfen und je ein Fläschchen mit Unsichtbarkeitspillen, Alterungssaft und verschiedenste Tütchen mit getrockneten Heilkräutern für Teeaufgüsse zur Behandlung bei magischer Verwirrtheit und vielem mehr.

Mein Erste-Hilfe-Kurs war mir noch in lebhafter Erinnerung, denn unsere Ausbilderin war es nicht müde geworden, die schrecklichsten Verwundungen zu beschreiben, die einem ein fantastisches Wesen zufügen kann. Ich füllte also routiniert eine Dose mit den überlebenswichtigsten Medikamenten und steckte sie in den Beutel an meinem Gürtel. Auch ein Knoblauchspray zur Abwehr von Vampiren hängte ich mir für alle Fälle daneben.

Als Nächstes zog ich eine Metallbox aus dem Harfenkoffer. *Banshee-verzieh-dich-Set* stand darauf. In der Box lagen Ohrstöpsel in allen Größen und Farben sowie eine Tüte mit klebrigen Netzen der gemeinen Gespinnstmotte. Die mussten vor die Fensterbänke des belagerten Hauses gespannt werden, damit Banshees sich dort nicht mehr niederlassen konnten.

»So einfach?«, flüsterte ich und legte die Box zur Seite. Ich bezweifelte, dass das ausreichen würde, dennoch würde ich das als Erstes erledigen.

»Alles wird einfach, wenn man es nur gründlich genug studiert, nicht wahr?«, gab Glenda zum Besten.

Ich beschloss, meine Uhrenhexe wieder zu ignorieren, und wühlte gespannt weiter. Schließlich setzte ich mich mit Ennos Geschenk aufs Bett. »Alles Gute zum Geburtstag, Elia«, murmelte ich und öffnete das braune Päckchen.

Neben dem klein zusammengefalteten Brief kam ein silberner Fingerring zum Vorschein. Behutsam nahm ich ihn in die Hand und roch daran. Als ich keinen Schwefelgeruch feststellen konnte, betrachtete ich ihn genauer. Der Ring war schwer und sah aus wie eine Schlange, die sich selbst in den Schwanz biss. Es war der Schmuck, von dem gestern noch eine Skizze an Ennos Tafel gewesen war. Aber was sollte ich mit einem Ring, der sogar für Zimt-Croissant-Rosies Finger zu groß war?

Ich faltete Ennos Brief auseinander und las:

Liebe Elia!
Dieser Ring ist meine wohl beste Erfindung bislang, und es erfüllt mich mit Stolz, dass ich ihn dir pünktlich zu deinem zwölften Geburtstag schenken kann. Es gibt wohl keinen schöneren Anlass!
Du musst den Ring unbedingt am Zeigefinger der linken Hand tragen. Bitte nicht verwechseln, es könnte zu unangenehmen Reaktionen kommen.

Ich ließ den Zettel sinken und steckte mir den riesigen Schlangenring auf den linken Zeigefinger. Da begann die Schlange plötzlich, ihren eigenen Schwanz zu verschlucken, und der Ring zog sich um meinen Finger eng zusammen. Panisch wollte ich ihn wieder abziehen, aber er schien wie mit mir verwachsen zu sein und ging nicht mehr über meinen Knöchel.

Enno verfluchend las ich weiter:

Wundere dich nicht! Der Ring passt sich deinem Finger an, wird dich aber nicht verletzen. Wenn du ihn trägst, musst du vorsichtig sein. Achte darauf, dass du genau auf das gewünschte Schloss deutest, denn dein linker Zeigefinger ist mit dem Ring so etwas wie ein Zentralschlüssel.
Ich weiß, du wirst verantwortungsvoll mit dem Ring umgehen. Bitte wende ihn erst einmal zur Probe im Verborgenen an, mir blieb keine Zeit, ihn ausreichend zu testen.
Happy birthday, Enno

Ich legte den Brief zur Seite und zeigte auf die Zimmertür. »Öffne die Tür!«, flüsterte ich.

Nichts geschah.

»Öffne die Tür!«, sagte ich lauter und bewegte meinen Finger, als wäre er ein Zauberstab, doch die Tür bewegte sich nicht.

Enttäuscht las ich Ennos Brief noch einmal. Da fiel mir auf, dass auf der Rückseite noch etwas stand:

PS: Leider ist der Ring sehr eigen und reagiert nur auf Reime.
PPS: Um ihn ablegen zu können, musst du es ihm befehlen.

»Gehorche mir und öffne die Tür!«, murmelte ich und erschrak, denn die Zimmertür flog auf und donnerte mit einem Knall an die Wand.

»Okay, okay!«, rief ich. Man musste wohl nicht nur reimen, sondern auch etwas genauer in seinen Befehlen sein.

»Und jetzt auf sanfte Weise, schließe die Tür langsam und leise«, raunte ich. Oh weh, Reime waren echt nicht meine Stärke. Aber es funktionierte. Geräuschlos fiel die Tür ins Schloss. Ich zeigte auf den Harfenkoffer und flüsterte: »Tu mir den Gefallen und schließe sanft des Koffers Schnallen.«

Der Deckel klappte zu, der Reißverschluss ratschte und die Schnallen klickten leise.

»Und zuletzt: den Ring abgesetzt.« Die silberne Schlange öffnete das Maul und würgte ihren Schwanz wieder aus, bis der Ring weit genug war, dass ich ihn abziehen konnte.

»Das ist so cool!« Begeistert betrachtete ich Ennos Geschenk. Mir wurde ein wenig mulmig bei der Vorstellung, dass dieser Ring und mein magischer Kofferinhalt beinahe dem merkwürdigen Jungen im Flughafen in die Hände gefallen wären.

»Wie schnell sie ihren Muffel vergessen hat«, meldete Selmor sich neben mir verschlafen zu Wort.

»Unsinn«, sagte ich und ließ den Ring wieder auf meinen Finger gleiten. Sanft streichelte ich meinem Muffel über das Fell.

»Boah, dein Gekitzel geht mir auf die Nerven. Kratz mich mal lieber«, knurrte er und öffnete ein Auge. »Ich glaube, ich habe Flöhe.«

Vorsichtshalber trug ich Selmor vom Bett zum Ohrensessel. »Meinst du, ich kann eine Weile runtergehen, ohne dass es hier oben anfängt zu ... na ja, du weißt schon. Zu riechen?«, fragte ich zaghaft und kraulte ihn kräftig hinter den Ohren. Irgendwie mussten wir ja miteinander auskommen.

»Von mir aus«, knurrte Selmor.

»Wenn ich nur wüsste, wann es Zeit wird, dich zu streicheln! Mir ist noch nie ein magischer Begleiter begegnet, der seine Magie nicht eigenständig absondert.«

»Kunststück«, meldete sich Glenda. »Es gibt ja auch nur ein solches Exemplar weltweit.«

Ich seufzte. »Und das habe ausgerechnet ich bekommen.«

»Die gibt mich auch wieder zurück«, brummte Selmor. »Darauf würde ich eine ganze Tube Zauberpaste verwetten.«

»Es gäbe eine App, die hier helfen könnte«, sagte Glenda mit spitzer Stimme. »Aber ich soll ja schweigen. Deshalb darf ich dich natürlich auch nicht mit der Bitte um Erneuerung deines Passwortes belästigen. Es bleiben ja auch noch gute zwanzig Minuten Zeit dafür, nicht wahr?«

»Okay, Passwort ändern«, lenkte ich ein.

»Oh, sieh an! Doch jetzt schon?«, rief Glenda.

Ich überlegte, lauschte dem Prasseln des Regens und sagte: »Neues Passwort: Dublin.«

»Zu unsicher. Wähle ein anderes Passwort«, verlangte Glenda.

Ich sah mich im Zimmer um und mein Blick blieb an dem Gepäck hängen. »Harfenkoffer«, schlug ich vor.

»Soll das ein Scherz sein? Wähle bitte ein unverfängliches Passwort.« Glenda blieb stur.

Ich seufzte und strich nachdenklich über den bunten Bettüberwurf. »Häkeldecke?«

»Akzeptiert. Dein heutiges Passwort ist *Häkeldecke*. Stand deiner Mission: Du hast in MAMA noch keine Informationen hinterlegt und bisher null Hinweise verfolgt.«

»Schweig!«, zischte ich und suchte den Masterplan in meiner Hosentasche. Doch zu meinem Schrecken war der Zettel weg. Nicht, dass ich mir die wenigen Informationen nicht hätte merken können, aber ich konnte mir überhaupt nicht erklären, wo ich ihn verloren haben könnte.

Als ich schließlich mein Zimmer verließ, drang leise Flötenmusik zu mir. Unten im Wohnbereich stand Brianne vor einem Notenständer am Fenster und spielte eine lustige irische Weise, die sofort gute Laune machte. Ich setzte mich aufs Sofa und lauschte. Als der letzte Ton verklungen war, applaudierte ich.

»Na? Ausgeschlafen?«, fragte Brianne. Sie legte ihre Flöte zur Seite und winkte mich hinter sich her in die Küche.

»Tut mir leid, dass ich das Frühstück verpasst habe«, sagte ich und sah zu, wie Brianne einen Teller aus dem Schrank nahm.

»Das muss dir nicht leidtun! Ist doch klar, dass du nach dem Flug erst mal Zeit brauchst, um richtig anzukommen.« Sie schnitt ein großes Stück von einem Kuchen ab und lud es mir auf den Teller. »Wir haben dir etwas vom besten Apfelkuchen der Stadt aufgehoben.« Brianne goss Orangensaft in ein Glas und stellte beides für mich auf den Esstisch.

»Leider muss ich jetzt gleich schon los. Samstags haben wir immer Bandprobe und danach treten wir im Pub auf. Es könnte also spät werden. Aber Connor ist zu Hause, okay?«

Hungrig machte ich mich über den Kuchen her und sah Brianne dabei zu, wie sie ihre Flöte einpackte.

»Zum Ausprobieren deiner Harfe bleibt nun auch keine Zeit mehr. Aber das holen wir nach«, versprach sie.

»Kein Problem«, sagte ich mit vollem Mund und versuchte, mir meine Erleichterung nicht anmerken zu lassen. Wenn ich nicht die gesamte Familie McFergus in einen Tiefschlaf versetzen wollte, musste ich mir dringend eine Ausrede einfallen lassen, warum ich die Harfe nun doch nicht auspacken würde.

»Connor?«, rief Brianne an der Treppe nach oben. »Elia ist heruntergekommen. Ich habe euch Geld in die Küche gelegt, falls ihr nachher Lust auf etwas Warmes habt. Ich bin jetzt weg.« Dann wandte sie sich noch mal an mich. »Lass dir von Connor doch ein bisschen die Stadt zeigen.«

Sicher nicht! Es fehlte gerade noch, dass ich die ganze Zeit einen Nicht-Magenten an den Fersen hatte.

Aber ich nickte unschuldig, winkte Brianne zum Abschied und lauschte ihren Schritten auf der Treppe, bis unten die Haustür ins Schloss fiel. Höchste Zeit, mich zu verdrücken!

»Na, aufgewacht, Dornröschen?«, rief Connor da schon. Er lehnte sich übers Treppengeländer, um mich sehen zu können. »Sag nicht, du hast da noch Apfelkuchen von der *Hansel and Gretel Bakery*.« Er sprang die Stufen fast in einem einzigen Satz hinunter und stürmte geradewegs in die Küche. Mit einem riesigen Kuchenstück auf dem Teller setzte er sich zu mir. »Und? Hast du schon überlegt, was du dir als Erstes ansehen möchtest?«, fragte er kauend.

»Weiß nicht«, murmelte ich und überlegte. Wie viel durfte ich Connor sagen, ohne mein Geheimnis zu verraten? Er wusste ja nicht, warum ich mich für bestimmte Dinge in der Stadt besonders interessierte. »Ich hatte vor, in die Marsh Library zu gehen.«

Connor sah mich zweifelnd an. Ich musste lächeln, denn mit dem Gesichtsausdruck war er haargenau eine jüngere Ausgabe seiner Mutter. Sie hatten beide ein Grübchen am Kinn, Sommersprossen auf den Wangen und legten beim Überlegen ihre von roten Locken umrahmte Stirn in Falten.

»Bist du etwa so eine Leseratte, die den ganzen Tag in Bibliotheken verbringt?«, fragte er.

»Ich interessiere mich für alte Mythen und Legenden. Aber du musst wirklich nicht mitkommen, ich finde mich schon alleine zurecht«, sagte ich. Vielleicht wurde ich ihn ja doch schneller los als gedacht.

Doch Connor strahlte mich an und meinte: »Cool! Mythen und Legenden sind voll mein Ding.«

»Prima!« Ich versuchte, mir meine Enttäuschung nicht anmerken zu lassen, stand auf und trug meinen Teller zur Spülmaschine. »Gib mir ein paar Minuten, dann können wir los.«

»Lass dir Zeit, ich gehe nirgendwohin, solange noch Kuchen da ist!«, rief Connor mir nach.

Aufgeregt stieg ich die Treppen hinauf in mein Dachzimmer. Gleich würde ich dem Rätsel um meine Mission ein gutes Stück näher kommen, das fühlte ich.

Oben holte ich *Mein magischer Begleiter – wie er wirklich tickt* hervor und blätterte hastig durch die Seiten. Endlich hatte ich die Stelle gefunden, die ich mir noch einmal ansehen wollte:

Sollte ein Nicht-Magent trotz aller Vorsicht das magische Produkt eines Begleittiers berühren, kann es aufgrund des ungewohnten Magiegehalts im Körper zu leichter Übelkeit und zur vorübergehenden Sichtung fantastischer Kreaturen kommen.

Ja, das war der Hinweis, an den ich mich erinnert hatte. Connor durfte Selmor tatsächlich nicht berühren, wenn ich nicht enttarnt werden wollte.

»Elia, bist du so weit?«, rief Connor da von unten.

Hastig schob ich das Buch unter die Häkeldecke, während Selmor sich in die Umhängetasche verwandelte.

»Ja, ich komme!«, gab ich zurück und nahm meine WitchWatch vom Ladekabel.

»Voll geladen«, sagte Glenda zufrieden. »Soll ich nun die App MLMB herunterladen?«

»MLMB?«, fragte ich verwirrt.

»Magie-Level Magischer Begleiter.« Glenda betonte die Anfangsbuchstaben so deutlich, als wäre ich hochgradig begriffsstutzig. »Bei normalen Begleittieren ist das eigentlich überflüssig, reinste Spielerei. Wozu will man schon so genau wissen, wann der kleine Würger seinen nächsten Speiballen ausspuckt? Für deinen besonderen Fall hier könnte das aber von äußerst hohem Nutzen sein.«

»Besonderer Fall?«, knurrte Selmor beleidigt.

»Ja, danke, Glenda!« Ich band mir die Uhr um. »Lade MLMB herunter.« Ich schnappte mir meine Jacke und öffnete die Zimmertür.

Connor stand davor und sah mich irritiert an. »Wer ist Glenda? Oder führst du Selbstgespräche?«

»Ach Quatsch«, antwortete ich lachend. »Das ist nur eine App.«

»Um das ein für alle Mal richtigzustellen: Ich bin eine leibhaftige Witch in der …«, zeterte Glenda los.

»Still!«, unterbrach ich sie.

»Cool«, meinte Connor mit leuchtenden Augen. Er schob den Ärmel seines Pullis hoch und drückte auf seiner SmartWatch herum. »Wie heißt die App denn?«

»Ach, vergiss es.« Ich lief an Connor vorbei und stieg die Leiter zur Abstellkammer hinab. »Die App ist furchtbar lästig, überhaupt nicht zu empfehlen. Und sie verbraucht viel zu viel Akku.«

Was genau Connor überzeugte, sich die App aus dem Kopf zu schlagen, konnte ich nicht genau sagen. Ich vermutete aber, dass es das Argument mit dem Akku war. Das musste ich mir also merken.

»Moment, ich stecke noch schnell das Geld in der Küche ein!«, rief Connor mir nach, als ich schon die letzten Treppenstufen zur Haustür herabstieg.

Ich trat trotzdem nach draußen und stellte fest, dass es aufgehört hatte zu regnen. Ich sah mich um und zog in einem unbeobachteten Moment die Box mit den klebrigen Netzen der gemeinen Gespinnstmotte aus meiner Jackentasche, um sie großzügig auf der Fensterbank zu verteilen.

Jetzt am Nachmittag war in der kleinen Gasse vor dem Haus viel los. Menschen schlenderten vorbei, einige fotografierten den Pub an der Ecke. Und dann tauchte jemand hinter dem nächsten Häusereck auf. Nein, nicht irgendjemand, sondern die junge Frau, die mir vorhin ihren Kaugummi vor die Füße gespuckt hatte. Die Banshee.

»Da bin ich!«, rief Connor, der gerade die letzten Treppenstufen herabsprang.

Die Frau horchte beim Klang seiner Stimme auf und machte einen Satz nach vorn. Sie öffnete ihren Mund und setzte zu einem markerschütternden Schrei an.

Geistesgegenwärtig stieß ich Connor zurück ins Haus und schlug ihm die Tür vor der Nase zu.

Die Banshee hörte auf zu kreischen und baute sich zornig vor mir auf. Ich bekam augenblicklich eine Gänsehaut, doch mir konnte sie mit ihrem Geschrei nichts anhaben. Mein Magielevel schützte mich. Und *ich* musste wiederum Connor schützen. Also zog ich seelenruhig mein Feuerhölzchen vom Gürtel und machte einen drohenden Schritt auf die Banshee zu. »Lass Connor in Ruhe, oder du kriegst mein laufendes Feuer zu spüren. Das soll sehr unangenehm für eine Geisterfrau wie dich sein.«

»Pah«, stieß die Banshee aus und warf ihr langes Haar zurück.

Doch mir machte sie nichts vor. Ich hatte den Schreck in ihren Augen genau gesehen. Zufrieden schaute ich zu, wie die Geisterfrau nach kurzem Zögern noch einmal wütend schnaubte und dann auf nackten Füßen durch die Gasse davonschlurfte. Die Menschen, die ihr entgegenkamen, rempelten sie dabei an, weil sie sie natürlich nicht sehen konnten.

»Ey, Elia. Was sollte denn das? Was ist plötzlich mit dir los?«, rief Connor hinter mir.

Seufzend drehte ich mich zu ihm herum. »Ich dachte, da fällt ein Dachziegel herab. Tut mir leid. Zum Glück war es wohl doch nur eine Taube«, log ich und war stolz, dass mir in meiner Aufregung überhaupt eine halbwegs glaubhafte Ausrede einfiel.

Aber vermutlich war in dem Fall alles besser als die ehrliche Antwort: Vor eurem Haus wartet eine Banshee auf dich, die dich mit ihrem Todesschrei umbringen will.

Marsh Library

St Patrick's Close – Dublin D08 – FL79 Ireland

Die Marsh Library öffnete zum ersten Mal
im Jahr 1707 ihre Türen und begrüßt bis
heute ihre Besucher zu folgenden

Öffnungszeiten:

Dienstag bis Freitag: 9:30 bis 17 Uhr
Samstag: 10 bis 17 Uhr
Sonntag: geschlossen

Eintrittspreise:

Erwachsene: 5 EUR
Senioren/Studenten: 3 EUR
unter 18 Jahren: freier Eintritt

Im Namen der Lesenden und unseres
Bibliotheksgeistes bitten wir um absolute Ruhe!

9. KAPITEL

Der Geisterbischof

»Du bist echt schräg, Elia«, meinte Connor. Er sah argwöhnisch zum Dach hinauf, bevor er die Haustür abschloss und den Schlüssel hinter einem losen Backstein in der Wand versteckte.

Ich lächelte ihn entschuldigend an, doch mir hing die Begegnung mit der Banshee noch in den Knochen. Ich musste Connor dringend warnen. Aber wie sollte ich das anstellen, ohne ihm die Wahrheit zu sagen? Ich entschied mich fürs langsame Herantasten.

»Hach, ich freue mich schon auf die Marsh Library«, schwärmte ich, als wir uns endlich auf den Weg machten. »Ich kann es kaum erwarten, die irischen Legenden und Mythen dort zu lesen. Ich habe schon so viele Geschichten gehört! Glaubst du eigentlich auch an Feen und so was?«

»Klar«, sagte Connor zu meiner Überraschung. »In Irland glaubt fast jeder an Feen. Wie erklärst du dir sonst, dass sogar Straßen plötzlich anders gebaut werden als ursprünglich geplant, nur weil man während der Bauarbeiten einen Feenhügel auf der Strecke entdeckt?«

»Interessant. Und wie sieht es mit Banshees aus?«, fragte ich vorsichtig.

»Es gibt Legenden, die behaupten, dass jede irische Familie ihre eigene Banshee hat.« Connor grinste. »Es heißt, dass eine Banshee einen mit ihrem Schrei umbringt. Sie sucht sich jemanden aus und kreischt, bis er tot ist. Etwa so: Ahhhhhh!« Connor schrie so laut, dass es von den Häuserwänden widerhallte.

Einige Fußgänger schauten ihn belustigt an, andere hielten sich augenblicklich die Ohren zu.

»Wie du siehst: Manche glauben, dass man sich vor dem Schrei einer Banshee durch das Verstopfen der Gehörgänge schützen kann«, raunte Connor mir lachend zu. »Beantwortet das deine Frage, ob wir Iren abergläubisch sind?«

Er hielt das also alles für Aberglauben. Das war zwar zu erwarten gewesen, aber es machte die Sache auch kompliziert. Wie konnte ich ihn nur dazu bringen, die Banshee ernst zu nehmen?

Zehn Minuten später bog Connor nach links um eine Ecke. »Okay, da vorne ist auch schon die Marsh Library. Sie liegt gleich neben der St. Patrick's Cathedral.« Er deutete auf ein schwarzes Metalltor in einer Steinmauer. »Sie ist die älteste öffentliche Bücherei Irlands. Hier haben schon viele berühmte irische Schriftsteller für ihre Werke recherchiert, unter anderem Bram Stoker, der Autor von *Dracula*, oder Jonathan Swift, der *Gullivers Reisen* geschrieben hat.«

Wir traten durch das Tor und stiegen die Stufen zum Eingang empor. Die Tür war verschlossen.

»Nanu?« Ich hämmerte laut dagegen.

»Das ist nicht weiter verwunderlich, die Bibliothek ist heute wegen Samhain-Vorbereitungen außerplanmäßig geschlossen«, meldete sich Glenda.

»Hättest du das nicht eher sagen können?«, murmelte ich enttäuscht.

»Wurde ich nach den Öffnungszeiten gefragt?«, gab Glenda patzig zurück.

Connor rüttelte an der Türklinke. »Ich fürchte, wir müssen das auf Montag verschieben.« Er sprang die Stufen wieder herab. »Wir können ja schlecht dort einbrechen.«

»Hmm … Einbrechen, aber natürlich«, sagte ich langsam.

»Was hast du vor?«, riefen Selmor und Connor im Chor.

»Ich habe eine Idee.«

»Ist die kriminell?«, fragte Connor erschrocken.

»Hier steht doch: unter achtzehn Jahren freier Eintritt.« Ich tippte auf das Schild mit den Öffnungszeiten. »Also nehmen wir sie beim Wort und treten ein.«

»Aber das meint doch den Eintrittspreis!«, rief Connor verzweifelt.

»Das sehe ich anders«, murmelte ich und suchte an meinem Gürtel nach dem Stromkapper. Natürlich konnte ich Connor nicht erklären, dass ich ganz dringend sofort in die Bibliothek musste, da sich niemand sonst in einer Stadt so gut auskannte wie ein jahrhundertealter Geist. Normalerweise war es kompliziert und langwierig, bis man einen Geist aufgespürt hatte, und ich bekam ihn hier auf dem Silbertablett serviert. Eine solche Chance durfte ich mir nicht entgehen lassen!

»Nicht mit mir«, sagte Connor entschieden. »Tu, was du nicht lassen kannst. Aber ich warte an der Straße auf dich.«

Das verstand ich. Und es kam mir sogar ganz gelegen, Connor nicht weiter im Schlepptau zu haben und alleine losziehen zu können.

Ich wartete, bis er durch das Tor gegangen war, dann zog ich den Stromkapper hervor. Nun musste ich nur die richtige Stelle finden. Langsam fuhr ich mit dem Gerät an der Hauswand entlang. Ein leises Knistern ertönte, und ich lächelte zufrieden in mich hinein. Es hatte funktioniert. Die Stromzufuhr war nun für mindestens zwanzig Minuten unterbrochen. Das würde verhindern, dass ein Alarm ausgelöst wurde. Und es war Zeit genug, um einen Geist zu treffen.

Gerade als ich nach dem magischen Schlüssel an meinem Hosenbund greifen wollte, fiel mir Ennos Geschenk wieder ein. Ich hob den linken Zeigefinger mit dem Ring und richtete ihn auf das alte Türschloss aus. Nach kurzem Überlegen sagte ich: »Aus wichtigem Grund bin ich hier, drum öffne mir diese Tür.«

Als würde ein unsichtbarer Schlüssel im Schloss gedreht, klackte es. Momente später schwang die rechte Flügelseite der schweren Holztür quietschend auf.

»Na also«, flüsterte ich zufrieden und trat ein.

Selmor wurde die Sache offensichtlich zu heiß. Er nahm seine Muffel-Gestalt an und sprang von meiner Schulter. »Das können wir nicht machen.«

»Aber du siehst doch, dass ich es kann«, antwortete ich belustigt.

»Das ist hochgradig kriminell und verstößt so ungefähr gegen 120 Gesetze«, jammerte Selmor. Er sah sich um und strich mir zögernd um die Beine. »Okay, ich komme mit. Bevor du mich alleine hier draußen lässt.«

Ich verdrehte die Augen und verriegelte die Bibliothekstür hinter uns.

»Hast du uns jetzt ernsthaft hier eingesperrt?« Selmor war sichtlich unwohl zumute.

»Umso entspannter können wir uns umsehen«, flötete Glenda, und wohl zum ersten Mal war ich mit ihr einer Meinung.

Ich betrat die große Halle, in der kostbare Lederbücher in alten, dunklen Holzregalen aufgereiht waren.

»Die Bibliothek wurde 1701 von Erzbischof Narcissus Marsh gegründet, und bis heute hat sich hier kaum etwas verändert«, flüsterte Glenda. »Der Bischof hatte übrigens einen eigenen, geheimen Eingang aus seinen privaten Wohnräumen. Es heißt, dass er den heute noch nutzt.«

»Nur nicht mehr ganz so frisch wie damals, was?«, brummte Selmor.

Wir liefen durch die leere Bibliothekshalle, und ich musste über Selmor schmunzeln, der sich ständig ängstlich zu allen Seiten umsah. »Entspann dich!«, sagte ich zu ihm. »Was glaubst du, wer hier sein soll? Der müsste ja dann so wie wir eingebrochen sein.«

»Nicht unbedingt«, grummelte er. »Was ist zum Beispiel mit den Putzleuten? Oder mit denen, die die Bücher wieder einsortieren? Oder ein Wachdienst? Was, wenn uns jemand durch ein Fenster sieht und die Polizei alarmiert?«

Ich zuckte mit den Schultern. »Dann finden die Beamten hier ein unschuldiges Kind vor, das in der Bibliothek eingeschlossen war und sich für die Rettung bedankt. Sie werden uns befreien und das war's.«

Selmor blieb stehen. »Da! Hast du das auch gehört?«

Ich lauschte. Er hatte recht. Am Ende des Saals quietschte eine Tür.

»Ich hab doch gewusst, dass wir nicht alleine sind«, jaulte Selmor.

Ich zog mich zwischen zwei hohe Bücherwände zurück. »Bleib mal cool, Selmor«, raunte ich ihm zu. »Hey, komm jetzt sofort her!«, zischte ich, denn mein Muffel war mitten im Gang sitzen geblieben.

Doch er schüttelte nur den Kopf und witterte. »Du kannst wieder rauskommen, es ist bloß ein Geist.«

Ich verließ mein Versteck und sah mich um. Mein Herz klopfte hämmernd, als ich weiter durch den Bibliothekssaal lief und nach dem Geist suchte. Natürlich hatte ich es in der Magentenausbildung schon mit den unterschiedlichsten Geistern zu tun gehabt, aber heute war ich völlig auf mich allein gestellt und hatte keine Ahnung, was mich erwartete.

Ich hoffte nur, dass es sich nicht um einen aggressiven Poltergeist handelte.

Im vorletzten Gang wurde ich fündig. Der alte Mann, der dort vor einem der hohen Bücherregale stand, hatte silbergraue Haare und war in ein langes Gewand gehüllt. Man konnte gerade so seine Umrisse erahnen und musste schon einen trainierten Blick für Geister haben, um ihn überhaupt zu entdecken.

»Das muss er sein. Narcissus Marsh. Glenda? Geh mal kurz rüber zu Wikipedia und schlage nach, was man über ihn weiß«, flüsterte ich in meine Uhr.

»Sehr gerne!«, hauchte Glenda und verschwand.

Ich musste trotz meiner Anspannung grinsen. In Anwesenheit eines Geistes wurde sogar meine Uhrenhexe kleinlaut.

Sekunden später kam Glenda mit einem Zettel zurück. »Bischof Marsh geistert seit seinem Tod im Jahr 1713 durch diese Bibliothek. Er sucht in den alten Schriften nach einem Brief seiner Nichte, die er bei sich aufgenommen hatte. Sie ist mit einem Seemann durchgebrannt. Bis zu seinem Tod hat der Bischof nicht verkraftet, dass sie ohne ein Wort verschwunden ist, und sucht seitdem nach einem Abschiedsbrief, damit seine Seele endlich Frieden finden kann.«

Selmor drückte fauchend seinen Rücken zu einem Buckel hoch.

Da drehte sich der Geist zu uns herum. »Nanu? So viel Besuch heute, wo wir doch geschlossen haben?«

»Erzbischof Marsh?«, begrüßte ich ihn höflich und mit einer leichten Verbeugung, wie ich es gelernt hatte. Geister musste man wie rohe Eier behandeln, wenn man sichergehen wollte, dass sie nicht zornig wurden.

»Der bin ich«, sagte der Geist. »Aber wer bist du, dass du mich sehen kannst?«

»Ich bin Magentin Elia Evander und wurde geschickt, um die magischen Vorfälle hier zu untersuchen«, stellte ich mich vor. »Ich brauche dringend eine Information und deshalb komme ich geradewegs zu Ihnen. Schließlich sind Sie der Stadtälteste und vermutlich kennt niemand sonst Dublin so gut wie Sie.«

Erzbischof Marsh kam interessiert näher und seine Grabeskälte wehte mir entgegen. »Magische Vorfälle?«

»Ja. Immer mehr Fabelwesen gelangen aus der Sid in die Stadt und finden dann nicht mehr nach Hause«, berichtete ich.

»Oh, oh«, hauchte der Geist. »Das ist tragisch! Die Menschen haben anscheinend vor nichts mehr Respekt. Noch nicht einmal vor uralten Abkommen zu ihrem eigenen Schutz. Ich bin froh, dass ich nicht in dieser Zeit leben muss.« Er wandte sich wieder dem Regal zu und fuhr mit seiner Hand an den Büchern entlang.

»Können Sie mir vielleicht sagen, wo ich das Portal zur Sid finde?«, hakte ich atemlos nach.

»Sicher«, murmelte der Geist abwesend.

Ich horchte auf. »Ja?«

Der Bischof sah mich an. »In der alten Stadtmauer aus dem neunten Jahrhundert gab es viele davon. Die Mauer existiert aber seit Kurzem nicht mehr.«

»So ungefähr seit kurzen 300 Jahren«, meinte Glenda und kicherte laut, was den Erzbischof zornig machte.

Er schoss auf uns zu und haarscharf an mir vorbei. Der eisige Luftzug jagte mir einen Kälteschauer über den Rücken.

»Ihr wagt es, mich zu stören, und dann beleidigt ihr mich auch noch?«, rief er aufgebracht. »Wie viele von euch kommen heute eigentlich noch vorbei? Ist das eine Schulveranstaltung? Verschwindet, ihr Banausen! Oder es ergeht euch wie ihm.« Erzbischof Marsh schwebte durch die Regalwand und sein Schimpfen wurde immer leiser, bis es ganz erstarb.

»Was hat er denn damit gemeint, dass es uns wie ihm ergeht?«, flüsterte Selmor.

»Das frage ich mich auch.« Ich atmete ein paarmal tief ein und aus. Da hatten wir wohl gerade noch Glück gehabt.

Plötzlich klapperte etwas.

»Hört ihr das?«, raunte ich und versuchte, den Ursprung des Geräuschs zu orten.

»Wieso willst du diesem Geist jetzt auch noch hinterherlaufen? Mir wäre wohler, wenn wir ihn in Ruhe ließen«, meinte Glenda.

»Mir auch«, jammerte Selmor.

Ich beugte mich herab und nahm meinen Muffel auf den Arm, um ihn zu streicheln. Am Ende der Bibliothekshalle bog ich nach rechts in einen angrenzenden Raum ab. Dort waren mehrere Bereiche mit Draht abgetrennt.

»Das müssen die berühmten Lesekäfige sein.« Ich staunte. »Dazu stand etwas im Stadtführer. Darin wurde man früher eingesperrt, wenn man in einem der kostbaren Bücher lesen wollte. So sollte Diebstahl verhindert werden.«

»Gruselig«, befand Selmor.

»Von außen wohl nicht halb so gruselig wie von innen«, tönte es da aus dem letzten Käfig.

Ich fuhr vor Schreck zusammen. Hinter dem Gitter stand ein Junge und rüttelte an der Tür.

»Was überlegst du denn? Würdest du mich wohl mal bitte befreien?«

»Wie ist das denn passiert?«, fragte ich und prüfte das Schloss an der Tür. »Abgeschlossen.« Als ich den Jungen verwundert musterte, erkannte ich ihn. Es war der Kofferdieb!

Er fuhr sich mit beiden Händen durch seinen schwarzen Haarschopf. »Ich hab mich hier umgesehen, und auf einmal ist die Tür hinter mir ins Schloss gefallen. Wie von unsichtbarer Hand verriegelt.«

»Wohl eher von Geisterhand«, murmelte Selmor.

Irgendetwas stimmte hier nicht. »Wie bist du denn in die Bibliothek hineingekommen?« Ich verschränkte meine Arme vor der Brust.

Der Junge deutete mit dem Kopf auf eine hölzerne Tür, die hinter einer Wendeltreppe auf der anderen Seite des Gangs versteckt war. »Ich habe eine Besichtigungstour in der St. Patrick's Cathedral gemacht und mich verlaufen.«

»Ganz zufällig?«, zischte ich. »So, wie du auch ganz zufällig am Flughafen das falsche Gepäck gegriffen und eine Manausische Schlingpflanze nach mir geworfen hast?«

Der Junge seufzte und hockte sich auf den Tisch in seinem Gefängnis. »Okay, okay. Ich geb's ja zu. Das war nicht ganz so zufällig. Ich hab die Pflanze meinem Bruder gestohlen. Er ist ein Magent. So wie du. Meine Familie macht ein großes Theater darum, dass er ausgesucht worden ist. Und ich bin für sie der kleine Looser.«

Ich sah ihn skeptisch an.

»Ich habe meinen Bruder belauscht und mitbekommen, dass jemand von der S.A.M. nach Dublin geschickt werden soll. Also habe ich euch beobachtet und einen aus der Schulklasse im Klo am Flughafen eingesperrt, damit ich an seiner Stelle mitfliegen konnte. War kinderleicht!«

Ich riss die Augen auf. »Willst du behaupten, dass da zu Hause immer noch ein Schüler im Klo feststeckt?«

Der Junge verzog sein Gesicht zu einem gequälten Grinsen. »Er wird inzwischen wohl befreit worden sein.«

»Und warum wolltest du mich verfolgen und mein Gepäck stehlen?«

Der Junge hob die Schultern. »Ich brauchte deine Ausrüstung. Wenn ich einen Fall für sie löse, muss die S.A.M. einfach sehen, was ich kann.«

»Und woher wusstest du, wer ich bin?«, fragte ich skeptisch.

»Es war mir sofort klar, dass du die Magentin bist.«

Ich riss erstaunt die Augen auf, denn ich zweifelte umgehend an meiner Tarnung.

Der Fremde grinste. »Ich habe im Flugzeug genau hinter dir gesessen. Wer einen derartigen Schwefelgeruch ausströmt, ist magisch geladen. Das kenne ich von meinem Bruder.«

Ich verfluchte Selmor in Gedanken und konnte es nicht fassen. Ein paar Minuten lang stand ich einfach nur da. In meinem Kopf zuckte Magentenregel 85e auf:

Vertraue niemals jemandem, der dich angegriffen hat. Er würde es jederzeit wieder tun.

Doch egal, wie ich es betrachtete: Seine Geschichte musste stimmen. Es klang zwar verrückt, war aber gleichzeitig vollkommen logisch.

»Und was wolltest du wirklich hier in der Bibliothek?«, fragte ich den Jungen.

»Ich habe dir im Nebel deinen Masterplan aus der Hosentasche geklaut. Darauf war nur die Marsh Library als Startpunkt notiert. Tut mir leid«, sagte er kleinlaut.

Ich zögerte noch einen Moment, bevor ich zur nächsten Lesekabine ging und den Schlüssel aus der Tür nahm. Es war nur ein Versuch, aber wenn es funktionierte, umso besser. Dann musste ich dem Fremden nichts vorzaubern, denn auch, wenn er schon wusste, dass ich eine Magentin war, wollte ich mir nicht in die Karten sehen lassen.

»Du bist genial!«, rief der Junge, als es tatsächlich leise klickte und das Schloss des Käfigs aufsprang.

»Und du wirst augenblicklich zurück nach Hause fliegen!«, sagte ich. »Magent sein ist kein Spiel. Wie heißt du eigentlich? Und wer ist dein Bruder?«

Der Junge schlüpfte aus seinem Gefängnis und sah mich kurz an. Dann schüttelte er stumm den Kopf und ging zu der verborgenen Tür, die zur St. Patrick's Cathedral führte.

»Dass du deinen Bruder schützen willst, verstehe ich ja«, rief ich ihm hinterher. »Aber ein kleines Dankeschön dafür, dass ich dich befreit habe, wäre trotzdem nicht zu viel verlangt.«

Doch das hörte er schon nicht mehr, denn die Tür fiel schwer hinter ihm ins Schloss.

»Du glaubst ihm? Und was, wenn er geblufft und die S.A.M.-Leitung zwei Magenten auf den Fall angesetzt hat?«, brummte Selmor.

Ich verzog das Gesicht. »Das ist unmöglich. Denn wäre er ein Magent, hätte er sich selbst befreien können. Dass man seinen magischen Schlüssel immer bei sich tragen muss, lernt man an der Makademie schließlich schon in der ersten Woche der Grundausbildung.«

Magischer Instinkt – Definition

Durch die Aufladung mit Magie verfügt ein Magent über den sogenannten ultimativen *magischen Instinkt*. Er ist auch als magisches Bauchgefühl bekannt und muss stetig geschult werden. Auf diesen Instinkt ist unbedingt zu hören, denn er ist höchst zuverlässig und unverzichtbar, um hohe Magiekonzentrationen oder fantastische Kreaturen aufzuspüren.

Auszug aus:
Grundlagen für Magenten
3. Kapitel: Magischer Instinkt
76., überarbeitete Auflage
S.A.M. international Publications

10. KAPITEL

Dublins Gnome

»Machst du das eigentlich öfters?«, fragte Connor, als ich aus dem Tor zurück zu ihm in den St. Patrick's Close trat.

»Nein«, gab ich ehrlich zu. »Aber ich musste da was recherchieren, war wirklich wichtig. Es hatte mit der alten Stadtmauer zu tun, die interessiert mich sehr. Können wir uns die vielleicht als Nächstes ansehen? Ich verspreche auch, ich halte mich jetzt an die Regeln.«

»Puh«, machte Connor. »Ich hab hier Blut und Wasser geschwitzt. Noch einmal werde ich nicht für dich Schmiere stehen.« Er wischte sich über die Stirn und sah mich nachdenklich an. »Ich müsste Mum fragen, ob es noch Reste der Mauer gibt. Soweit ich weiß, ist längst alles abgerissen worden.«

»Aber singt deine Mum heute nicht bis spätabends in einem Pub?«, fragte ich.

»Dann sollte das auch unser Ziel sein«, meinte Connor vergnügt. »Doch zuerst zeige ich dir ein bisschen was von Dublin.«

Wir liefen kreuz und quer durch die Altstadt. Connor erzählte mir mit Stolz, dass der ganze Bezirk und damit auch der berühmte gleichnamige Pub seinen Namen von einem Sir William Temple hatte.

»Man sagt, dass Dublin so gemütlich wie ein kleines Dorf und so temperamentvoll wie ein nie schließender Pub ist«, sagte Connor mit einem Zwinkern.

Ich fand, er hatte allen Grund, seine Heimat zu lieben. Wir schlenderten durch kleine, betriebsame Gassen, vorbei an historischen Gebäuden, schicken Cafés und traditionellen Shops und Pubs. Wir hörten irischen Straßenmusikern zu, und Connor erzählte mir von der alten Wikingergeschichte der Stadt, die über tausend Jahre zurück in die Vergangenheit reichte.

»Und jetzt gehen wir in die Temple Bar«, verkündete Connor schließlich und deutete auf den Pub am Ende der Gasse, vor dessen Eingang sich Menschentrauben tummelten. Manche von ihnen hielten nur kurz an, um ein Foto von der rot gestrichenen Front zu machen. Immer wenn die Tür aufging, wehte uns ein Schwall Musik entgegen.

Ich sah Connor strahlend an. »Dürfen wir da denn rein?«

»Klar«, sagte Connor, und sein Grübchen vertiefte sich vom Lächeln. »Da kennt mich jeder. Meine Eltern treten dort regelmäßig auf.«

Er schob sich geschickt durch die Menge, und ich gab mir Mühe, ihn nicht aus den Augen zu verlieren.

»Hey, ihr zwei!«, rief uns einer der Barkeeper entgegen.

»Hey, John!«, schrie Connor gegen die laute Musik an.

»Deine Eltern sind schon auf dem Weg zur Bühne.« John musterte mich. »Bist du die neue Austauschschülerin?«, fragte er, und alle Umstehenden sahen mich neugierig an.

»Ja«, sagte ich etwas verlegen.

John öffnete zwei Flaschen Limonade und stellte sie vor uns auf die Theke. Ich zog meine Geldbörse hervor, doch der Barkeeper hob abwehrend die Hand. »Lass stecken. Ich ziehe es Connors Eltern von der Gage ab.« Er zwinkerte mir zu.

Connor beugte sich zu mir und rief: »Meine Eltern kriegen gar keine Gage. Hier aufzutreten ist eine Ehre. Komm, wir gehen mal näher an die Bühne heran.«

Ich lachte, griff nach der Limonade und nickte John dankend zu. Dann schlängelten wir uns durch den Pub und ich presste meine Selmor-Tasche fest an mich. Aus einem Gefühl heraus zog ich das Monokular vom Gürtel und sah mich unauffällig um. Doch außer fröhlichen Menschen, die an kleinen Tischen zusammensaßen und aus großen Gläsern schwarzes Bier tranken, entdeckte ich nichts. Zu meiner Beruhigung auch keine Banshee auf der Jagd nach Connor.

Nur wenige Minuten später betraten Brianne und Angus mit zwei weiteren Musikern die Bühne. Eigentlich war es nur eine höher gelegene Ecke, in der vier Erwachsene gerade genügend Platz fanden. Als die ersten Töne von Angus' Fiddle erklangen, war ich fasziniert. Von der Musik, von der Stimmung im Pub und davon, dass Brianne und Angus gerade genau so aussahen wie auf den Fotos in ihrer S.A.M.-Akte, von der sie keine Ahnung hatten, dass es sie überhaupt gab.

»Deine Mutter hat eine tolle Stimme«, sagte ich zu Connor.

»Oh ja, das hat sie wirklich. Sie hat sogar schon Angebote für Musikaufnahmen bekommen. Aber sie wollte nicht. Hier zu singen ist ihr großer Traum.« Connors Augen strahlten vor Stolz. »Bis vor ein paar Jahren durften Frauen irische Pubs überhaupt nicht betreten. Mum sagt oft, dass sie für all die Frauen und Mädchen auftritt, die nur deshalb etwas nicht dürfen, weil sie keine Männer sind.«

Brianne sang gerade »Oh poor old Dicey Reilly she has taken to the sup. Oh poor old Dicey Reilly she will never give it up ...« und ich sah sie bewundernd an.

Da fiel mein Blick auf einen Mann genau neben der Bühne. Er war etwa so groß wie ein vierjähriges Kind und sein ungekämmtes Haar umrahmte das von tiefen Falten zerfurchte Gesicht. Er schaute sich suchend um.

Ich hob zur Sicherheit mein Monokular wieder vors Auge und nickte. Mein magischer Instinkt war richtig gewesen. Durch das Wechselglas konnte ich den Kerl nicht sehen.

Gerade als ich auf ihn zugehen wollte, verschwand er in der Menge. Ich folgte ihm, schob mich durch die vor der Bühne eng sitzenden Menschen und sah gerade noch, wie der Gnom durch eine mit Metallschildern tapezierte Wand ging, als wäre sie Luft. Ich beugte mich unauffällig hinab und klopfte dagegen. Nichts.

»Suchst du was?« Connor hockte sich neben mich. Dabei entdeckte er das Wechselglas. »Du bist echt sonderbar, Elia«, sagte er kopfschüttelnd.

»Ähm, ja, das höre ich öfters.« Ich lachte verlegen. »Ich mache bei so einem virtuellen Escape-Room-Spiel mit, weißt du? So was kennst du ja sicher auch. Bei uns zu Hause ist das gerade der absolute Trend.«

Connor zuckte mit den Schultern und sah mich fasziniert an. »Nein, kenne ich nicht. Aber ich würde es wirklich gerne ausprobieren.« Er stand auf und deutete zum Ausgang. »Lass uns nach Hause gehen, dann kannst du mir in Ruhe die Regeln erklären. Ich bin echt gespannt auf das Spiel! Und Mum erzählt dir sicher auch noch morgen was über die Stadtmauer.«

»Verdammt«, zischte ich leise. Jetzt war mir der Gnom entwischt, bevor ich ihn fragen konnte, was er hier zu suchen hatte. Mir blieb also nur, zu hoffen, dass er nicht auch Mordgedanken hegte wie die Banshee und die Menschen im Pub nicht in Gefahr waren.

S.A.M. international

Hamburg – Boston – Rio de Janeiro –
Johannesburg – Tokio

Verschwiegenheitserklärung

Hiermit versichere ich, Elia Evander, die Geheimnisse der S.A.M. zu wahren und mich unter keinen Umständen als Magentin enttarnen zu lassen.
Mir ist bewusst, dass ich nur in lebensbedrohlichen Notfällen vor Nicht-Magenten Magie anwenden darf, und verpflichte mich, danach umgehend für Vergessen zu sorgen.

____

Unterschrift Magentin Elia Evander

Bitte in dreifacher Ausfertigung zurück an:
Amanda Adams
S.A.M. international, Headquarters

11. KAPITEL

Geheimnisse

Connor, warte doch mal!«, rief ich ihm nach, doch wie sollte er mich in dem Trubel schon hören? Also gab ich meine Suche nach dem Gnom fürs Erste auf und folgte Connor nach draußen.

Die Touristen standen noch immer in Gruppen vor dem Pub. Es dämmerte inzwischen, und die gesamte Häuserfront des Pubs wurde von unzähligen kleinen Lämpchen beleuchtet.

Es dauerte einen Moment, bis ich Connor endlich entdeckte. Er schlurfte langsam durch die Gasse und drehte sich dabei suchend nach mir um.

Ich quetschte mich durch eine Gruppe grölend singender Touristen und blieb dann wie erstarrt stehen.

Mir stockte das Blut in den Adern, als ich sah, wie eine junge Frau im weißen Flatterkleid aus einem Hauseingang trat und barfüßig auf Connor zutänzelte.

»Connor!«, rief ich mit hämmerndem Herzen.

Doch es war zu spät. Ich würde die beiden nicht rechtzeitig erreichen. Die Banshee drehte sich lachend zu mir herum und öffnete dann den Mund, um Connor aus voller Kehle anzukreischen.

»Connor, nein!« Meine Stimme war so schrill, dass ich damit jeder Banshee problemlos Konkurrenz machte.

Als der Bansheeschrei die Nacht durchbrach, rechnete ich fest damit, dass Connor augenblicklich tot umfallen würde. Doch nichts dergleichen geschah. Seelenruhig lief er weiter, als wäre er nicht gerade tödlich angegriffen worden.

Verblüfft sah die Banshee ihn an. Wieder und wieder stieß sie spitze Schreie aus, doch aus irgendeinem Grund prallten diese von Connor ab.

Als ich ihn eingeholt hatte, verzog sich die Banshee mit einem frustrierten Seufzer in eine Häuserschlucht.

»Connor?« Ich tippte ihn sacht an der Schulter an.

Connor fuhr herum und sah mich lächelnd an. »Hast du was gesagt?«, fragte er und nahm seine Kopfhörer aus den Ohren.

Die Felsbrocken der Erleichterung, die mir in diesem Moment vom Herzen fielen, konnte er genauso wenig hören wie zuvor die Schreie der Banshee.

Sie hatte ihm nur deshalb nichts anhaben können, weil seine Gehörgänge verstopft gewesen waren! Mein Herz klopfte augenblicklich schneller, wenn ich mir vorstellte, wie knapp Connor gerade dem Tod entkommen war.

»Ich denke, ich sollte dir nun wirklich meine App zeigen«, sagte ich deshalb und hakte mich bei ihm ein.

Ich war mir nicht sicher, ob ich das Richtige tat. Aber ich hatte keine Wahl, wenn ich verhindern wollte, dass die Banshee ihn umbrachte. Selbst in der Verschwiegenheitserklärung, die ich für meine Arbeit bei der S.A.M. unterschrieben hatte, war ein lebensbedrohlicher Notfall als Ausnahme akzeptiert. Ich war hier in Dublin alleine, völlig auf mich selbst gestellt und konnte niemanden fragen, ob eine mordlustige Banshee als Begründung ausreichte.

Trotzdem holte ich tief Luft und ergänzte: »Die App und noch ein paar andere Kleinigkeiten.«

Eine halbe Stunde später saßen wir in meinem Dachzimmer auf dem Boden und Connor sah mich mit offenem Mund sprachlos an. Ich hatte ihm Glenda vorgestellt und ihn vor der Banshee gewarnt.

»Und du behauptest allen Ernstes, dass es Banshees wirklich gibt?«, fragte Connor ungläubig.

Ich seufzte. »Ja. Also denk dran: Verlasse das Haus ab jetzt nur noch mit Ohrstöpseln.«

Vielleicht war ich nun die längste Zeit eine Magentin gewesen. Aber selbst wenn meine erste Mission wegen dieses Regelbruchs meine letzte sein sollte, würde ich mich dennoch immer wieder genauso entscheiden.

»Nun mal nicht so niedergeschlagen, Elia Evander. Was der Geheimdienst nicht weiß, macht niemanden heiß«, säuselte Glenda. Sie genoss ganz offensichtlich die Aufmerksamkeit und Bewunderung, die Connor ihr entgegenbrachte. »Und wofür hat eine umsichtige Magentin immer genügend Vergiss-es-Tropfen im Gepäck, wenn sie diese nie anwenden will?«

»Und du bist wirklich eine Agentin zum Schutz der Menschen und Fabelwesen?« Connor sah ungläubig zwischen meiner WitchWatch und mir hin und her. »Bist du deshalb vorhin in die Bibliothek eingebrochen?«

»Ja und ja«, sagte ich leise, als würde mein Verrat an der S.A.M. dadurch nicht so schwer wiegen. »Ich bin eine Magentin und gehöre zur S.A.M., der Spezialeinheit junger Agenten für Magisches.«

»Du machst Witze, oder?« Connor sah mir forschend ins Gesicht.

»Keine Witze, leider. Als die Banshee dich angeschrien hat, ist mir beinahe das Herz stehen geblieben. Ehrlich, das ist der schlimmste Geburtstag aller Zeiten! Ich habe total versagt.«

Da riss Connor seine Augen noch weiter auf. »Du hast heute Geburtstag und sagst nichts?«

Ich zuckte mit den Schultern. »Magentenregel 33b: Halte so viel wie möglich über dein Privatleben geheim.«

»Und ich habe den ganzen Apfelkuchen aufgegessen.« Connor stöhnte und schlug sich mit der flachen Hand vor die Stirn. »Warte, ich bin sofort zurück.« Er stand auf, verließ das Dachzimmer und ich hörte ihn die Treppen hinunterspringen.

»Apfelkuchen, ich höre nur Apfelkuchen«, jammerte meine Tasche und nahm die Gestalt von Selmor an. »Denkt vielleicht auch mal jemand daran, mich zu füttern?«

»Ach du Schreck, das habe ich tatsächlich ganz vergessen!«, rief ich und zog den Harfenkoffer heran. Ich suchte das Futterpaket für Selmor heraus, und weil ich keinen Löffel zur Hand hatte, drückte ich mir etwas Zauberpaste auf die Fingerspitze und hielt sie ihm hin.

Selmor schleckte die Paste von meinem Finger und gab ein zufriedenes Grunzen von sich. »Ah, frittierte Mäuseschwänze in Froschlaich.«

Bei der Vorstellung kroch mir eine Welle von Übelkeit durch den Magen, doch Selmor kostete die Zauberpaste bis zum letzten Tröpfchen aus und rollte sich dann schnurrend in meinem Schoss ein, sodass ich ihn ausgiebig kraulen konnte.

Wenig später kam Connor zurück, und Selmor musste sich unmütig wieder in eine Tasche verwandeln. Natürlich nicht, ohne »Der Junge geht mir gehörig auf die Nerven!« zu grummeln.

Connor trug einen Teller mit einer brennenden Kerze vor sich her, um die herum er Plätzchen gelegt hatte. »Happy birthday«, sagte er feierlich und setzte sich zu mir auf den Boden.

Ich war wirklich gerührt. »Danke!« Ich strahlte und wollte die Kerze schon auspusten, als Connor schnell seine Hand davor hielt.

»Erst musst du dir was wünschen.«

Da brauchte ich nicht lange überlegen. Ich nickte und Connor ließ mich die Flamme ausblasen. Hoffentlich ging mein Wunsch in Erfüllung!

»Was genau ist eigentlich dein Auftrag hier in Dublin?«, fragte Connor und reichte mir eins der Zimtplätzchen.

Ich seufzte. »Ich soll den Schlüssel zu einem Portal finden, das die irische Sid schützt. Das ist die Parallelwelt, in der …«

»Ich weiß, was die Sid ist«, unterbrach Connor mich eifrig. »Da leben die Fabelwesen Irlands. Wenn man der Mythologie glaubt, haben sie sich mit den Menschen vor ewiger Zeit darauf geeinigt, dass sie getrennt voneinander in Frieden leben wollen. Der Bereich für die Fabelwesen, die Sid, wurde unter der Erde angelegt, die Menschenwelt darüber. Deshalb sind wir Iren auch immer sehr vorsichtig, was Feenhügel betrifft. Man sollte die Fabelwesen in ihrer Welt unbedingt in Ruhe lassen, ansonsten kriegt man ein ernstes Problem.«

»Ihr habt längst ein ernstes Problem«, verbesserte ich ihn. »Deine Banshee ist nicht die einzige, die hier herumspukt und nicht zurück in die Sid kommt. Da war zum Beispiel auch ein Gnom in dem Pub, in dem deine Eltern auftreten.«

Connor schreckte hoch. »Glaubst du, meine Eltern sind in Gefahr?«

Ich dachte nach und schüttelte dann mit dem Kopf. »Nein, wohl nicht direkt. Der Typ kam mir zwar etwas sonderbar vor, wirkte aber nicht so, als würde er gleich angreifen. Es schien eher, als würde er sich hier gut auskennen.«

Connor suchte beruhigt mit seinem Finger die letzten Krümel vom Teller. »Vielleicht war es auch nur ein verkleideter Mensch. In dieser Woche tummeln sich in der Stadt die Kostümierten. Bald ist schließlich

Samhain mit der großen Straßenparade, und morgen beginnt das Bram Stoker Festival am Schloss.«

»Bram Stoker?«, fragte ich.

Connor fletschte die Zähne. »Der Erfinder von Dracula, dem berühmtesten Vampir der Welt. Bram Stoker hat das Buch in unserem Schloss geschrieben. Jedes Jahr kommen die Fans deshalb Ende Oktober hier in Dublin zusammen und dann wimmelt es in der Stadt nur so von Vampiren.«

»Verdammt!«, fluchte ich. »Samhain, Vampirfestival und was weiß ich noch alles. Das macht es verflixt schwer, undercover zu bleiben.«

»Wenn du mich fragst, wird das unmöglich«, stimmte Connor mir zu.

»Nicht verzagen, Glenda fragen«, säuselte meine Uhrenhexe.

Ich schob den Ärmel meines Pullis hoch und sah Glenda fragend an.

Sie lief auf dem Display nachdenklich im Kreis. »Eine Witch in der Watch könnte weitere Apps herunterladen, aber das geht natürlich nur auf Befehl.« Glenda blieb stehen und sah mich herausfordernd an.

»Welche wären das denn zum Beispiel?«, wollte Connor wissen.

»Die Frage ist zu unpräzise.« Glenda runzelte die Stirn. »Wenn ich alle zur Verfügung stehenden Apps aufzählen soll, bin ich morgen noch nicht fertig.«

Ich grübelte. Welches Stichwort könnte mir bei meiner Mission helfen? »Gibt es eine App, die mir Dublins magische Artefakte anzeigt?«, überlegte ich laut.

Glenda dachte nach, sah zuerst nach rechts oben in die Ecke, dann nach links unten. Schließlich schüttelte sie den Kopf. »Kein direkter Treffer. Aber mein Vorschlag wäre ein Upgrade zu deiner vorinstallierten Karte von Dublin. Damit kann ich dir alle Orte mit hoher Magiekonzentration anzeigen.«

»Cool!«, rief Connor begeistert.

Ich stimmte ihm zu. Das würde die Suche zumindest eingrenzen.

»Ist das als Auftrag zum Download gemeint, Elia?«, fragte Glenda verwirrt.

»Ja, bitte lade das Upgrade herunter«, sagte ich in die Uhr.

Während wir gespannt auf den Bildschirm der WitchWatch starrten, seufzte Connor sehnsüchtig.

»Kann eigentlich jeder Magent werden?«, fragte er hoffnungsvoll.

Ich musste lachen. »An sich schon. Es gibt aber strenge Auswahlkriterien. Mit sechs Jahren beginnt man die Ausbildung an der Makademie, es wäre für dich also leider zu spät.«

»Aber warum?« Connor sah mich an. »Warum sind ausgerechnet Kinder Magenten? Ist das nicht viel zu gefährlich? Warum machen das nicht die Erwachsenen?«

»Weil wir die beste Tarnung überhaupt sind. Kindern traut man es einfach nicht zu, dass sie einen wichtigen Auftrag haben könnten. Wenn wir von Magie sprechen, halten uns alle nur für besonders fantasiereich. Man kann uns prima irgendwo als Austauschschüler einschleusen, und niemand schöpft Verdacht«, sagte ich.

»Hoffentlich gilt das auch für die Monster und Bestien, die du hier jagen sollst«, meinte Connor besorgt.

Bei seinem Blick bekam ich zum ersten Mal seit meinem Aufbruch ein flaues Gefühl im Magen.

Noch Stunden später, als die McFergus schon längst tief und fest schliefen, lag ich wach, schrieb einen neuen Masterplan, den ich am nächsten Tag in MAMA einpflegen wollte, und konnte doch nur wenig Neues hinzufügen. Dem Hinweis des Bibliotheksgeists folgend, wollte ich als Nächstes einen Teil der alten Stadtmauer finden. Oder zumindest die Stelle, an der sie einst gestanden hatte. Außerdem wollte ich noch mehr magische Wesen aufspüren und nach dem Portal zur Sid befragen.

Es war nicht viel – aber es war einen Versuch wert, denn wenn man nicht viel hat, dann liegt die Antwort meist im Detail.

Nachdenklich ließ ich mit Ennos Ring die Schnallen an meinem Harfenkoffer auf- und zuklappen. Dann nahm ich ihn ab und legte ihn auf den Tisch neben dem Bett. Glenda war auch noch wach und lief geschäftig in der Uhr hin und her, um den Download abzuschließen.

Nur Selmor schlief leise schnarchend neben mir. Kein einziges Schwefelwölkchen war ihm bislang im Haus der McFergus entfleucht! Zumindest mit ihm konnte ich wirklich zufrieden sein, dachte ich noch, bevor mir schließlich doch die Augen zufielen.

S.A.M. international

Hamburg – Boston – Rio de Janeiro –
Johannesburg – Tokio

Rundbrief No. 2_Oktober

An alle aktiven Magenten!

Die Hauptverwaltung der S.A.M. international hat wieder die Top 3 der beliebtesten Magenten-Apps ermittelt. Im Monat September verzeichneten folgende Apps die meisten Downloads:

1. MLMB (Magielevel Magischer Begleiter)
2. Geister kaltstellen – Spiele-App
3. MAMA

Es wird darauf hingewiesen, dass in den Spiele-Apps immer die vollständigen Magentennamen benutzt werden müssen. Inkognito-Zugänge werden umgehend gelöscht, damit keine Unbefugten Zugang zu unseren hochgeheimen Programmen bekommen.

Immer gutes Geschick!

Im Auftrag:

Amanda Adams

S.A.M. international, Headquarters

12. KAPITEL

Die ganze Wahrheit

»Was um alles in der Welt stinkt hier so erbärmlich?«, rief Connor am nächsten Morgen. Mit zugehaltener Nase kam er in mein Zimmer gestürmt und riss eine der Dachluken auf. Er blieb im offenen Fenster stehen und fächelte sich frische Luft zu.

Ich setzte mich verschlafen auf und suchte meinen Muffel. Selmor war in der Nacht vom Bett gerutscht und lag stöhnend auf dem Boden. Hastig nahm ich ihn hoch und kraulte ihn kräftig.

»Ahhh!«, jaulte er. »Endlich.«

Verwundert sah ich mich nach der WitchWatch um, die ich nachts noch ans Ladekabel angeschlossen hatte. »Glenda? Wolltest du mich nicht warnen, wenn Selmors Magielevel zu hoch steigt?«

Aus meiner Uhr kam ein herzhaftes Gähnen. »Es ist neun Uhr am Sonntag, den 29. Oktober. Draußen sind es sieben Grad Celsius bei leichtem Sprühregen. Das Passwort ist noch eine Stunde lang gültig. Die Downloads wurden in der Nacht um drei Uhr zwanzig beendet und das Upgrade steht nun zur Verfügung. Der Akku ist voll geladen, und selbstverständlich wurde das hohe Magielevel des magischen Begleiters erwähnt! Zu jeder vollen Stunde. Es ist schon eine Kunst, so fest zu schlafen.«

Connor schmunzelte über Glendas Lagebericht und kam zu mir herüber. »Du hast dein Haustier dabei?«, fragte er erstaunt und betrachtete Selmor neugierig. »Warum hast du das denn versteckt? Meine Eltern lieben Tiere. Und ich erst!«

»Haustier?«, schimpfte Selmor und sprang vom Bett.

»Selmor ist kein gewöhnliches Haustier. Er versorgt mich mit Magie«, erklärte ich Connor.

»Du machst Witze, oder?« Connor grinste und sah Selmor dabei zu, wie er eine Spinne wegknusperte. »Du meinst das ernst? Es war Selmor, der hier so gestunken hat?« Er setzte sich auf die Bettkante und schaute kopfschüttelnd auf meinen Muffel. »Kannst froh sein, dass meine Eltern schon unterwegs sind.«

»Ach du Schreck!«, rief ich. Mit einem Satz sprang ich aus dem Bett. Ich nahm meine WitchWatch vom Ladekabel und band sie mir ums Handgelenk. »Glenda, wie spät ist es noch mal?«

Meine Uhrenhexe verdrehte die Augen. »Sehe ich etwa so aus wie eine Bahnhofsuhr oder automatische Zeitansage?«

»Glenda, bitte!«, sagte ich streng.

»Es ist jetzt genau neun Uhr, drei Minuten und 43 Sekunden«, betete Glenda herunter und verzog sich aus dem Bildschirm.

»Wieso hast du mich nicht eher geweckt?«, fragte ich Connor. »Wann fängt denn an deiner Schule der Unterricht an?«

»Gar nicht.« Connor betrachtete meinen Fingerring, den ich in der Nacht abgelegt und vergessen hatte, wieder aufzusetzen. »Wir haben Herbstferien. Außerdem ist heute Sonntag.«

»Herbstferien?«, verdattert ließ ich mich zurück aufs Bett fallen.

»Japp, wie jedes Jahr in der Samhain-Woche. Ich kann dir meine Schule natürlich trotzdem schon mal zeigen.« Connor steckte sich den Ring auf seinen rechten Daumen und lächelte mich an. Im nächsten

Augenblick veränderte sich sein Gesichtsausdruck und das Lächeln wurde zunehmend gequälter.

»Oh nein«, flüsterte ich, als ich sah, wie sich Ennos Erfindung zusammenzog.

»Was um alles in der Welt …« Connor stöhnte und riss an dem Ring, der sich natürlich kein bisschen bewegen ließ. »Mein Daumen wird ganz heiß!« Connor sprang auf und lief von Panik ergriffen durchs Dachzimmer. Er schüttelte seine rechte Hand und klopfte mit dem Ring an einen Vitrinenschrank ganz hinten im Raum. Mit einem Knall explodierte daraufhin eine der Glasscheiben.

»Oh, oh«, machte Selmor unheilvoll.

Ich sprang zu Connor und fasste ihn an den Schultern. »Bleib ganz ruhig und sprich mir nach, okay?«

Connor starrte mit schweißnasser Stirn auf den Schlangenring.

»Ich habe jetzt genug, löse dich in einem Zug«, sagte ich ihm deutlich vor.

»Was soll das sein, hä?«, rief Connor entsetzt.

»Wiederhole es einfach«, forderte ich eindringlich.

»Ich habe jetzt genug, löse dich in einem Zug«, presste Connor hervor. Sekunden später entspannten sich seine Gesichtszüge und der Ring fiel von seinem Daumen auf den Teppichboden. »Was um alles in der Welt war das?« Connor starrte auf den silbernen Ring, als wäre er eine leibhaftige Giftschlange.

Ich nahm ihn vom Boden auf und steckte ihn mir an. »Das ist ein magischer Türöffner. Ich habe ihn von meinem Vater zum Geburtstag bekommen. Enno ist Erfinder für Magenten-Spezialmittel«, sagte ich mit Stolz.

»Hast du etwa noch mehr solche gemeingefährlichen Sachen bei dir?«, fragte Connor beunruhigt und starrte auf mein Gepäck.

»Ich würde sagen, von der Schlafharfe solltest du auf jeden Fall die Finger lassen.«

»Worauf du Gift nehmen kannst.« Connor sah ganz blass aus. »Du gewinnst auf jeden Fall den Pokal für die schrägste Austauschschülerin, die wir je hatten.«

»Glenda?«, rief ich lachend in meine Uhr. »Lass uns mal das Upgrade testen. Wo gibt es denn heute Morgen die höchste Magiekonzentration?«

»Das sind ja schon ganz andere Töne«, sagte meine Uhrenhexe zufrieden. »Es gibt heute Morgen sieben neue Orte mit hoher magischer Konzentration in der Stadt.«

»Bedeutet das sieben magische Notfälle?« Connor tastete spontan nach seinen Kopfhörern, die er sicherheitshalber schon um den Hals trug.

»Nicht ganz«, sagte Glenda. »Die S.A.M. konnte sich um die meisten schon per Drohnenlieferung kümmern, die anderen wurden nicht als dramatisch eingestuft. Eine Frau hatte einen Geist gesehen und brauchte Vergiss-es-Tropfen. Einer Seniorengruppe wurde ein Gegenmittel geschickt, nachdem ihnen Kobolde ein chinesisches Haarwuchskraut in den Haferbrei gemischt hatten. Noch halten die Besucher aus der Sid sich also zurück. Aber das kann sich ja jederzeit ändern, nicht wahr?«

Ich fühlte mich hundeelend. Während ich selig geschlummert hatte, waren die Menschen in Dublin in Gefahr gewesen. Glenda hatte recht. Was, wenn es nicht immer so harmlos blieb? Ganz offensichtlich strömten immer mehr magische Kreaturen in die Stadt und hatten das Gefühl, sich beweisen zu müssen, um wieder nach Hause zu dürfen. Was, wenn Connors Banshee nicht die Einzige war, die unbändige Lust aufs Morden verspürte? Was, wenn es bald den ersten Toten zu beklagen gab? Das musste ich unbedingt verhindern.

»Bist du eigentlich auch so hungrig?«, fragte Connor. Der Schwefelgeruch hatte sich inzwischen verzogen.

»Ist das eine Frage!«, rief Selmor. »In der Zentrale würden mir zum Frühstück eine Blutorange, ein Löffelchen Eisenkraut-Zauberpaste und ein paar geröstete Maden in Knoblauchsoße serviert. Aber die guten Zeiten sind wohl für immer vorbei.«

Connor grinste mich an, und ich lachte trotz meiner Sorgen zurück. Es hatte auch Vorteile, dass ich gezwungen gewesen war, Connor in meine Geheimnisse einzuweihen. Nur vorübergehend natürlich.

Wir durchsuchten den Kühlschrank und entschieden uns für Pfannkuchen, die eingerollt auf einem Teller lagen, schütteten Berge von Zimtzucker darüber und trugen alles zum Küchentisch hinüber.

Ich schnitt für Selmor eine Orange auf und legte die beiden Hälften vor ihn. Sofort stürzte sich mein Muffel hungrig darauf.

»Ich störe ja wirklich ungern euer gemütliches Picknick, aber es bleiben noch drei Minuten und siebzehn Sekunden, um das Passwort zu ändern, bevor ich das Betriebssystem herunterfahren muss«, kam es da von Glenda.

»Passwort ändern!«, rief ich erschrocken.

»Altes Passwort?«, fragte Glenda monoton.

Ich überlegte fieberhaft. Was war es denn noch mal? »Äh, Harfenkoffer?«

»Falsch«, tönte Glenda, und ich hatte den Eindruck, dass es ihr diebische Freude bereitete.

»Verdammt, Glenda, ich habe das Passwort vergessen«, flüsterte ich.

»Du hast noch zwei Minuten und 43 Sekunden.«

»Regen? Dublin?«, schlug ich vor.

»Vorsicht!«, warnte meine Uhrenhexe erschrocken. »Nach drei Fehlversuchen schaltet sich das System für 24 Stunden aus.«

»Was kann man denn machen, um das zu verhindern?«, fragte Connor interessiert.

»Siehst du?« Glenda sah mich triumphierend an. »Der Junge hat mehr Verständnis für uns Uhrenhexen als du!« Dann wandte sie sich lächelnd an Connor und flötete: »Man bittet ganz einfach die Witch in der Watch um das Zurücksetzen des Passworts.«

»Passwort zurücksetzen, bitte!«, rief ich.

»Gerne«, sagte Glenda. »Dein altes Passwort war übrigens *Häkeldecke*. Nun beantworte mir eine zufällige Sicherheitsfrage aus deinem Lebenslauf: Was war der Anlass für euren Umzug in den Erlenweg vor zweieinhalb Jahren?«

Ich spürte, wie mir die Hitze in die Wangen kroch, als ich flüsterte: »Mein Vater hat einen Brand in der Forschungsabteilung der S.A.M. ausgelöst.«

»Krass!« Connor riss die Augen auf.

»Falsch«, bemerkte Glenda streng. »Die richtige Antwort wäre gewesen: Mein Vater hat eine Explosion in der Forschungsabteilung der Geheimdienstzentrale verursacht, die beinahe die Enttarnung der gesamten S.A.M. Europa zur Folge gehabt hätte.«

Connors Lächeln fror auf seinem Gesicht ein.

»Neue Sicherheitsfrage«, verlangte ich schnell.

»Gerne«, sagte Glenda. »Was ist die Leibspeise von Krok, dem magischen Begleiter deiner Mutter? Bitte sei präzise! Dir bleiben noch eine Minute und siebzehn Sekunden.«

Ich schluckte. »Krok liebt getrocknete weiße Mäuse auf Toast.«

»Köstlich«, schwärmte Selmor und sprang vom Tisch.

»Urghs.« Angewidert legte Connor den neuen Pfannkuchen, den er sich gerade nehmen wollte, zurück auf den Teller.

»Das Passwort wurde erfolgreich zurückgesetzt«, verkündete Glenda. »Neues Passwort?«

»Pfannkuchen?«, nahm ich das Nächstbeste, das mir ins Auge fiel.

»Akzeptiert. Dein heutiges Passwort lautet *Pfannkuchen*. Und nun noch der Hinweis aus der MLMB-App, dass sich das Magielevel deines magischen Begleiters erneut der geruchskritischen Marke nähert.«

Ich blickte mich nach Selmor um und entdeckte ihn schließlich am geöffneten Fenster. Ich stand auf und ging hinüber, um Selmor zurückzuholen.

»Gemeinheit«, schimpfte mein Muffel. »Gerade hatte ich eine wohlgenährte Maus anvisiert. Nicht weiß, nicht getrocknet, nicht auf Toast, aber immerhin.«

Ich schloss vorsichtshalber das Fenster und hockte mich mit Selmor zurück an den Tisch, um ihm das Fell zu kraulen. »Glenda? Bitte öffne MAMA.«

Meine Uhrenhexe zog einen Notizblock hervor und klemmte sich einen Bleistiftstummel hinter das linke Ohr. »Ich bin bereit. Aber bevor wir starten, musst du die Grundeinstellungen vornehmen: Möchtest du, dass deine Erkenntnisse automatisch von mir gespeichert werden? Oder vertraust du der Gewissenhaftigkeit einer Uhrenhexe nicht und willst lieber jede gewonnene Information manuell eingeben?«

Ich grinste. »Ich wähle die automatische Speicherung. Aber gib mir regelmäßig ein Update, ja?«

»Sehr gerne«, sagte Glenda zufrieden.

»Bitte notiere unter Informationen …«, ich überlegte. »Ah ja. Dublin, Artefakt Schlüssel, Portal zur Sid, alte Stadtmauer, verirrte Fabelwesen. Und unter Vorgehensweise kannst du *Marsh Library* und *Geist befragen* eintragen und gleich abhaken. Heute suchen wir die alte Stadtmauer und versuchen, mit ein paar magischen Kreaturen zu sprechen.«

»Das war's?« Glenda klappte den Block zu und verließ den Bildschirm.

»Das ist nicht gerade viel, was?«, fragte Connor niedergeschlagen.

»Man könnte auch sagen, das ist gar nichts«, verbesserte ich ihn frustriert. »Wir suchen ja nicht nur das Portal, wir müssen dann auch noch den passenden Schlüssel finden.«

»Hast du gerade *wir* gesagt?«, erkundigte Connor sich.

»Hat sie«, schnurrte Selmor zufrieden, weil ich ihn jetzt an seiner Lieblingsstelle hinter den Ohren kraulte.

Ich blickte Connor verwundert an. Ja, das hatte ich gesagt und es gar nicht bemerkt.

VAMPIR/-IN, der/die
noun (n)

Vampire gehören zu den blutsaugenden Nachtgestalten. Es handelt sich bei ihnen um wiederbelebte Tote, die sich entweder von Menschen- oder von Tierblut ernähren. Vampire sind in ihrer Erscheinung sehr blass, verfügen über ein sogenanntes Wolfsgebiss, mit dem sie ihre Opfer beißen, und sind vorzugsweise schwarz gekleidet.
Für Nicht-Magenten ist ein Vampir unsichtbar.
Und wie immer gilt: Ein Blick durch ein Wechselglas verschafft Gewissheit.

Lexikon der Fabelwesen
Prof. Dr. Dr. Emeralda Emerson
S.A.M. international Publications

13. KAPITEL

Vampire und Leichenkutschen

Nach dem Frühstück musste Connor aber erst mal zum Fußballtraining, und ich verließ das Haus allein, um nach der alten Stadtmauer zu suchen. Ich war nur wenige Meter weit gekommen, als Glenda sich laut zu Wort meldete.

»Elia! Es gibt eine extrem hohe Magiekonzentration am Dublin Castle. Ich glaube, da stimmt etwas nicht!«

Mein Herz hämmerte wie wild. Verdammt, das klang gar nicht gut.

Selmor schlief leise schnarchend als Umhängetasche getarnt an meiner Schulter, während Glenda wie ein aufgescheuchtes Huhn in der WitchWatch im Kreis lief.

»Selmor?« Ich weckte meinen Muffel. »Wie komme ich am schnellsten zum Dublin Castle?«

»Da träumt man von gerösteten Heuschrecken an Löwenzahnsalat und dann das«, beschwerte sich Selmor. Dennoch lotste er mich schon kurze Zeit später schnell und zielsicher durch die Altstadtstraßen.

»Und jetzt nach rechts auf den Christchurch Place abbiegen«, kommandierte er gerade, als ich mit einem Vampir zusammenstieß.

»Kannst du nicht aufpassen?«, beschwerte sich der Mann mit dem schneeweißen Gesicht und den dunkelrot schimmernden Blutstropfen am Kinn.

»Achtung, Puls steigt ungesund«, stellte Glenda überflüssigerweise fest.

Ich starrte den Blutsauger atemlos an, dann gab mein magischer Instinkt Entwarnung. Auch wenn er das Original erstaunlich gut getroffen hatte, handelte es sich bei dem Vampir lediglich um einen verkleideten Menschen.

»Aus dem Weg!«, stieß ich hervor.

»Ach, echt?« Der Mann fuhr sich mit der Zunge über seine beiden langen, spitzen Eckzähne. Dann zog er sich den schwarzen Umhang enger um die Schultern und ließ sich vom Menschenstrom mittreiben.

Ich eilte weiter über die Castle Street und sah den Pulverturm des Schlosses schon vor mir aufragen. Immer mehr Kostümierte kamen mir entgegen, jeder zweite von ihnen war als Vampir verkleidet.

»Wie soll ich denn in dieser Vampirflut einen magischen Vorfall finden?«, fluchte ich.

»Das war zu erwarten«, erklärte Glenda. »Heute beginnt doch das Festival, und wer ein wahrer Vampirfan ist, der geht natürlich zum Entstehungsort von *Dracula*.«

Im Schlosshof wimmelte es nur so von Vampiren und anderen Gruselgestalten. Manche posierten für Fotos, andere standen in einer Schlange und warteten auf eine Vampirlesung in der Kapelle. Aus einem Lautsprecher kam Heulen und Stöhnen, und jemand hatte sogar eine Nebelmaschine mitgebracht.

Ich war ja einiges von den Escape-Spielen in der Makademie gewohnt, aber das hier fand sogar ich schaurig.

Manche der leichenblassen Gestalten waren in echten Kutschen angereist, in deren Innern Särge standen. Eine davon transportierte sogar einen offenen Sarg, in dem eine Puppe lag, die verdammt echt aussah. Genauso wie die leichenblasse Kutscherin. Ich hob mein Monokular vors Auge und erschrak. Wenn ich hindurchsah, war der Kutschbock leer!

»Verflixt.« Ich quetschte mich durch die Menge in Richtung der Leichenwagenkutsche.

Ein großer Vampir mit Zylinder stellte sich mir in den Weg. »Ah, ich wittere frisches Menschenblut!«, rief er düster. Er beugte sich zu mir herab und tat so, als wollte er mir in den Hals beißen.

»Verzeihung, können wir das bitte kurz verschieben?«, bat ich höflich und schob mich weiter.

Der Leichenwagen rollte langsam durch die Menge auf das Tor zu.

»Seht euch nur diese wirklichkeitsgetreue Leiche an. Was für eine perfekte Verkleidung!«, rief eine rundliche Vampirin entzückt, die mir den Weg versperrte. »Wie lenkt er wohl die Kutsche?«

Ich quetschte mich an der begeisterten Frau mit den langen schwarzen Handschuhen vorbei und konnte endlich einen Blick in den Sarg werfen.

Der Tote war ein Junge, kaum älter als ich. Und eigentlich hatte er nichts Gruseliges an sich, wenn man mal von der Leichenblässe und dem Blut absah, das aus einer Bisswunde an seinem Hals sickerte. Er war mit einem weißen Spitzentuch zugedeckt. Dennoch kam mir das, was ich von ihm sah, sonderbar bekannt vor. Ich betrachtete sein schwarzes Haar und die schwarze Jacke und auf einmal stockte mir der Atem. Das war der Kofferdieb! Der eifersüchtige Bruder eines unserer Magenten, der einmal ein Held sein wollte. Mein Hals schnürte sich zusammen. Er war also nicht abgereist, sondern hatte weiter versucht, meinen Fall auf eigene Faust zu lösen. Und das hatte er offensichtlich mit seinem Leben bezahlt. Mir zitterten die Knie, als ich mir vorstellte, wie leicht ich an seiner Stelle sein könnte.

»Anhalten«, flüsterte ich und klopfte an die Glasscheibe des Leichenwagens. »Sofort anhalten!«, rief ich laut in Richtung Kutschbock. Längst dämmerte mir, dass das blasse Mädchen, das nur ich sehen konnte, eine echte Vampirin war.

Doch die sah mich nur finster an, schlug mit den Zügeln und ließ dann ihr Pferd schneller gehen.

»Anhalten, habe ich gesagt!«, schrie ich. Und weil die Kutsche nun durch die Menschenmenge in Richtung Ausgang ratterte, sprang ich zu ihr auf den Bock. Ich hatte Mühe, das Gleichgewicht zu halten, doch ich schaffte es, die Zügel zu fassen zu kriegen und mit aller Kraft daran zu ziehen.

Als das Pferd daraufhin abrupt stehen blieb, fiel ich der Vampirin in die Arme. Sie war eiskalt und roch nach Moder und kaltem Blut. Ein Ekelschauer überlief mich, der sogleich von purer Panik abgelöst wurde: Die Vampirin beugte sich mit weit aufgerissenem Mund über mich. Ich starrte auf ihre blitzenden Zähne, die sich meinem Hals näherten.

Mit einer Hand versuchte ich, ihren Kopf von mir wegzudrücken, mit der anderen tastete ich an meinem Gürtel nach meiner Geheimwaffe. Endlich bekam ich das Sprühfläschchen zu fassen. Als die Vampirin wieder nach mir schnappte, zog ich es hervor und sprühte ihr mitten ins blasse Gesicht. Einmal, zweimal und zur Vorsicht noch ein drittes Mal. Intensiver Knoblauchgeruch umnebelte uns.

Die Vampirin schrie markerschütternd auf und presste sich beide Hände auf den Bauch, als müsste sie sich gleich übergeben. Ich stieß sie zur Seite, und während das Vampirmädchen sich noch vor Magenkrämpfen krümmte, sprang ich vom Kutschbock und stürmte nach hinten. Ich sprang auf den Tritt und rüttelte an der niedrigen Tür zum Innenraum.

»Hey, Mädchen, komm da runter!«, rief ein Mann aus der Menge. Ein anderer griff nach mir, doch ich konnte ihn abschütteln.

Die Vampirin auf dem Kutschbock keuchte und sah mich mit schmerzverzerrtem Gesicht an. »Das ist zwecklos, der ist tooooot! Aber ich brauche noch mehr Blut.«

Ich hämmerte kräftig gegen die Glasscheibe der Tür und versuchte, sie einzuschlagen.

Da griff die Vampirin wieder nach den Zügeln und trieb ihr Pferd an. Sie lenkte die Kutsche immer wilder hin und her, vermutlich, um mich abzuschütteln.

Ich krallte mich an einem Griff über der Tür fest und blickte auf meinen Ring. Den linken Zeigefinger auf den Riegel des Leichenwagens gerichtet, rief ich: »Lass mich herein, sollte er noch am Leben sein.«

Mit einem Knall flog die Tür auf und hätte mich beinahe vom Wagen geschleudert. Die Vampirin steuerte nun genau auf die Ausfahrt des Schlosshofes zu.

Ich beugte mich tief herab und versuchte, den Sarg zu fassen zu bekommen. Immer wieder streckte ich meine Hand aus, um den Puls des Jungen zu fühlen. Doch die Räder der Leichenwagenkutsche holperten über das Kopfsteinpflaster und schüttelten mich so heftig durch, dass ich mich nur am Sarg festkrallen konnte.

Im nächsten Moment kam die Kutsche abrupt zum Stehen und ich fiel nach vorne. Ich landete mit dem Gesicht auf dem weißen Spitzentuch, das die Leiche bedeckte.

Gruselschauer liefen mir über den Rücken und ich wollte mich gerade hochrappeln, als die Vampirin wieder anfuhr. Ich spürte einen Ruck, dann eine Bewegung und dann stürzte der Sarg in die Tiefe. Mit einem unsanften Knall kam er auf den Pflastersteinen im Schlosshof auf, wobei ich mir den Kopf an der Umrandung stieß.

»Autsch!«, fluchte ich und stemmte mich hoch. Die Vampirin auf dem Kutschbock sah mich über ihre Schulter entsetzt an. Dann trieb sie ihr Pferd an und schoss durch den Torbogen hinaus auf die Straße. Die offenen Türen ihres Leichenwagens schlugen auf und zu.

Innerhalb von Sekunden war der Sarg umringt von Schaulustigen.

Ich tastete nach dem Puls des Jungen. »Einen Krankenwagen, schnell!«, rief ich, als ich ein leichtes Pochen spürte.

Als die Menge abgelenkt war, suchte ich an meinem Gürtel nach dem Wundenverschließer und aktivierte ihn. So, wie ich es unendlich oft trainiert hatte, zählte ich leise bis zehn, beugte mich über den Jungen und drückte den kleinen Lötkolben dann fest auf die tiefe Bisswunde an seinem Hals. Es zischte und roch beißend, doch die Wunde war damit versiegelt und der Blutverlust gestoppt. Niemand würde jetzt noch auf einen Vampirbiss tippen. Mehr Sorgen machte mir, dass der Junge nun Vampirspeichel im Blut hatte. Damit würde er nun selbst bald zum Vampir werden, denn leider gab es dafür noch kein Gegenmittel.

Doch zumindest konnte ich etwas tun, dass es ihm erst mal etwas besser ging. Ich suchte eine Kräuterpastille zur raschen Blutbildung aus dem Beutel an meinem Gürtel und legte sie ihm unter die Zunge. Während ich die Hände des Jungen festhielt, um den Puls zu überwachen, überlegte ich, ob ich mit meiner WitchWatch ein Rettungskommando für ihn anfordern sollte.

Da schlug er plötzlich die Augen auf. »Was ist passiert?«, flüsterte er kaum hörbar.

»Du bist verletzt, aber ich habe deine Blutung gestoppt«, sagte ich beruhigend.

»Seht nur, er bewegt sich!«, schrie eine Vampirin mit verlaufener Schminke, die sich immerzu ein Spitzentaschentuch vor den Mund drückte.

Zu meiner Erleichterung kam endlich ein Krankenwagen in den Schlosshof gefahren. Zwei Sanitäter sprangen heraus und eilten zu uns an den Sarg.

»Was genau ist passiert?«, fragte einer von ihnen.

»Als wenn man das nicht sieht«, stöhnte Glenda leise. »Ist doch alles voller Blut.«

Ich zog den Jackenärmel über meine Uhr. »Er scheint viel Blut verloren zu haben. Aber sein Puls ist tastbar und er ist wieder zu sich gekommen.«

Der Sanitäter nickte mir zu. »Du hast ganze Arbeit geleistet. Dennoch nehmen wir ihn jetzt mit.«

»In welches Krankenhaus bringen Sie ihn denn?«, fragte ich.

»Ins St. James Hospital«, meinte der Notarzt. »Willst du mitfahren?«

Die Sanitäter hoben den Jungen aus dem Sarg und legten ihn auf eine Trage, die sie zum Rettungswagen schoben. Ich stieg mit ihnen ein und setzte mich auf einen kleinen ausklappbaren Stuhl neben der Trage. Dann wurden die Türen zugeschlagen und der Wagen fuhr an. Ich hörte die Sirenen laut dröhnen, als wir durch das Schlosstor brausten.

Der Notarzt legte dem Jungen ein EKG an und das Piepen mischte sich in den Sirenenlärm.

»Hey, das muss nicht sein, es geht mir wieder gut.« Der Junge wehrte sich und wollte sich aufsetzen, doch er war an der Trage festgeschnallt.

»Wie ist dein Name?«, fragte der Arzt und leuchtete ihm in die Augen.

Der Junge schwieg.

Der Notarzt sah mich an, doch ich konnte nur mit den Schultern zucken.

»Anhalten. Ich will aussteigen!«, rief der Junge und riss sich die Elektroden ab.

»Keine Sorge«, sagte der Notarzt. »Wir sind gleich da.« Er wollte dem Jungen eine Spritze zur Beruhigung geben, doch der schlug um sich und fuhr sich dann mit der Hand über den Hals. Plötzlich sah er mich finster an. »Was hast du mit mir gemacht?«

»Ich?«, rief ich erstaunt. »Gar nichts.«

»Sie hat dir vermutlich das Leben gerettet«, erklärte der Arzt.

Der Junge wurde ganz still. Er starrte in das grelle Neonlicht an der Wagendecke und schüttelte mit dem Kopf.

Ich versuchte mir einzureden, dass sein Schock und der Blutverlust für seinen schrägen Zustand verantwortlich waren und nicht schon die beginnende magische Verwandlung.

Minuten später kam der Wagen vor dem Krankenhaus zum Stehen. Während die Sanitäter die Trage in die Notaufnahme schoben, wandte sich der Arzt zu mir: »Dort vorne gibt es einen Wartebereich. Bitte bleib noch kurz, ja? Ich muss einen Unfallbericht schreiben und brauche dafür deine Aussage.«

Ich nickte. So konnte ich den Jungen unauffällig weiter im Auge behalten. In diesem Zustand sollte er nicht alleine sein.

»Hat der nicht kurz gesagt?«, jammerte Selmor schon nach wenigen Minuten. »Vermutlich kann er sich gar nicht vorstellen, wie griesgrämig und stinkig ich werde, wenn ich nicht schleunigst etwas zu essen bekomme.«

»Das hier ist ein Krankenhaus und kein Feinschmeckerrestaurant für Begleittiere«, zischte Glenda aufgebracht. »Du könntest auch einfach froh sein, dass nicht Elia dort in der Notaufnahme liegt. Wer würde dich denn dann zukünftig füttern? In einem fremden Land, mutterseelenallein?«

In den nächsten Minuten sagte keiner mehr etwas. Irgendwann fiel mir ein, dass ich Connor informieren sollte. Also rief ich ihn an und bat ihn, mich am Krankenhaus abzuholen.

Dann endlich kam ein Pfleger vorbei und brachte mich in den Behandlungsraum, der voller Geräte stand. Doch auf dem Bett lag niemand.

»Ist er …«, flüsterte ich und griff mir erschrocken an den Hals.

»Ja, leider.« Der Arzt seufzte. »Ich kann mir auch nicht erklären, wie er das geschafft hat. Aber er ist weg, einfach abgehauen.«

»Abgehauen?«, rief Connor überrascht, als ich die Notaufnahme endlich verlassen durfte und ihm erzählt hatte, was passiert war. »Mit dem Kerl stimmt was nicht, wenn du mich fragst.«

»Aber was?«, überlegte ich. »Ich habe all das Blut gesehen, Connor. Die Wunde, ich habe sie geschlossen.«

»Ich weiß nicht«, gab Connor auf dem Weg zur Straßenbahn-Haltestelle zu bedenken. »Könnte es vielleicht sein, dass bei ihm nichts so ist, wie es erscheint?«

Wieder am Schloss angekommen, verließen wir die Straßenbahn, und ich suchte den ganzen Innenhof nach der echten Vampirin ab. Jede Kutsche nahm ich mit meinem Wechselglas unter die Lupe, doch die Vampirin war unauffindbar, und ich bezweifelte auch sehr, dass sie in der richtigen Stimmung war, um mir meine Fragen zu beantworten.

»Lass uns nach Hause fahren, vielleicht ist Mum ja früh zurück«, schlug Connor enttäuscht vor, denn er hatte gehofft, einen Blick auf den blutverschmierten Sarg werfen zu können. Aber der war von den Veranstaltern des Festivals weggeräumt worden und nichts deutete mehr auf den Zwischenfall hin.

Als wir nach Hause kamen, war Brianne McFergus tatsächlich schon zurück. Sie freute sich über mein Interesse an der Stadtgeschichte und erzählte uns von Resten der alten Stadtmauer, die man tatsächlich noch an mehreren Stellen in Dublin finden konnte. Dann schweifte sie allerdings ab und schwärmte ausführlich von der alten Wikingergeschichte ihrer Heimat.

An diesem Abend konnte ich nichts essen und lange nicht einschlafen. Immer wieder sah ich den totenbleichen Jungen vor mir. Was war da nur passiert? Und wo war die Vampirin, die ihm das angetan hatte?

Ich ließ Glenda die Erkenntnisse des heutigen Tages aus dem Masterplan vortragen und hatte das Gefühl, auf der Stelle zu treten. Es war weder ein brauchbarer Hinweis auf die Stadtmauer hinzugekommen noch hatte ich eine magische Kreatur gesprochen. Der Notfall hatte mich ausgebremst. Aber Magentenregel 98 besagte wiederrum, dass es auf einer Mission keine Zufälle gab. Sollte ich also irgendetwas aus den Ereignissen lernen? Nur was? Grübelnd saß ich auf meinem Bett, streichelte Selmor und sah durchs Dachfenster hinaus auf den Mond, der immer wieder von schaurig-schönen Wolken verdeckt wurde.

Grandiose Inszenierung beim Auftakt des Bram Stoker Festivals

Dublin Castle. *Bei der Auftaktveranstaltung des unter Vampirfreunden sehr beliebten Festivals zu Ehren Bram Stokers wurde gestern eine aufsehenerregende, neuartige Inszenierung dargeboten. Eine historische Leichenwagenkutsche transportierte einen Sarg mit einer vermeintlich schwer verletzten Person fahrerlos über den Schlosshof. Es soll sich dabei um eine nicht angekündigte Aktion gehandelt haben. Wir dürfen gespannt sein, was uns in den kommenden Festivaltagen noch an Überraschungen erwartet.*

14. KAPITEL

Riesenschritte

Gegen Morgen musste ich dann doch eingeschlafen sein. Ich wachte auf, weil mein Bett wackelte. Verschlafen rieb ich mir die Augen und sah mich um. Es war ungewohnt hell im Zimmer. Staubkörnchen wirbelten im Sonnenstrahl, der durch die Dachluke hereinfiel. Wieder rüttelte etwas an meinem Bett.

Sogar Selmor blinzelte irritiert. »Was ist hier los?«

»Glenda?«, rief ich erschrocken.

»Es ist zehn Uhr und 54 Minuten am Montag, den 30. Oktober. Draußen sind es kühle vier Grad bei strahlendem Sonnenschein und einer leichten Brise aus der Bucht.«

Das half mir leider nicht weiter. Ich stand auf, setzte Selmor auf den Boden und lief durchs Dachzimmer zu meinem Harfenkoffer. Wieder bebte der Boden.

»Ich habe Aaangst«, jammerte mein Muffel und krallte sich im Teppich fest.

»Das ist auf jeden Fall kein Erdbeben«, stellte ich fest. »Dafür sind die Ausschläge viel zu regelmäßig und zu häufig. Aber was könnte es sonst sein? Bauarbeiten vielleicht?«

Ich versuchte, Selmor mit Zauberpaste abzulenken, und strich ihm dabei über sein glänzendes Fell. Es kribbelte in meinen Händen und sie wurden ganz warm. Zum ersten Mal hatte ich das Gefühl, dass ich richtig spüren konnte, wie die Magie von meinem Muffel auf mich übertragen wurde.

»Ich könnte etwas Protein gebrauchen«, maunzte Selmor nach einer Weile. Das Beben hatte aufgehört und er schien beruhigt. »Guck doch mal, ob es Maden oder Mehlwürmer im Kühlschrank gibt.«

»Hoffentlich nicht!« Ich schüttelte mich bei dem Gedanken.

»Aber immer nur Spinnen jagen ist sehr fade, und außerdem machen die fürchterliche Blähungen«, beschwerte sich mein Muffel. »Könntest du dann wenigstens die Dachluke ein wenig öffnen, damit ich nach einer Maus Ausschau halten kann? Vielleicht erwische ich ja sogar eine Eidechse.« Er sah mich flehend an.

»Nur, wenn du mir versprichst, dass du das, was du fängst, sofort mit Haut und Haaren verschlingst«, forderte ich und öffnete die Luke über dem Bett. »Und lass dich bloß nicht erwischen.«

Selmor sprang mit einem Satz auf die kleine Fensterbank und ging von dort aus mit geschmeidigen Schritten hinaus aufs Dach.

Ich zog mich an und ging hinunter in den Wohnbereich der McFergus.

Angus stand vor dem Herd in der offenen Küche und rührte in einem dampfenden Topf. »Ah, hat dich das Erdbeben geweckt?«, rief er, als er mich auf der Treppe entdeckte. »Du bist jetzt übrigens eine Berühmtheit.«

»Berühmtheit? Ich verstehe nicht«, sagte ich und trat an den Esstisch, an dem Connor mit einer Schale Cornflakes saß und in der Zeitung las.

»Dann sieh dir das an«, meinte er und schob mir die Seite zu.

Ich setzte mich auf einen freien Stuhl ihm gegenüber. Die ganze Zeitungsseite war mit Bildern von Vampiren im Hof des Dublin Castle gefüllt, das größte Foto aber zeigte mich, wie ich auf dem Fußtritt der Leichenwagenkutsche gerade meine linke Hand auf das Schloss ausrichtete, um es mithilfe von Ennos Ring aufzuzaubern. Mir wurde abwechselnd heiß und kalt, als ich die Bildunterschrift las:

»Begabte Schauspielerin bei packender Inszenierung am Dublin Castle«

»Also Elia, das ist wirklich rekordverdächtig!«, rief Angus. »Manche Menschen verbringen ihr ganzes Leben hier und schaffen es nicht ein einziges Mal in die Zeitung. Und dann kommst du zu Besuch und landest nach zwei Tagen auf dem Titelblatt.«

Ich sah von der Zeitung auf.

»Wie es ihm wohl geht?«, fragte Connor leise und deutete auf ein Foto von dem Jungen im Sarg.

Ich zuckte mit den Schultern. Das war gerade nicht mein größtes Problem.

Angus wischte sich die Hände an seiner Schürze ab und kam zu uns herüber. »Wieso hast du denn nicht erzählt, dass du zu einer Schauspielgruppe gehörst?«

Auf Connors Stirn glänzten Schweißperlen, als Angus sich neben mich setzte und mich interessiert ansah.

»Eingang eines Knallers!«, rief Glenda zur Krönung aus meiner Uhr. *Knaller* waren extrem wichtige und hochgeheime Nachrichten, die sich nach wenigen Minuten selbst zerstörten.

Ich sah mit hämmerndem Herzen auf das Display der WitchWatch.

Die kleine tickende Kanonenkugel war von Epione. Vorsichtig tippte ich sie an, und eine Laufschrift huschte über den Bildschirm:

»Eine Magentin, die sich auf geheimer Mission für die Zeitung fotografieren lässt, ist das wohl dümmste, das die S.A.M. je erlebt hat. Du darfst auf Bewährung an dem Fall weiterarbeiten. Leistest du dir allerdings noch einen solchen Ausrutscher, müssen wir dich leider in den Innendienst versetzen.«

Der Knaller explodierte und der Bildschirm meiner WitchWatch wurde schwarz.

»Vielen Dank auch«, fluchte ich. »Da bin ich einen ganzen Tag damit beschäftigt, einem magischen Notfall das Leben zu retten, und das ist der Dank dafür?«

»Magischer Notfall? Ich versteh nur Bahnhof«, sagte Angus verwirrt. »Ist das ein Witz oder hast du zu viel Fantasie?«

Verdammt, die Worte waren natürlich nicht für Angus' Ohren bestimmt gewesen. Ich zog ein eingewickeltes Kirsch-Sahne-Bonbon aus meiner Hosentasche. »Ach, nicht so wichtig. Aber da fällt mir ein: Ich habe ganz vergessen, dass mein Vater mir seine liebste Süßigkeit als Gastgeschenk für Sie mitgegeben hat. Hier, probieren Sie mal, die hat er selbst gemacht.«

Angus sah mich verdutzt an. Doch dann wickelte er das Bonbon aus, steckte es sich in den Mund und rieb sich über seinen langen Bart. »Mmhh«, machte er genüsslich und lächelte.

Es faszinierte mich immer wieder aufs Neue: Die Bonbons wirkten wie bei Uschi, unserer Postfrau. Innerhalb einer Sekunde verflog sämtliche Verwirrung von Angus' Gesicht und es machte sich tiefe Glückseligkeit dort breit.

»Sehr köstlich. Wirklich, da hat dein Vater nicht übertrieben.« Er stutzte. »Was wollte ich denn gerade sagen?«

»Du wolltest wissen, was ein magisch…«, begann Connor.

»Ich glaube, Sie wollten nach dem Essen sehen«, unterbrach ich Connor und trat ihm unter dem Tisch kräftig auf den Fuß.

»Autsch.« Connor zog die Augenbrauen zusammen.

»Nein, das Irish Stew ist fertig.« Angus überlegte und stand auf. Er blickte auf die Uhr und zog sich die Schürze aus. »Ich wollte sagen, dass ich jetzt zur Vorlesung muss, das war es! Bedient euch an dem Eintopf, falls ihr Hunger bekommt. Nicht, dass du deinen Eltern später erzählst, dass du bei uns nichts zu essen bekommen hast, Elia.« Er nahm seine alte Ledertasche und lief durchs Wohnzimmer zur Garderobe, wo er in seine Jacke schlüpfte. »Aber ich habe trotzdem das Gefühl, als hätte ich jetzt irgendwas vergessen.«

»Wie hast du das gemacht?«, fragte Connor, als die Tür hinter Angus ins Schloss gefallen war.

»Vergiss-es-Bonbons.« Ich zog ein weiteres rot-weiß gestreiftes Bonbon aus der Hosentasche. »Eine der wenigen rundum gelungenen Erfindungen meines Vaters. Und ganz ohne Nebenwirkungen. Also fast. Sie färben die Zunge schwarz, das liegt am Schwefelwasserstoff. Das verfliegt aber nach ein paar Stunden.«

Connor sah mich mit einer Mischung aus Entsetzen und Belustigung an. »Mein Dad hat jetzt eine Vorlesung! Wie peinlich für ihn.« Er grinste und schob sich einen Löffel voll Cornflakes in den Mund.

Da bebte die Erde wieder, und zwar so stark, dass die Milch aus seiner Schale über den Rand schwappte.

»Was ist das nur?«, fragte Connor besorgt.

Ich zuckte mit den Schultern.

»Im Phoenix Park gibt es eine bemerkenswert hohe Magiekonzentration«, meldete Glenda. Sie stand mit verschränkten Armen auf dem Bildschirm. Ihr Gesicht war rußverschmiert. »Aber frühstückt erst einmal in Ruhe, während ich die Explosionsspuren des Knallers beseitige. Das im Phoenix Park kann ja warten.«

Ich sprang auf. »Das kann es nicht! Mein magischer Instinkt sagt mir, dass da jemand in Gefahr sein könnte.«

»Selmor?« Ich war hinauf in mein Zimmer geeilt und sah mich nach meinem magischen Begleiter um.

»Hier in der Sonne«, kam die dösige Antwort von draußen.

»Wir müssen los!«, rief ich und schlüpfte in meine Jacke.

»Also das Leben in der Zentrale war wirklich entspannter«, schimpfte Selmor durch die Dachluke. »Ich werde echt stinkig, wenn ich nicht genug Schlaf nach dem Essen kriege.«

Glenda kicherte. »Herrlich amüsant, dieser Muffel. Droht mit Gestank, als würde er sonst nach frischen Veilchen riechen.«

»Das habe ich gehört«, sagte Selmor und sprang mit einem Satz aufs Bett. Er verwandelte sich widerwillig in eine Umhängetasche. »Wehe, du schleuderst mich herum. Ich habe gerade einen ausgewachsenen Teichmolch vernichtet.«

»Erspare mir die Einzelheiten!« Ich schüttelte mich.

Connor wartete schon an der Haustür. »Je schneller du deine Mission beendest, desto besser. Ich träume ja langsam schon von kreischenden Banshees und anderen Wahnsinnigen. Mir wird deutlich wohler sein, wenn die Fabelwesen wieder alle dort sind, wo sie hingehören.« Er trug wie immer, wenn er in diesen Tagen das Haus verließ, seine Kopfhörer.

Und tatsächlich wartete seine Banshee in der Gasse auf uns. Näher kam sie wohl wegen der Gespinnstnetze nicht an das Haus der McFergus heran. Oder hielt sie der Respekt vor meinem laufenden Feuer auf Abstand?

Connor konnte sie natürlich nicht sehen, aber trotzdem drückte er sich die Kopfhörer fest auf die Ohren. Die Banshee tänzelte auf ihn zu. Als sie sah, dass sie mit ihren Schreien auch diesmal nichts bewirken würde, blickte sie mich zornerfüllt an und bog dann in einen Hauseingang ab.

Wir erreichten ohne weitere Zwischenfälle die Bushaltestelle und nahmen die Linie 26 Richtung Phoenix Park. Die nun immer wiederkehrenden Erdstöße waren sogar im schaukelnden Bus zu spüren.

»Ich glaube denen gar nichts mehr. Die können noch hundert Mal in den Nachrichten sagen, dass es kein Erdbeben ist«, sagte eine ältere Frau gerade zu ihrem Mann, der ihr heftig nickend beipflichtete.

»Die haben nur wieder was zu verbergen«, meinte er und schob seine Schirmmütze in den Nacken. »Würde mich gar nicht wundern, wenn die nach Bodenschätzen gegraben haben und die halbe Stadt unterhöhlt ist.«

»Und uns wollen sie dann weismachen, dass es sich um ein ausgebüxtes Monster aus der Unterwelt handelt«, rief der Busfahrer von vorne und lachte über seinen eigenen Witz. »Oder um aufgebrachte Feen.«

Die Fahrgäste brachen ebenfalls in lautes Gelächter aus.

Connor sah mich vielsagend an.

Ich lehnte mich erleichtert in meinem Sitz zurück. Solange die Menschen in der Stadt die Vorfälle als Komplott der Regierung betrachteten, war alles in Ordnung.

An der Haltestelle Phoenix Park stiegen wir aus.

»Der Phoenix Park ist riesengroß«, sagte Connor. »Er ist sogar der größte Stadtpark Europas. Hier gibt es auch einen Zoo.«

»Und die Magiekonzentration, Glenda?«, flüsterte ich unauffällig in meine WitchWatch. »Wo ist die besonders hoch?«

»Innerhalb der Parkmauern«, antwortete meine Uhrenhexe. »Etwas scheint nahe des Wellington Monuments zu sein.«

Connor zeigte auf eine hohe, steinerne Säule, die hinter den Bäumen hervorblitzte. »Das ist da drüben.«

Der Park war gut besucht, was an dem für die irische Insel eher seltenen Sonnenschein und den Herbstferien lag. Zum Glück waren die meisten aber mit sich selbst beschäftigt, sodass unsere Suche niemandem auffiel.

»Glenda?«, sagte ich. »Bitte suche mir alle Informationen zum Wellington Monument heraus.«

Glenda verschwand vom Bildschirm und kam kurz darauf mit einem Zettel zurück. »Das Monument wurde zu Ehren von Arthur Wellesley, dem ersten Duke von Wellington, errichtet. Er war ein in Irland geborener britischer Politiker und General.«

Wir bogen nach links auf einen Parkweg ab und gingen dann geradewegs auf das riesige Denkmal zu. Die Menschen, die auf den Stufen zu den großen Gedenktafeln saßen, wirkten daneben wie winzige Spielzeugfiguren.

»Das Denkmal ist stolze 62 Meter hoch«, referierte Glenda. »Es handelt sich bei der Form um einen Obelisken, das ist eine vierseitige steinerner Säule mit einer kleinen, pyramidenähnlichen Spitze.«

»Aber wo ist der magische Vorfall?« Ich sah mich ratlos um. »Es gibt hier nichts Besorgniserregendes.«

»Höchstens diese tiefen Abdrücke überall im Gras«, sagte Connor und zeigte auf die platt getretenen Stellen. »Als wäre hier ein Riese langgelaufen«, witzelte er.

»Ein Riese?«, rief ich. »Aber natürlich! Das *sind* Riesenspuren!«

»Ein Riese?«, wiederholte Connor und wurde blass um die Nase. »Wenn das die Fußabdrücke sind«, flüsterte er, »dann möchte ich gar nicht wissen, wie groß der Rest seines Körpers ist.«

Ich nickte und meine Gedanken rasten. Wenn die Erschütterungen Riesenschritte waren, bedeutete das wiederum, dass der Riese sich bewegte. Er war also nicht mehr hier am Wellington Monument, sondern hielt sich längst woanders im Park auf. »Ich muss ihn trotzdem finden. Das kann doch nicht so schwer sein, ein Riese ist ja keine kleine Nadel im Heuhaufen.«

»Das glaubt mir keiner«, stöhnte Connor nervös. »Ich jage im Stadtpark einem ausgebüxten Riesen hinterher. Bist du sicher, dass das eine gute Idee ist? Was willst du überhaupt von ihm, Elia?«

»Ganz mein Reden«, stimmte Selmor mit ein.

Ich seufzte. »Ich fürchte, er ist auch ungewollt durch das Portal geraten. Und dann gibt es genau zwei Möglichkeiten: Entweder er kann mir den Weg dorthin zeigen – oder er dreht gerade durch, weil er gemerkt hat, dass er nicht zurück in die Sid kommt. Dann wäre es meine Aufgabe, ihn zu beruhigen, bevor er hier alles plattmacht.«

Plötzlich bebte die Erde wieder. Einmal, zweimal. Eine kurze Pause, dann noch zweimal.

»Das kam eindeutig von da.« Ich streckte meine Hand aus. »Welche Himmelsrichtung ist das, Glenda?«

Glenda drehte sich. »Das ist Norden, du zeigst genau zum Nordausgang des Parks.«

»Er verlässt den Park?«, rief ich erschrocken.

»Es sieht ganz so aus«, meinte Connor beunruhigt. »Hoffentlich geht das gut.«

»Ich zeige euch den Weg.« Selmor nahm seine Muffel-Gestalt an und rannte über das Grün. »Also, falls ihr nicht noch mehr Zeit verschwenden wollt!«

RIESE/RIESIN, der/die
noun (n)

Riesen sind übergroße, mächtige menschenähnliche Wesen. Während die Riesen in der germanischen Mythologie oftmals brutal oder zumindest feindselig auftreten, erscheinen ihre irischen Verwandten als intelligent und einfühlsam.
Für Nicht-Magenten sind Riesen unsichtbar, ein aufmerksamer Mensch kann aber durchaus seine polternden Schritte wahrnehmen.
Ein Magent erkennt ihn leicht an seiner Statur. Und wie immer gilt: Ein Blick durch ein Wechselglas verschafft Gewissheit.

Lexikon der Fabelwesen
Prof. Dr. Dr. Emeralda Emerson
S.A.M. international Publications

15. KAPITEL

Fionn McCumhaill

Selmor lotste uns durch den Phoenix Park, während Glenda versuchte, uns den richtigen Kartenausschnitt zu zeigen.

»Die Schritte werden leiser!«, rief ich meinen Begleitern zu.

Doch als wir eine Straße überqueren wollten, bremste uns ein Polizist. »Halt, hier geht es nicht weiter. Die gesamte Parkanlage wird gerade geräumt. Bitte immer auf den Hauptwegen bleiben und die Umgebung zügig verlassen.«

»Geräumt?«, wunderte Connor sich.

»Habt ihr die Erderschütterungen denn nicht gespürt? Und jetzt ab nach Hause mit euch.« Der Polizist beugte sich in seinen Einsatzwagen, weil ein Funkspruch einging.

Ich nahm eine Prise Nebelpuder aus dem Beutel an meinem Gürtel und nickte Connor zu. Wenn einem schon so eine Gelegenheit präsentiert wurde, dann musste man sie auch nutzen. Ich machte Connor ein Zeichen, ganz nah zu kommen, und ließ das Pulver über uns herabrieseln.

»Was ist jetzt los?«, rief Connor entsetzt, als uns sogleich eine dichte Wolke einhüllte.

»Keine Panik. Und sei leise, ja?«, flüsterte ich und zog Connor hinter mir her. Der Trick bei magischem Nebel war, dass man auf den Boden sehen musste, um sich zu orientieren. Man kam dadurch zwar nur langsam voran, aber dafür absolut getarnt.

Wir liefen über die Straße und huschten in den Schutz der Bäume.

»Weit werden wir nicht kommen«, meinte Connor. »Die haben bestimmt an allen Parkstraßen Polizisten postiert.«

»Keine Sorge, der Nebel wird uns noch ein paar Minuten lang erhalten bleiben«, beruhigte ich ihn.

»Ob das eine gute Nachricht ist, sag ich dir später«, scherzte Connor, ohne zu lachen.

»Stopp!«, raunte ich. »Hört ihr das? Das ist ganz nah.«

»Oh Mama«, jammerte Selmor.

Auch Connor klammerte sich noch fester an mich, während wir weiter vorwärtsstolperten.

Der Boden bebte und ich hielt inne. Ich vernahm nun außerdem ein lautes, regelmäßiges Pochen.

Connors Hand zitterte. »Klingt wie ein Herzschlag, oder? Ich glaub, das ist aber nicht meins, auch, wenn es mir bis zum Hals klopft.«

»Absolut.« Ich legte ihm einen Finger an die Lippen und horchte. »Das *ist* ein Herzschlag. Und jemand flüstert etwas.« Ich lauschte und verfluchte mich selbst. Hätte ich jetzt nur eine magische Wanze von Gretchen, dem Lauschbaum, dabei. »Aber wo ist der Riese bloß? Er muss ganz in der Nähe sein. Glenda? Zeig mir mal den Plan vom Phoenix Park.«

Glenda rief die Daten auf, und ich betrachtete konzentriert die Karte, auf der mit gestrichelten Linien eine unterirdische Eisenbahnstrecke eingezeichnet war. »Da ist ein Tunnel! Wenn ihr mich fragt, wäre das ein perfektes Riesen-Versteck.«

Connor schüttelte heftig den Kopf. »Da willst du nicht ernsthaft runter.«

»Ich zeig euch den Weg«, bot Selmor an, und Sekunden später rannte mein Muffel durch den Park Richtung Norden.

Wir hatten Mühe, ihm auf den Fersen zu bleiben, denn Selmor bewegte sich leichtfüßig querfeldein. Er huschte unter Zäunen und Absperrungen hindurch und sprang über Baumwurzeln. Als der Nebel sich auflöste, kamen wir zwar deutlich schneller voran, aber wir liefen auch wieder Gefahr, von einem Polizisten verscheucht zu werden, und mussten immer wieder in Deckung gehen.

Aus der Ferne hörten wir die Sirenen der Einsatzwagen und immer wieder den Herzschlag des Riesen – gemischt mit dem Pochen unserer eigenen hämmernden Herzen.

Am Ende einer Wiese tauchte Selmor in dichtes Gestrüpp ab. »Vorsicht!« Sein dumpfer Ruf kam von weit unten. »Es geht hier gut und gerne fünf Meter abwärts.«

Wir schlugen uns durch Sträucher und Brombeerbüsche. Die spitzen Dornen verfingen sich in meiner Jeans und ich musste mich immer wieder davon befreien.

»Autsch!«, schimpfte Connor neben mir. »Wieso haben Brombeeren eigentliche solche Mörderdornen?«

»Dornen ist nicht die richtige Bezeichnung«, erklärte Glenda. »Das sind Kletterhilfen der Pflanze.«

»Vielen Dank auch.« Connor fluchte. »Jetzt tut es schon viel weniger weh.«

Ich blickte mich lachend zu ihm um. Im nächsten Moment rutschte ich weg. Meine Füße verloren den Halt und ich stürzte. Es ging steil abwärts, bis ich nach ein paar Metern an einen Zaun prallte.

»Vorsicht, Connor!«, rief ich, doch es war schon zu spät. Er schlitterte hinter mir den Hügel hinab, bekam aber kurz vor dem Zaun einen Ast zu greifen.

»Ich hatte euch doch gewarnt«, sagte Selmor kopfschüttelnd. Er lief am Zaun entlang. »Noch ein paar Meter nach links, dann sind wir da.«

Der Pfad war so von Efeu und Büschen zugewuchert, dass ich meinen Muffel gleich wieder aus den Augen verlor. Erst als uns ein weiterer hoher Bretterzaun den Weg versperrte, sah ich ihn wieder.

»Sag nicht, wir müssen da drüberklettern.«

»Die schlechte Nachricht ist: Doch. Denn dahinter ist der Eingang zum Tunnel.« Selmor hüpfte leichtfüßig an den Brettern empor und balancierte oben über den Rand.

»Und die gute Nachricht?«, rief Connor.

Selmor sprang mit einem Satz vom Zaun ab. »Oh, oh.«

»Selmor? Ist dir was passiert?« Ich hangelte mich am Zaun hoch, nur um immer wieder abzurutschen.

»Mir nicht!«, rief mein Muffel, und seine Stimme hallte ganz sonderbar.

»Komm, ich helfe dir«, meinte Connor, nachdem er meinen Fehlversuchen eine Weile zugesehen hatte. Er verschränkte seine Hände zur Räuberleiter.

Ich nahm sein Angebot dankbar an, und als ich endlich oben auf dem Bretterzaun saß, zog ich Connor zu mir hinauf. Gemeinsam sprangen wir ab und rutschten auf der anderen Seite mehrere Meter über Schotter hinunter bis ins Gleisbett.

»Alles klar, Elia?«, fragte Connor neben mir. Er reichte mir eine Hand und half mir hoch.

Ich klopfte mir den Staub aus der Hose und sah mich um. Zwei Schienen führten in einen dunklen Tunnel hinein, der in einem hohen Bogen gemauert war. Ein paar der dicken grauen Steine waren aus der oberen Umrandung gebrochen und lagen auf den Gleisen. Hier würde wohl erst mal kein Zug mehr langfahren.

»Wo bleibt ihr denn?«, rief Selmor aus der Finsternis des Tunnels. Seine Stimme hallte von den Wänden wider.

»Bist du dir sicher, dass wir da hineingehen sollten?«, fragte Connor, als wir über das Geröll stiegen.

»Ich muss wissen, was da los ist«, sagte ich. Der Herzschlag des Riesen war nun ganz nah. »Aber vielleicht ist es wirklich besser, wenn du hier wartest.«

»Wenn du gehst, komme ich mit«, verkündete Connor aber prompt. »Kann ja kein großer Riese sein, wenn er da hineinpasst.«

Ich blickte an der Tunnelwand hinauf und fand, dass eine Höhe von vielleicht fünf Metern schon beängstigend viel Platz bot. Doch das behielt ich erst mal für mich.

»Glenda?«, fragte ich stattdessen. »Hast du eine Taschenlampenfunktion?«

»Hast du eine Taschenlampenfunktion?«, äffte Glenda mich nach. »Wie lautet ein sauberer Befehl?«

»Licht an«, sagte ich schmunzelnd, und augenblicklich wurde es hell. Glenda leuchtete in den Gang, in dem ein ganzes Stück vor uns Selmor mitten auf den Gleisen lief.

Der Tunnel machte einen leichten Bogen nach links und dahinter sah ich eine weitere Einsturzstelle.

»Da hinten sind die Gleise verbogen, siehst du das Loch im Boden? Da kommen wir nicht vorbei«, sagte Connor, und ich hörte die Erleichterung in seiner Stimme ganz genau.

Verwundert hob ich mein Monokular vors Auge, um zu verstehen, was er meinte. Connor hatte recht. Für ihn war der Tunnel bis auf die tiefe Mulde frei. Wenn ich das Wechselglas jedoch wegnahm, sah ich etwas ganz anderes: Ein Erdrutsch, der bis zur Tunneldecke hinaufragte, versperrte den Weg. Mit jedem Schritt, den wir dem Geröll näher kamen, meldete sich mein magischer Instinkt stärker. Bewegte sich der Berg? Und woher kam das regelmäßige Grollen? Uns blies warme Luft entgegen, die nach faulen Äpfeln roch.

Plötzlich dämmerte es mir. Das dort war kein Erdhügel, es war ein riesiges Geschöpf, das wie ein Pfropfen den Tunnel verstopfte!

Ich warf Connor einen vorsichtigen Blick von der Seite zu und sah, wie er angstvoll in den Tunnel starrte. »Elia?«, flüsterte er. »Da in der Mulde liegt er, stimmts? Du kannst ihn sehen.«

»Japp«, sagte ich so cool wie möglich. »Das ist der Riese. Wir haben ihn gefunden.«

»Oh nein, Elia«, hauchte Connor panisch und machte einen Schritt rückwärts. »Ich muss hier raus. Es tut mir leid.«

»Geh nur«, sagte ich und nickte ihm zu. Er hatte ohnehin schon deutlich länger durchgehalten, als ich es einem Nicht-Magenten zugetraut hätte. Jetzt war es am besten, wenn er sich in Sicherheit brachte. Ich wusste schließlich nicht, ob der Riese mich gleich wie eine Mücke zwischen seinen Fingern zerquetschen und zum Mittagessen verspeisen würde, wenn ich ihn nach der Sid befragte.

Connor zog sich mit langsamen Schritten zurück, und Selmor sprang mir mit einem Satz ängstlich auf den Arm.

Ich ging vorsichtig weiter. Das gleichmäßige Grollen wurde hin und wieder von einem anderen Geräusch unterbrochen. Es klang wie ein lautes Schnarchen. Nein, es war kein Schnarchen, es war ein *Schluchzen*. Weinte der Riese etwa?

Langsam schlich ich auf ihn zu. Er war gewaltig. Mit dem Rücken lehnte er an der gewölbten Tunnelwand. Seine Füße, groß wie Kleinwagen, hatte er an die gegenüberliegende Wand gestemmt. Sein Kopf, der wie ein Felsen aussah, war tief zwischen seine Schultern gezogen. Die baumstammgleichen Arme umschlangen seine noch dickeren Beine. Bei jedem Atemzug umströmte mich ein warmer, übel riechender Windstoß. Hin und wieder tropften Tränen auf den Boden und bildeten dort eine seeartige Pfütze.

»Entschuldigung?«, flüsterte ich und tippte dem Riesen ans Knie.

Der holte mit seiner übergroßen Hand aus und wollte das, was ihn gekitzelt hatte, fortscheuchen. Ich konnte mich gerade noch rechtzeitig ducken.

»Hallo?«, rief ich nun laut.

»Hallo?« Der Riese grunzte und horchte auf.

»Hier unten bin ich!«, schrie ich noch lauter.

Der Riese hob seinen Kopf und sah sich um. »Wer ist da?«

»Ich!«, brüllte ich hoch. »Elia Evander.«

»Elia Evander? Kenn ich nicht.« Der Riese neigte sich zu mir herab. »Bist du eine Fee?«

»Nein, eine Magentin.«

»Was soll das sein?«, fragte der Riese.

»Sie ist eine magische Agentin«, rief mein Muffel. »Und ich bin ihr Begleiter. Selmor ist mein Name.«

»Ha, 'ne Ratte!«, quiekte der Riese bei Selmors Anblick erschrocken.

»Ich muss doch sehr bitten«, sagte Selmor beleidigt. »Ich bin ein Muffel, eine ganz besonders seltene und überaus kostbare Mischung aus Katze, Koboldmaki und Muffeltier.«

»Ihr könnt abhauen, wenn ihr keine Feen seid«, grunzte der Riese. »Ich spreche nur mit Feen.«

»Was wir natürlich gut verstehen. Feen sind auch unsere besten Freunde«, erklärte ich. Und weil ich Selmors Verwunderung spürte, zwinkerte ich ihm verschwörerisch zu.

»Ehrlich?«, rief der Riese. »Dann dürft ihr bleiben.« Er rückte ein wenig zur Seite, als wollte er uns Platz machen. Die Erde bebte unter seiner Bewegung und einzelne Steine fielen aus der Tunnelmauer.

»Wie heißen Sie eigentlich, und wie kommen Sie hierher?«, fragte ich und setzte mich neben ihn auf den Boden.

»Ich bin Fionn, Fionn McCumhaill. Heute Morgen habe ich einen kleinen Spaziergang gemacht und mich an ein altes Tor gelehnt. Ich wollte nur kurz verschnaufen und schwupps – bin ich hindurchgefallen! Einfach so aus der Sid herausgeplumpst. Und jetzt bin ich hier und finde nicht mehr nach Hause.« Fionn schniefte laut, was sich wie das Schnaufen einer alten Dampflokomotive anhörte.

»Verstehe«, murmelte ich.

»Ach ja? Bist du etwa auch aus der Sid gefallen?«, fragte Fionn interessiert.

»Nicht direkt. Aber ich möchten Ihnen helfen, wieder dorthin zurückzukommen«, sagte ich. »Wo genau sind Sie denn gestürzt?«

Fionn wischte sich die Tränen fort. »Mir helfen? Bist du sicher, dass du nicht doch eine Fee bist?«

»Vielleicht so was in der Art«, lenkte ich ein.

»Dann würde ich die Hilfe gern annehmen«, sagte Fionn schniefend. »Ich habe in der Menschenwelt nämlich furchtbare Angst.«

»Ein Riese wie Sie?«, rief Selmor überrascht.

»Pah. Du hast wohl keine Ahnung.« Fionn schlug sich kräftig mit der Hand auf den Oberschenkel, was gleich wieder eine Erderschütterung auslöste und Felsbrocken um uns herabstürzen ließ. »Benandonner aus Schottland, der ist ein echter Riese. Dreimal so groß wie ich ist er. Und leider ziemlich zornig auf mich. Er wollte sich mal mit mir prügeln, aber ich habe ihn ausgetrickst und mich in der Sid vor ihm versteckt. Und jetzt? Jetzt wird er mich finden.« Fionn schluchzte so heftig, dass sein Atem eine Staubwolke aufwirbelte.

»Da machen Sie sich mal keine Sorgen«, sagte ich beruhigend. »Ich weiß zufällig, dass der Riese Benandonner immer sofort einschläft, wenn man ihm etwas auf der Harfe vorspielt. Ich bringe Ihnen gleich eine Harfe vorbei, dann können Sie sich verteidigen, und das wäre schon mal erledigt.«

»Ich sag ja, du musst eine Fee sein!«, rief Fionn so laut, dass weitere Steine aus dem Tunnelgewölbe herabfielen. Er blickte mich an. »Siehst auch so aus. Wie meine Lieblingsfee Aruna. Die hat genau solche schwarzen Fadenhaare wie du und genau die gleichen Segelohren. Nur ist sie noch kleiner. Ich muss immer aufpassen, sie nicht versehentlich einzuatmen, wenn sie vor mir herfliegt. Wirklich verblüffend, eure Ähnlichkeit.«

»Also, das ist jetzt aber …«, begann ich, doch Selmor unterbrach mich.

»Nicht wahr? Das sage ich ihr auch immer. Aber Elia ist viel zu bescheiden. Sie will das Kompliment gar nicht annehmen.«

Verdutzt starrte ich auf meinen magischen Begleiter. Das waren ja mal ganz neue Töne!

Ich sah Fionn an, der aufgehört hatte zu weinen. »Das ist hier übrigens ein richtig gutes Versteck. Nichts, gar nichts wird Sie hier stören.«

»Aber es ist kalt und ungemütlich. Wann kann ich endlich wieder nach Hause? Meine Frau macht sich sicher schon große Sorgen und denkt bestimmt, dass Benandonner mich nun doch erwischt und einen Kopf kürzer gemacht hat.«

»Der hat eine Frau?«, raunte Selmor mir entsetzt zu. »Stell dir vor, die fällt auch noch aus der Sid.«

»Das ist nicht lustig«, zischte Glenda.

»Dafür müssten Sie jetzt bitte versuchen, sich genau daran zu erinnern, wo Sie aus der Sid gefallen sind«, forderte ich Fionn auf.

Der Riese stützte nachdenklich sein Kinn in die Hand und dachte nach. »Also, ich weiß nur noch, dass da eine Kirche und viele Häuser waren. Tut mir leid, ich war ziemlich erschrocken, hier zu landen, weißt du? Bin kopflos davongerannt.«

»Sie haben mir trotzdem sehr geholfen.« Ich stand auf. »Warum mögen Sie eigentlich Feen so gern?«

»Weil die immer recht haben«, flüsterte Fionn so sanft, dass es wie das Rauschen des Meeres klang. »Wenn du mal nicht weiterweißt, dann frag die Feen. Die wissen jede Antwort, noch ehe du die Frage kennst.«

Selmor pfiff leise. »Sagt wer?«

»Ich«, raunte Fionn und beugte sich so tief zu uns hinab, dass ich in seine funkelnden Augen sehen konnte, die so groß wie Fußbälle waren. »Und die Feen.«

Wir verabschiedeten uns höflich und wandten uns dann Richtung Ausgang. Doch wir waren erst ein paar Schritte gegangen, da hob Fionn seine Hand über uns hinweg, grub seine Finger in den Schotter vor uns und versperrte uns so den Weg nach draußen.

»Ihr kommt auch ganz bestimmt zurück?«, fragte er.

»Ehrenwort«, rief ich feierlich. »Sie wissen ja: Feen und Feengleiche sagen immer die Wahrheit.«

»Gut.« Fionn zog seine Hand wieder zurück. »Und bitte beeilt euch.«

»Habt ihr gehört, was Fionn über Feen gesagt hat?«, fragte ich, als ich mit Selmor den Tunnelausgang erreichte und dort auf den ungeduldig und gespannt wartenden Connor traf.

»Wie denn?«, fragte Connor. »Erzähl es mir.«

»Er meinte, dass Feen jede Antwort kennen, noch bevor man die Frage gestellt hat. Wer weiß? Vielleicht stimmt das ja. Immerhin lebt Fionn mit ihnen zusammen in der Sid. Damit wäre zumindest klar, wohin wir nun als Nächstes müssen«, sagte ich und stapfte durchs Gleisbett ins Freie.

»Sicher. Nach Hause und die Schlafharfe holen.« Selmor grinste. »Je eher wir das Riesenbaby in den Schlaf gewiegt haben, desto besser.«

»Richtig. Und dann suchen wir die Feen«, stimmte ich ihm zu. »Vielleicht wissen die ja wirklich, wo das Portal zur Sid ist.«

»Das ist ein genialer Plan!«, rief Connor.

»Es wäre ein genialer Plan, wenn unsere Magentin wüsste, wo man die Feen treffen kann«, verbesserte Selmor.

»Vielleicht hat unsere Magentin auch dafür schon einen Plan?«, gab ich zurück und sah Glenda auffordernd an.

Als meine Uhrenhexe daraufhin MAMA öffnete, hatte sich der Masterplan tatsächlich automatisch aktualisiert, und dort stand:

Nächster Schritt – Besuch bei den Feen.

Interaktive, magische Stadtplan-App

angezeigt werden Suchergebnisse für:
Wie trifft man eine Fee?

Aunty Nellie's
Sweet Shop
Dublin – Irland

Fudge – Jellies – Chocolate

Tauchen Sie ein in die Welt der Süßigkeiten
und schwelgen Sie in Kindheitserinnerungen.

Öffnungszeiten:
täglich von 10 bis 21 Uhr

Hinweis: Spezielle Wünsche nimmt *James* vertrauensvoll unter dem Code *Violet-Lavender-Marshmallows* und mit Verweis auf die *Geheimkiste* unter dem Tresen entgegen. Bitte unbedingt nach dem Einkauf an die Gabe von Vergiss-es-Tropfen denken!

Version 5.19.227
S.A.M. international Software Applications, Ohio

16. KAPITEL

Von Schlafharfen und wie man Feen anlockt

Im Haus der McFergus sprang ich die Stufen zu meinem Dachzimmer hinauf. Grinsend zog ich dort die in das grüne Samttuch eingehüllte Harfe aus dem Koffer und bemühte mich, keine der Saiten zu berühren.

»Du hast geblufft, als du Fionn erzählt hast, dass Benandonner bei Harfenmusik einschläft, oder?«, fragte Selmor.

»Gut erkannt«, gab ich zu. »Die Besänftigung eines Riesen hat immer Vorrang vor der Wahrheit und wird höchstens als Notlüge eingestuft. Steht im Selbstschutzratgeber.«

»Alles klar.« Selmor zwinkerte mir zu. »Ich schätze, es wird also Fionn selbst sein, der gleich selig schlummert?«

Ich zuckte mit den Schultern. »Immer noch besser, als wenn er weiter durch Dublin irrt und dabei alles dem Erdboden gleichmacht.«

»Hast du was gefunden, Elia?«, rief Connor von unten.

»Ja, wir können aufbrechen«, gab ich zurück. »Ich habe die Harfe und ein paar Unsichtbarkeitspillen für Fionn rausgesucht. Jetzt musst du mir nur noch verraten, wo man hier günstig große Brote herbekommt.«

Nur wenig später waren wir schon wieder zurück am Eisenbahntunnel. Dieses Mal verzichteten wir aber auf den umständlichen Weg durch den Phoenix Park und betraten die Gleise von Norden kommend. Das hatte auch den Vorteil, dass uns keine Polizeistreife abfangen konnte.

»Dachte schon, ihr habt mich versetzt!«, rief Fionn Connor und mir ungeduldig entgegen. Er trommelte mit den Fingern auf den Schotter, was kleine Erdstöße auslöste. »Inzwischen hab ich nämlich einen Riesenhunger gekriegt und überlegt, ob ich mir was fangen gehen soll.«

»Hoffentlich steht er nicht auf Muffel«, jammerte mein magischer Begleiter, der als Umhängetasche an meiner Schulter hing.

»Wir haben an alles gedacht!«, rief ich Fionn zu. »Ganz, wie es sich für gute Feen gehört, weiß ich natürlich, wie hungrig Riesen sein können.«

Connor hatte am schwersten zu tragen, er schleppte eine Riesentüte mit Fladenbroten. Bei Fionns Anblick hatte ich aber erste Zweifel, ob er davon satt werden würde.

Connor stellte die Tasche ins Gleisbett und fing an, die Brote auszupacken, damit ich sie dem Riesen reichen konnte. In Fionns Händen sahen die reifengroßen Fladen wie kleine Plätzchen aus.

»Achtung, Connor, denk daran, eins aufzuheben für die Unsichtbarkeitspillen.« Das letzte Wort formte ich nur lautlos mit den Lippen. Ich warf ihm das Fläschchen zu. »Ich hoffe, dass die auch bei Riesen wirken.«

Connor sah auf das Etikett. »Die Dosierung ist auf die Dauer der gewünschten Wirkung anzupassen.« Er schaute mich zweifelnd an. »Sollen wir ihm alles geben, was wir haben? Schließlich muss man das auch in Relation zum Gewicht betrachten.«

»*Alles* finde ich gut.« Ich sah zu, wie Connor den gesamten Inhalt der Flasche in ein Fladenbrot schüttelte und es sorgsam einrollte.

»Hmm«, machte Fionn schmatzend, als ich ihm den Pillenwrap gereicht hatte. »Der letzte Keks war ja sogar mit Nüssen, oder?«

»Für meinen Riesenfreund nur das Beste«, säuselte ich, und Connor kicherte.

»Und jetzt die Harfe«, verlangte Fionn, nachdem er alles verputzt hatte.

Ich wickelte das Instrument aus dem dunkelgrünen Samttuch und machte den anderen ein Zeichen, sich die Ohren zuzuhalten. Ich selbst stopfte mir die roten Ohrenstöpsel aus dem Banshee-verzieh-dich-Set in die Ohren und begann dann, an den Saiten zu zupfen.

Augenblicklich legte sich ein seliges Schmunzeln auf Fionns Gesicht. Der Zauber wirkte. Innerhalb weniger Sekunden fiel der Riese in einen Tiefschlaf. Weil ich mir nicht ganz sicher war, wie lange man spielen musste, zupfte ich noch ein bisschen weiter. Fionn sackte immer mehr in sich zusammen und plötzlich geriet er in eine bedrohliche Schieflage.

Ich rannte los, denn der Riese kippte uns wie ein umstürzender Mammutbaum entgegen. Da bemerkte ich, dass Connor einfach stehen geblieben war. Natürlich, er konnte ja nicht sehen, was da gerade auf ihn zukam! Ich packte Connor am Arm und zog ihn hinter mir her.

Die Erde bebte, Steine brachen aus dem Mauerwerk, Gleise sprangen aus ihrer Verankerung. Als die Staubwolke sich wieder lichtete, sah ich mich mit angehaltenem Atem um.

Da hörte ich Connor neben mir husten. »Elia?«

»Ja, alles in Ordnung.« Ich tastete nach meiner Umhängetasche und der WitchWatch. Dann suchte ich Fionn. Da, wo er ins Gleisbett gekracht war, war eine tiefe Mulde. Aber der Riese war fort.

»Wo ist er denn hin?«, rief Selmor erschrocken.

»Pssst«, machte ich. »Wir wollen ihn doch nicht aufwecken.« Fionns Schnarchen dröhnte laut und deutlich durch den Tunnel. »Er ist wirklich komplett unsichtbar«, stellte ich mit einem Blick durch mein Monokular zufrieden fest. »Niemand wird ihn sehen. Wirklich niemand.«

Glenda räusperte sich streng. »Die Frage ist, ob er jemals wieder sichtbar wird. Bei einer solchen Überdosis …«

»Du meinst, es war zu viel?«, fragte Connor erschrocken.

»Gut möglich«, schimpfte Glenda. »Stand auf dem Etikett *Dosierung nach Gewicht* oder *Dosierung nach gewünschter Wirkdauer?* Na?«

Ich sah zerknirscht auf die Mulde, in der Fionn McCumhaill vermutlich bis in alle Ewigkeit unsichtbar vor sich hin schlummern würde. »Sei's drum.« Resolut klopfte ich mir den Staub aus der Kleidung. »Das gibt uns jetzt wenigstens Zeit, in aller Ruhe Kontakt zu den Feen aufzunehmen.«

»Wie willst du das denn machen?«, fragte Connor interessiert.

Ich lächelte geheimnisvoll. »Kennst du *Aunty Nellie's Sweet Shop?*«

»Klar!«, rief Connor strahlend. »Die machen das beste Fudge der Stadt – ach was, ganz Irlands!«

Selmor lotste uns mithilfe von Glenda quer durch Dublin. Wir nahmen drei verschiedene Busse und fuhren ein großes Stück des Weges am Fluss Liffey entlang.

Als wir vor *Aunty Nellie's Traditional Irish Sweet Shop* ankamen, holte ich tief Luft und öffnete dann schwungvoll die Ladentür.

»Guten Tag, was kann *Aunty Nellie's* euch heute Gutes tun?«, fragte der junge Mann hinter der Theke, der laut Namensschild James hieß. »Möchtet ihr euch vielleicht erst einmal etwas umsehen? Wer ganz freundlich fragt, darf sogar etwas kosten.« James strahlte, als hätte er selbst schon viel zu viel genascht.

»Ich hätte gerne eine Tüte Violet-Lavender-Marshmallows aus der Geheimkiste unter dem Tresen, bitte«, sagte ich wie selbstverständlich.

James riss vor Erstaunen die Augen weit auf und beugte sich zu mir. »Und woher weißt du von der Geheimkiste, hä?«

»Möchten Sie etwas verkaufen oder mich ausfragen?«, raunte ich leise, aber bestimmt zurück.

Ohne sich von mir abzuwenden, griff James unter die Theke und holte einen Beutel Violet-Lavender-Marshmallows hervor. »Darf es sonst noch etwas sein?«

»Dieses Brownie-Fudge.« Connor legte eine braun-weiß gestreifte Verpackung daneben.

»Und sonst noch?«, fragte James und beäugte uns.

»Ja, unbedingt«, meldete sich meine Selmor-Tasche zu Wort. »Haben Sie Popcorn mit einem Hauch von gesalzenem Karamell?«

»Wie bitte?« James sah an mir vorbei auf der Suche nach demjenigen, der gerade gesprochen hatte.

»Haben Sie nun Popcorn mit salzigem Karamell oder nicht?«, fragte ich.

»Sicher.« James drehte sich kopfschüttelnd um und nahm aus einem Korb hinter sich einen Beutel. »Das macht dann neun Euro zusammen. Braucht ihr eine Tüte?«

»Das wird nicht nötig sein«, meinte Connor lachend. »Es ist schwer davon auszugehen, dass Selmor und ich alles im Nu verputzt haben.« Er grinste meine Umhängetasche an. »Nicht wahr, Kumpel?«

»Ja, salziges Karamell-Popcorn ist meine große Schwäche«, stimmte Selmor ihm zu.

Jetzt war James völlig verwirrt.

Ich zog schnell meine Geldbörse hervor und bezahlte die Süßigkeiten. »Bitte schön«, sagte ich dann feierlich und überreichte Connor sein Fudge.

»Das ist wie Samhain und Geburtstag zusammen!«, rief er und ging langsam zur Ladentür, während er sich das erste Stückchen in den Mund schob.

James zählte das Geld in die Kasse. »Einen schönen Tag noch«, flüsterte er gebannt, als ich die Marshmallows von der Theke nahm.

»Das wünsche ich Ihnen auch.« Ich zog ein gelb-grün geringeltes Bonbon aus meiner Jackentasche. »Hier, das ist für Sie. Mein Vater hat diese Süßigkeit erfunden, probieren Sie doch mal. So als Experte.«

James löste seinen Blick von den Violet-Lavender-Marshmallows. Er nahm das Bonbon mit spitzen Fingern und betrachtete es eingehend von allen Seiten. Dann schloss er die Augen und roch daran. Ganz vorsichtig berührte er es danach mit der Zungenspitze. Er riss seine Augen auf und starrte mich entzückt an. »Woah«, hauchte er und steckte sich das Bonbon in den Mund. »Dein Vater ist Süßigkeitenfabrikant, sagtest du?«

»So etwas in der Art«, antwortete ich lächelnd. Ich nahm meine Einkäufe und ging durch den Laden zur Tür.

»Komm doch bald mal wieder!«, rief James mir strahlend hinterher. Seine Zunge war rabenschwarz. »Vielleicht ja mit deinem Vater. Gut möglich, dass *Aunty Nellie's* mit ihm ins Geschäft kommen möchte.«

Auf dem Weg nach draußen las ich das Etikett auf dem Beutel mit den Marshmallows.

Feenlockstoff

Hauptzutaten: Veilchenblüten und Lavendelöl
Mit natürlichen Ringel- und Glockenblumenextrakten.

Nur an fließenden Gewässern auslegen, vorzugsweise an Wasserfällen. Das Erscheinen einer Fee wird nicht garantiert und es kann zu längeren Wartezeiten kommen.

Vorsicht: extreme Schaumbildung bei unsachgemäßer Anwendung!
Nicht zum Verzehr geeignet.
Von Nicht-Magenten fernhalten.

Ich zog die Shoptür hinter mir zu und grinste über Connor, der draußen auf mich wartete, aber nicht reden konnte, weil er den Mund voller Fudge hatte. Ob es wirklich so einfach war, eine Fee anzulocken?

Während ich Selmor mit Popcorn fütterte, sah ich rasch auf meine WitchWatch und sagte: »Bitte check mal den Stadtplan, Glenda. Gibt es in Dublin einen Wasserfall?«

»Fehlanzeige«, antwortete meine Uhrenhexe. »Keinen natürlichen jedenfalls. Aber in den Iveagh Gardens wurde ein künstlicher angelegt.«

»Dann nehmen wir den für den Anfang«, beschloss ich.

»Gute Wahl«, stimmte Glenda zu.

Als wir an der Haltestelle Iveaghs Gardens aus dem Bus stiegen und den kleinen Park betraten, wurde es schon langsam dunkel, und es war kaum noch jemand unterwegs.

Selmor verwandelte sich zurück in einen Muffel und konnte es gar nicht abwarten, bis seine Pfoten endlich den Rasen berührten. Zufrieden und mit dem Schwanz wedelnd lief er kreuz und quer über das Grün.

»Zum Wasserfall geht es rechts herum«, vermeldete Glenda.

»Warum willst du eigentlich unbedingt zu einem Wasserfall?«, fragte Connor.

»Hier, lies selbst.« Ich reichte ihm den Beutel mit dem Feenlockstoff.

»An fließenden Gewässern auslegen, vorzugsweise an Wasserfällen?«, las Connor vor und sah zweifelnd zu den am Ende des Wegs aufgetürmten Felsbrocken, über die Wasser in einen kleinen Teich hinabrauschte. »Und du glaubst, dass so ein künstliches Geplätscher ausreichend ist?«

»Es gibt in der Stadt nun mal keine große Auswahl an wilden Wasserfällen«, murrte Glenda.

»Schon gut, schon gut«, meinte Connor. »Aber hier steht ja auch nur *vorzugsweise*. Ich glaube, ich hätte es mit einem natürlich fließenden Wasser versucht.«

»Welches da wäre?«, fragte Glenda spitz.

»Der Fluss natürlich.« Connor zuckte mit den Schultern.

»Jetzt sind wir schon hier. Versuchen wir es einfach.« Ich nahm ihm die Tüte ab und öffnete sie. Ein herber Blumenduft, der mich gleich an unsere Schulseife erinnerte, stieg mir in die Nase. Der Mausespeck war weich wie Watte und klebrig vom Zucker. »Achtung«, las ich den winzigen Warnhinweis auf der Rückseite vor. »Nur derjenige, der den Lockstoff auslegt, wird die gerufene Fee auch sehen können.«

Ich fischte zwei Stücke aus der Tüte und reichte eins Connor. Wir platzierten sie auf einem Felsen neben dem Wasserfall.

»Und jetzt?«, fragte Connor, der sich erwartungsvoll zu allen Seiten umblickte. »Wo bleiben sie denn? Oder sind sie schon da, und ich kann sie nicht sehen, weil ich kein Magent bin?«

»Doch, doch«, beruhigte ich ihn. »Feen sind Weltenwanderer, sie können von jedem gesehen werden. Ich schätze, dass es eine Weile dauert, bis die erste Fee angelockt wird.« Ich trat näher an den Wasserfall heran. »Vielleicht sogar Tage?« Ich beugte mich über die Absperrung und starrte in das unruhige, hinabrauschende Wasser. Außer meinem eigenen Spiegelbild war darin nichts zu erkennen. Ich lehnte mich wieder zurück. Da folgte mein Spiegelbild mir und sprang mit einem Satz aus dem Wasserfall.

»Aaaah!«, schrien mein Spiegelbild und ich vor Schreck.

Ich wich aus und stolperte über Connor, der mich sicher auffing.

»Was ist das?« Fassungslos starrte er mein Spiegelbild an, das gerade ziemlich lebendig über die Absperrung kletterte und sich das Wasser aus dem Haar schüttelte.

Glenda stöhnte auf. »Quizfrage: Was erscheint, wenn man eine Fee anlockt? A: eine Fee? B: eine Fee? Oder doch eher C: eine Fee?«

»Du … du bist eine echte … Fee?«, stammelte Connor ungläubig.

Das Mädchen, das da gerade aus dem Wasser gestiegen war, sah mir zum Verwechseln ähnlich. Nur war sie viel kleiner, etwa so lang wie mein Unterarm. Sie hatte genau die gleichen schwarzen Haare wie ich und ebenfalls etwas zu große Ohren. Sie trug Jeans und einen Hoodie mit einem Schlitz auf dem Rücken, aus dem übergroße Libellenflügel ragten. Jetzt stemmte sie sich die Hände in die Hüften und kam drohend auf uns zu. »Seid ihr eigentlich wahnsinnig, mich in dieser Krisensituation aus der Sid zu locken? Was habt ihr euch nur dabei gedacht?«

»Eine leibhaftige Fee«, flüsterte Connor ergriffen.

»Herrje.« Die Fee seufzte. »Dreht ihr immer so durch, wenn ihr eine Fee trefft?« Dann holte sie tief Luft und lächelte Connor an. »Hey, ich bin Aruna – und wer bist du?«

Zu meiner Erleichterung hatte Connor sich etwas gefangen und lächelte zurück. »Ich bin Connor, Connor Mc…«

»Aruna?«, unterbrach ich ihn. »Kann es sein, dass du die Lieblingsfee von Fionn McCumhaill bist? Er hat erwähnt, dass du mir sehr ähnlich siehst.«

Aruna sah mich abschätzend an. »Na ja, bis auf die Flügel vielleicht. Wo steckt denn der Riese? Und woher kennt ihr euch?«

»Er ist im Eisenbahntunnel unter dem Phoenix Park«, sagte ich zögernd.

Aruna beugte sich vor und nahm ein Stück Feenlockstoff vom Felsen. Während sie es vernaschte, musterte sie mich weiter. »Was will Fionn denn da? Passt er da überhaupt rein?«, fragte sie kauend.

»Er schläft«, sagte ich ausweichend.

Die Fee sah uns skeptisch an. »Warum habt ihr mich eigentlich gerufen? Denkt dran: Wünsche darf ich pro Person nur einmal im Monat erfüllen, und das auch nur, wenn sie nicht aus Gier vorgetragen werden. Hattet ihr in diesem Monat schon euren Wunsch?«

Connor und ich schüttelten den Kopf.

Selmor, der über die Wiese zu uns gejagt kam, blieb verblüfft stehen. Er schaute zwischen Aruna und mir mehrmals hin und her, bevor er mir auf den Arm kletterte.

»Eigentlich haben wir gar keinen Wunsch«, sagte ich und streichelte meinem Muffel über das feuchte Fell. »Wo bist du denn gewesen, Selmor?«

»Och, ich wollte mir einen Molch fangen, aber das ging gründlich in die Hose«, jammerte mein magischer Begleiter.

Aruna kniff die Augen halb zusammen. »Ihr habt sprechende Tiere und quatschende Uhren, ihr habt keine Wünsche und trotzdem ruft ihr mich? Warum?«

»Wir brauchen deine Hilfe«, sagte ich. »Ich bin eine Magentin und habe einen Geheimauftrag zu erfüllen.«

Aruna war beeindruckt. »Und was für ein Auftrag ist das?«

»Ich soll den Schlüssel zur Sid wiederfinden und den verirrten Fabelwesen wieder nach Hause helfen.« Ich sah sie an. »Jemand hat das Portal zur Sid manipuliert und …«

»Ach ja?« Aruna hob erstaunt die Augenbrauen. »Habt ihr Menschen das auch schon gemerkt?«

»Wieso?«, fragte Connor perplex.

»Wieso? Willst du mich auf den Arm nehmen? Seit Tagen suchen wir Feen nach dem wertvollen Artefakt und versuchen jeden Zauber, den wir beherrschen, um die Sid zu sichern. Fehlanzeige. Fast stündlich landet einer von uns hier bei euch.« Arunas Blick wurde finster. »Heute Morgen hat es dann wohl Fionn erwischt. Ihr könnt von Glück sprechen, dass es nur er war und kein Gouhl oder gar …«, sie sah sich zuerst in alle Richtungen um und formte dann nur mit den Lippen: »Pooka!«

Ich erinnerte mich schaudernd an den Zettel aus meinem Harfenkoffer. Auch dort wurde vor Pooka gewarnt.

»Pssst.« Aruna legte sich einen Zeigefinger an die Lippen und schüttelte heftig mit dem Kopf, sodass ihre Bindfadenhaare nur so flogen. Sie kam ganz nah und raunte uns leise zu: »Es ist streng verboten, seinen Namen zu sagen, denn mit dem Aussprechen ruft man ihn.«

Das galt es unbedingt zu vermeiden. Ich hatte an der Makademie genug Schauerberichte über dieses Monster gehört.

Ich lächelte Aruna an. »Ich bin wirklich froh, dich zu treffen. Dann können wir uns gegenseitig bei der Suche helfen.«

FEE, die
noun (n)
von irisch: »fairie«

Irische Feen sind Weltengänger und können durch fließende Gewässer zwischen der Menschenwelt und der Sid hin und her wechseln. Feen sind in Irland nahezu heilig, und nie würde es jemand wagen, einen Feenhügel zu beseitigen.
Für einen Nicht-Magenten können Feen sichtbar sein, wenn er sie aktiv angelockt hat.
Ein Magent erkennt eine Fee an den Flügeln und an der ca. unterarmlangen Statur. Und wie immer gilt: Ein Blick durch ein Wechselglas verschafft Gewissheit.

Lexikon der Fabelwesen
Prof. Dr. Dr. Emeralda Emerson
S.A.M. international Publications

17. KAPITEL

Eine Fee kommt selten allein

Weil Aruna nervös wurde, da sie nun wegen uns nicht mehr durch den Wasserfall zurück in die Sid steigen konnte, nahmen wir sie kurzerhand mit zu den McFergus.

»Das ist wirklich sehr nett von euch«, meinte Aruna und hakte sich bei Connor ein.

»Das ist selbstverständlich!«, sagte ich. »Das geht doch in Ordnung, oder, Connor?«

Connor nickte. »Na klar, meine Eltern können sie ja sowieso nicht sehen.« Er nahm meine Hand und zog mich mit sich. »Es wird alles gut werden. Und je schneller wir den Schlüssel finden, umso besser für alle.«

Wir liefen zu Fuß nach Hause. Der Weg war nicht weit, aber Aruna und Selmor begannen schon bald zu jammern, dass ihnen kalt wäre. Tatsächlich fielen die Temperaturen unter dem sternenklaren Abendhimmel schnell.

Connors Mutter war schon zu Hause und wärmte gerade das Irish Stew auf, als wir die Treppe hinaufstürmten. »Da seid ihr ja«, sagte Brianne erfreut, als sie uns sah. »Ihr kommt genau rechtzeitig zum Essen.«

Ich strahlte sie an und schob meine Selmor-Tasche auf den obersten Treppenabsatz. »Flitz nach oben«, flüsterte ich meinem Muffel zu.

Dann ging ich zu Brianne an den Herd, während Connor Aruna mein Zimmer zeigte.

»Und?« Brianne holte Teller aus dem Schrank. »Was habt ihr heute unternommen? Wie gefällt dir Dublin?«

»Dublin ist einfach zauberhaft. Magisch«, schwärmte ich. »Ich liebe es hier! Connor hat mir die Marsh Library gezeigt, und am Dublin Castle und im Phoenix Park waren wir auch«, plauderte ich drauflos.

»Ach?« Brianne stutzte. »Seltsam, in den Nachrichten haben sie gesagt, dass der Park heute wegen Erschütterungen gesperrt war.«

Ich suchte fieberhaft nach einer Ausrede. »Richtig. Aber als wir fortgeschickt worden sind, wollten wir sowieso gerade gehen, denn Connor wollte mir noch die kleineren Parks zeigen. Er ist wirklich ein super Stadtführer. Wie der sich hier auskennt!«

»Stimmt.« Brianne deutete mit dem Kochlöffel die Treppe hinauf. »Darüber bin ich auch richtig froh. Sonst hättest du wohl sehr langweilige Tage bei uns. Gut, dass Connor so selbstständig ist.«

»Über nicht Anwesende zu sprechen, nennt man Tratsch!«, rief Connor von der Treppe. Er kam zu uns in die Küche und reckte hinter dem Rücken seiner Mutter den Daumen in die Höhe. Die Fee und der Muffel waren jetzt also sicher oben versteckt. Ich konnte aufatmen.

Wir saßen lange am Küchentisch zusammen. Brianne zündete Kerzen an, schnitt frisches Brot ab und schaltete sogar fröhliche irische Musik ein. Sie erzählte von spannenden Sehenswürdigkeiten der Stadt und schlug uns weitere Orte vor, die Connor mir unbedingt zeigen sollte.

Wenn die Schule wieder starten würde, bliebe uns für Sightseeing nicht mehr so viel Zeit, meinte sie. »Aber erst mal steht ja das große Samhain-Spektakel an. Du hättest gar keine bessere Zeit für den Schüleraustausch erwischen können.«

Connor strahlte. »Ich gehe dieses Jahr übrigens als Zombie. Echt, Elia. Diese Straßenparade ist der Wahnsinn!«

Brianne nickte. Sie beugte sich vor, als würde sie uns nun ein großes Geheimnis verraten. Das Kerzenlicht flackerte auf ihrem Gesicht, als sie sagte: »Es heißt, dass sich in der Nacht von Oktober auf November die irische Sid öffnet und sämtliche Fabelwesen dann bis zum Morgengrauen durch die Stadt spuken.«

Ich ließ erschrocken meinen Löffel fallen. »Alle gleichzeitig? Auch die Bösen?« Mir wurde heiß und kalt bei der Vorstellung.

»Ja, ich denke, die besonders.« Brianne schaute leicht irritiert. »Ist ja nur für ein paar Stunden und eigentlich auch nur Aberglaube. Du hast doch nicht etwa Angst?«

Connor war ebenfalls kreidebleich geworden. »Aber was, wenn sie mal am Morgen nicht mehr zurück in die Sid finden?«

Brianne legte den Kopf in den Nacken und lachte und lachte. »Wieso das denn?«

»Vielleicht, weil jemand den Schlüssel verbummelt hat?«, fabulierte ich drauflos.

»Ich sehe schon«, gluckste Brianne und hielt sich den Bauch. »Du bist den Legenden dieser Stadt hoffnungslos verfallen, Elia Evander.«

»Wenn das stimmt, dann sind es nicht mal mehr 48 Stunden, bis das Grauen über Dublin hereinbricht, ist dir das eigentlich klar?«, fragte ich

Connor, als wir wenig später die Treppen nach oben gestiegen waren und die Tür zum Dachzimmer hinter uns geschlossen hatten.

»Eine sehr berechtigte Frage«, murmelte Glenda.

Ich nahm meine WitchWatch ab, um sie aufzuladen. »Und wir haben noch keinen einzigen Anhaltspunkt, wo wir den verdammten Schlüssel finden sollen. Seit Tagen tappen wir im Dunkeln, schlagen uns mit Vampiren und Riesen herum und sind trotzdem keinen Schritt weiter. Und die Fee war bisher auch keine große Hilfe.«

Seufzend sah ich zu Aruna, die im Ohrensessel lag und tief und fest schlief. Ihre Flügel hingen über die Armlehne bis zum Boden herab.

Selmor saß auf dem Teppich davor und grummelte leise. »Wird aber auch Zeit, dass du wiederkommst, Elia. Ich habe einen Muffelhunger.«

Connor zog eine Schüssel mit Irish Stew unter einem Tuch hervor, die wir eigentlich für Aruna heimlich mitgenommen hatten. »Stehen Muffel auf so was?« Er schüttete etwas davon in Selmors Napf und mein magischer Begleiter beugte sich darüber.

»Nichts Besonderes, aber erträglich«, sagte er schmatzend.

Connor und ich tauschten ein Grinsen. So, wie Selmor reinhaute, schmeckte es ihm ganz ausgezeichnet.

»Hat die Fee nicht gesagt, dass wir einen Wunsch bei ihr frei haben?«, überlegte Connor. Er setzte sich aufs Bett und sah Aruna nachdenklich an.

Ich nickte. »Wenn der Wunsch nicht aus Gier vorgetragen wird und auch nur einmal im Monat.«

»Warum wünschen wir uns dann nicht einfach, dass sie uns zu dem verschwundenen Schlüssel führt?« Connor sah mich erwartungsvoll an.

»Ich sag es ja, der Junge macht die Arbeit«, krähte Glenda prompt.

Nachdenklich drehte ich eine Haarsträhne um meinen Zeigefinger. »Ich glaube nicht, dass das funktionieren würde. Hat sie nicht vorhin erwähnt, dass sie und die anderen Feen vergeblich nach dem Schlüssel gesucht haben? Sie kann uns ja nicht zu etwas führen, von dem sie selbst nicht weiß, wo es ist.«

»Stimmt.« Connor seufzte niedergeschlagen. Doch schon im nächsten Moment hatte er eine neue Idee. »Aber sie kann dich zu dem Portal führen. Und du hast doch den Zauberring von deinem Vater! Vielleicht kannst du ja ihn statt des verschwundenen Schlüssels benutzen?«

»An dem Jungen ist ein Magent verloren gegangen«, rief Glenda aufgekratzt.

»Also schön«, stimmte ich zu. »Es ist zwar mehr als unwahrscheinlich, dass ein einfacher Zauberschlüssel ein uraltes Artefakt ersetzen kann, aber es ist ein Ansatz. Einer der wenigen. Glenda, notiere das bitte in MAMA. Und Selmor: Komm mal her und lass dich kraulen. Nicht, dass wir gleich noch ein Problem bekommen.«

»Sich bei seinem magischen Begleiter einzuschmeicheln, macht aus der Besitzerin noch lange keine gute Magentin«, verkündete Glenda.

»Gute Nacht, Glenda. Und jetzt schweig bis zum Sonnenaufgang.«

Mitten in der Nacht wurde ich von lautem Gekicher geweckt.

Ich setzte mich im Bett auf und sah mich im dämmrigen Zimmer um. Durch die weit offen stehende Dachluke fiel helles Mondlicht herein. Selmor lag neben mir und sabberte im Schlaf. Sicher träumte er von Irish Stew.

»Wie spät ist es, Glenda?«, flüsterte ich.

Glenda schwieg. Gerade als ich aufspringen und nachsehen wollte, ob ich vielleicht vergessen hatte, die WitchWatch ans Ladekabel zu schließen, fiel mir wieder ein, dass ich Glenda zum Schweigen verdonnert hatte.

»Und sie sieht echt aus wie du?«, hörte ich da von draußen eine zarte Stimme.

Ich stellte mich aufs Bett und sah durch die Luke hinaus. Auf den Dachziegeln saß Aruna. Und neben ihr hockte eine zweite Fee mit lustigen, abstehenden Locken.

»Aruna, was machst du denn da?«, zischte ich erschrocken. »Komm sofort wieder herein! Nicht dass du noch vom Dach fällst.«

»Vom Dach fallen?« Die beiden Feen kicherten und kriegten sich gar nicht wieder ein.

»Was ist daran so lustig?«, schimpfte ich.

»Wir Feen können doch fliegen!«, krähte Aruna viel zu laut und wackelte mit ihren Flügeln. »Aber das kann man schon mal vergessen, wenn man selbst keine Fee ist.«

Irgendwo in der Nachbarschaft wurde ein Fenster aufgerissen, und jemand rief in die Stille der Nacht: »Ruhe, verdammt noch mal! Erzählt euren Feenblödsinn woanders, ihr Verrückten.«

»Da habt ihr's«, raunte ich. »Komm sofort wieder rein. Ihr verratet uns noch alle, und das wäre gerade überhaupt nicht hilfreich.«

»Kann meine Freundin Felia mitkommen?«, bettelte Aruna.

»Von mir aus«, flüsterte ich und zog mich aus der Luke zurück. Ich schaltete das Licht im Zimmer ein und wartete.

Die beiden Feen flogen mühelos durch die Dachluke und ließen sich jauchzend auf mein Bett fallen.

»Hatschi.« Felia nieste und sah sich erstaunt um. »Nanu? Es kribbelt in meiner Nase, als gäbe es hier eine Katze.«

»Keine Katze, aber einen Muffel«, sagte ich und zeigte auf Selmor.

»Ahhh!«, rief Felia erschrocken. Sie sprang auf und starrte meinen magischen Begleiter entsetzt an. »Ich bin allergisch gegen Haustierhaare.«

»Haustier?«, murrte Selmor verschlafen und öffnete irritiert ein Auge.

Wieder und wieder nieste Felia. Sie schaute mich mit tränenden Augen an. »Kannst du den Kater bitte rausschicken?«

»Ich glaub, jetzt schlägt es dreizehn«, keifte Selmor, der inzwischen hellwach war. Er baute sich auf dem Bett auf und machte angriffslustig einen Buckel.

»Ja, genau! Raus mit dem Kater«, forderte Aruna und verschränkte die Arme vor der Brust.

»Es tut mir leid, aber das geht nicht. Selmor muss immer in meiner Nähe bleiben«, sagte ich kopfschüttelnd.

Da setzte sich Felia auf den Boden, legte ihre Hände vors Gesicht und fing an zu schluchzen.

Aruna huschte zu ihrer Freundin. Sie umarmte sie tröstend und blitzte mich böse an. »Sieh nur, was du angestellt hast. Reicht es nicht, dass Felia und ich wegen dir nicht mehr nach Hause können? Wir hätten die Sid nie verlassen, wenn du uns nicht gerufen hättest. Na warte …« Sie flog wütend auf mich zu. »Wer so gemein zu Feen ist, wird nie wieder in seinem Leben einen Wunsch erfüllt bekommen, dafür werde ich höchstpersönlich sorgen.«

»Hey, langsam, ja?« Ich überlegte angestrengt, wie ich den beiden helfen könnte. »Was soll ich denn tun? Selmor ist mein Muffel. Er muss ständig gestreichelt werden. Denn wenn er magisch überlädt, fängt er an zu stinken. Grauenhaft.«

Felia und Aruna warfen sich stumme Blicke zu.

»Sag das doch gleich«, meinte Aruna versöhnlich. »Aber es gibt doch bestimmt noch andere Zimmer, in die du uns einquartieren könntest.«

Ich schüttelte den Kopf. »Ich wohne hier eigentlich gar nicht. Ich bin nur für meine Mission in Dublin. Undercover.«

Felia sah mich beeindruckt an. »Du hast eine Mission?«

»Sie soll den Schlüssel zur Sid finden und unseren verirrten Freunden wieder nach Hause helfen«, sagte Aruna leise. »Elia ist eine magische Agentin.«

»So was gibt es? Wenn das so ist, dann ist es ja umso wichtiger, dass wir hier bei dir bleiben, damit wir gemeinsam suchen können!« Felia strahlte. Jedenfalls glaubte ich das, sicher sagen konnte man es bei den vielen Quaddeln in ihrem Gesicht nämlich nicht.

Felia flog zum Bett, nahm eine der Decken und flatterte damit zur Zimmertür. »Komm, Aruna! Wir schlafen einfach auf dem Sofa.«

»Halt, nein!«, zischte ich und versperrte ihr den Weg. »Wenn hier einer auf dem Sofa schläft, dann ja wohl ich.«

»Ich hab doch geahnt, dass du ein gutes Herz hast.« Aruna brachte mir noch schnell das Kopfkissen. »Und vergiss den Kater nicht.«

Sprachlos sah ich die beiden Feen an, die mir zufrieden die Tür öffneten und es sich dann auf meinem Bett gemütlich machten.

»Es wird allerhöchste Zeit, dass wir diese verfluchte Mission abschließen«, maulte Selmor und lief an mir vorbei aus dem Zimmer.

»Besser hätte ich es auch nicht ausdrücken können«, murmelte Glenda ganz leise. »Wenn es mir erlaubt wäre, mich zu äußern.«

Für einen kurzen Moment spielte ich mit dem Gedanken, die WitchWatch einfach hier oben zu lassen. Aber da ich verhindern wollte, dass Glenda die beiden Feen in aller Herrgottsfrühe weckte, nahm ich die Uhr vom Ladekabel und band sie mir um.

Leise schlich ich durchs Haus und nur dank Glendas Taschenlampenfunktion stieß ich dabei nirgends an. Im Wohnbereich hörte man das leise Ticken einer Uhr und das Brummen des Kühlschranks aus der Küche.

»Eigentlich ganz gemütlich«, sagte Selmor zufrieden und rollte sich auf dem Sofa ein.

Ich legte mich neben ihn und streichelte die herabhängenden Pfoten meines Muffels. Gerade als ich ihm zustimmen wollte, glaubte ich, in der Ferne den kreischenden Schrei einer Banshee zu hören.

Ruckartig setzte ich mich auf. »Habt ihr das auch gehört?«

»Mhhh«, machte Selmor. »Na und? Kann ja einen ganz normalen Grund haben, warum da 'ne Banshee schreit. Menschen sterben nun mal. Das ist nichts Neues. Wahrscheinlich wurde da gerade jemand totgekreischt, der sowieso dran war.«

»Und wenn nicht?«, fragte ich leise.

Glenda und Selmor schwiegen – und das war mir unheimlich.

PAKT

Zwischen den menschlichen Bewohnern der Stadtfestung Dublin und den Fabelwesen Irlands wird folgender Pakt geschlossen:

1. Die Fabelwesen leben und herrschen fortan in der Sid.
2. Den Menschen wird als Lebensraum der Bereich jenseits der Sid zugesprochen.
3. Um den Fabelwesen einen Besuch in ihrer alten Heimat zu ermöglichen, werden in einer Nacht des Jahres die Portale zur Sid geöffnet. Als Datum wird hierfür der 31. Oktober vereinbart. Er soll fortan als ein Feiertag betrachtet und *Samhain* genannt werden. Menschen verlassen in dieser Nacht ihre Behausungen auf eigene Gefahr.
4. Die Portale zur Sid werden mit magischen Artefakten gesichert, und als deren Verwalter werden die Feen (als Weltengänger) ernannt.

Dublin, im Jahr der Stadtgründung 988

»König von Meath«
Máel Sechnaill II.

Vertreter der
Fabelwesen

18. KAPITEL

Der Pakt mit den Fabelwesen

Es ist sieben Uhr und zwanzig Minuten und damit Sonnenaufgang am Dienstag, den 31. Oktober. In einem der oberen Zimmer hat soeben ein Wecker geklingelt. Draußen sind herrliche und nahezu windstille fünf Grad, und das Passwort wurde zuletzt …«

»Schweig, Glenda!«, zischte ich in die Uhr und sah mich um. »Selmor? Wo bist du?«

»Hier drüben«, kam es aus der Küche.

Ich setzte mich auf und erschrak. Mein Muffel saß auf dem Herd und fraß aus dem Topf mit dem Irish Stew.

»Selmor, nicht!«, rief ich und sprang in wenigen Sätzen zu ihm.

»Zu spät, würde ich sagen«, meinte Selmor mit treuherzigem Blick und rülpste.

Ich schaute in den sauber ausgeleckten Topf. »Das ist nicht wahr, oder? Du hast das ganze Stew aufgefuttert? Wie soll ich das denn nur erklären?«

»Sag doch einfach, du hattest Hunger und das Stew war einsame spitze«, schlug Selmor vor.

»Kleiner Tipp: Manchmal stimmt es auch versöhnlich, wenn man nach dem Rezept fragt«, sagte Glenda. »Und eine dringende Warnung aus der MLMB-App: Der magische Begleiter sollte umgehend gestreichelt werden.«

»Wieso bringt ihr mich andauernd in Schwierigkeiten?«, fragte ich seufzend und nahm Selmor auf den Arm.

»Ich ignoriere das«, meinte Glenda beleidigt.

Von oben hörte ich Schritte, also schnappte ich mir mein Bettzeug und eilte zur Treppe. Hoffentlich konnte ich mich noch schnell verdrücken, bevor Connors Eltern mich hier erwischten.

Ich huschte schon im zweiten Stock durch die Abstellkammer, als mir jemand entgegenkam.

»Wo hast du gesteckt?« Connor sah fragend auf das Bettzeug.

Ich zuckte mit den Schultern. »Ich habe auf dem Sofa geschlafen, die Feen haben mich ausquartiert.«

»Das erklärt einiges.« Connor stöhnte. »Ich bin eben aufgewacht, weil die da oben lautstark eine Kissenschlacht veranstalten. Wo kommt überhaupt die zweite Fee her?«

»Die hat den zweiten Lockstoff gefuttert und kann jetzt auch nicht mehr zurück in die Sid«, sagte ich leise. »Könntest du vielleicht etwas Frühstück für die beiden organisieren? Wir müssen sie dringend auf unsere Seite ziehen, damit sie etwas gesprächiger werden. Heute Abend ist schon Samhain und uns läuft die Zeit davon.«

Aruna und Felia machten sich über Toast und Orangensaft her, während Selmor auf dem Dach döste. Zum Mäusejagen war er viel zu träge nach dem ganzen Stew.

»Ich kann es noch gar nicht glauben, dass du eine echte Agentin sein sollst«, sagte Felia strahlend. Ihre dunkle Haut glänzte von der

Salbe gegen magische Allergien aller Art, die ich aus meiner Erste-Hilfe-Dose am Gürtel herausgesucht hatte. »Hast du auch eine Pistole und so?«

Connor lachte auf. »So wie James Bond?«

»Bloß eine Feuerwerkspistole.« Ich grinste. »Als Magentin habe ich nur magisches Spezialwerkzeug, aber davon reichlich. Alles an meinem Gürtel und in diesem Harfenkoffer kann mir auf meiner Mission helfen.«

»Das ist so spannend.« Aruna beugte sich über den Koffer. »Hattest du daher auch diese leckeren Marshmallows?«

»Nein, die gibt es bei *Aunty Nellie's*«, sagte ich.

Aruna schaute sich suchend um. »Hast du noch mehr davon?«

»Ja, da ist noch etwas in der Tüte.« Ich deutete auf den Schreibtisch.

»Cool!«, rief Felia mit glänzenden Augen. »Damit müssen wir uns unbedingt eindecken, bevor wir zurück in die Sid gehen.«

»Wenn ihr jemals wieder zurück ...«, mischte Glenda sich ein.

»Still, Glenda!«, rief ich. Dann sah ich die beiden Feen an. »Wisst ihr, was *ich* unglaublich spannend fände?«, begann ich vorsichtig. »Zu wissen, wo sich das Portal zur Sid befindet. Könnt ihr mir da vielleicht helfen?«

»Klar.« Aruna zog ein braunes Fläschchen aus dem Harfenkoffer. »Das ist aber wirklich kein Geheimnis.«

Felia lachte und nahm sich noch ein Stück Toast.

»Nicht?« Connor hielt ihr einen Teller hin, damit sie sich auch etwas Obst aussuchen konnte. »Also, ehrlich gesagt suchen wir dieses Portal nun seit Tagen.«

»Das hätte euch aber wirklich jede Fee sagen können.« Aruna sah von dem kleinen Fläschchen auf und runzelte die Stirn. »Zumindest jede, die in Historie der irischen Feen-Artefakte aufgepasst hat.«

»Das erklärt es.« Ich seufzte. »Ihr seid die ersten Feen, die wir treffen.«

»Das wundert mich.« Felia nahm sich ein Apfelstück und knabberte mit ihren etwas zu langen Schneidezähnen die Schale ab. »In Irland wimmelt es eigentlich nur so von Feen. Wir sind die Boten zwischen den Welten und die Einzigen, die das Geheimnis um die Portale zur Sid kennen.«

Connor riss die Augen weit auf, und Felia lächelte ihn stolz an. »Früher gab es viele Portale zwischen der Menschenwelt und der Sid. Heute ist aber nur noch ein einziges übrig. Die Alten haben uns deshalb auch immer gewarnt: Wenn der Schutz des letzten Portals fällt, gibt es keine Grenze mehr. Dann werden die Fabelwesen ungehindert in die Menschenwelt eindringen, und das Chaos wird grenzenlos.«

Aruna nickte und sah mich düster an. »Die Menschen haben zwar laut einem uralten Pakt das Recht, die Fabelwesen aus ihrer Welt auszusperren, gleichzeitig sollten sie aber nicht mehr Macht über die Portale erhalten als wir. Deshalb wurden die Feen als neutrale Torwächter eingesetzt, und wir haben ein Artefakt erschaffen, das für Menschen unsichtbar ist und gleichzeitig zuverlässig auf Fabelwesen wirkt.«

Felia nickte. »Und wie es gewirkt hat! Es ist ja schließlich über tausend Jahre gut gegangen.«

»Wie genau funktioniert dieses Artefakt denn?«, fragte ich gespannt. »Ich dachte, das ist einfach ein Schlüssel.«

Felia kicherte. »Auf so eine verrückte Idee können auch nur Menschen kommen.«

Aruna sah Connor und mich ernst an. »Zuerst müsst ihr schwören, dass ihr das Geheimnis niemandem in der Menschenwelt verratet.«

»Ich bin als magische Agentin sowieso zur Verschwiegenheit verpflichtet«, beruhigte ich sie. »Und Connor bekommt …« Ich biss mir hastig auf die Unterlippe. Beinahe wäre mir herausgerutscht, dass ich Connor Vergiss-es-Tropfen geben musste. Irgendwann, wenn das alles hier vorbei war. »Connor bekommt einfach nie wieder einen Feenwunsch erfüllt, wenn er es ausplaudert.«

Das überzeugte die beiden Feen.

Felia beugte sich weit vor und flüsterte: »Das Artefakt hat eine Sehnsuchtswirkung auf fantastische Kreaturen. Steckt es im Tor, will kein Fabelwesen der Sid jemals hindurchgehen, um seine magische Heimat zu verlassen und stattdessen in die abschreckende Menschenwelt zu gelangen. Das macht es zu einem besseren Schloss, als jeder von Menschen erschaffene Riegel es sein könnte. Die Sehnsucht hält die Fabelwesen in ihrer Heimat. Nicht einmal der stärkste Riese würde das Portal aufbrechen wollen, denn es gruselt ihm bei dem Gedanken an die Welt dahinter. Solange das Artefakt im Tor steckt, machen alle Fabelwesen der Sid einen großen Bogen darum.«

»An 364 Tagen im Jahr«, fügte Aruna hinzu. »An Samhain entfernen die Feen laut Anweisung des Protokolls das Artefakt. Von dem lauten Spektakel der Straßenparade in der Menschenwelt werden die Fabelwesen dann durch das Portal gelockt.«

Ich nickte langsam. Der Mechanismus war genial. Das Artefakt war sozusagen ein Schlüssel, der nicht im üblichen Sinne ein Portal abschloss, sondern in den Herzen wirkte.

»Ich verstehe!«, rief Connor. »Und weil das Artefakt gestohlen wurde, denken die Fabelwesen, es wäre schon Samhain.«

»So ist es. Die fehlende Sehnsucht in ihrem Herzen lockt sie nach und nach zum offenen Portal, und sie denken, sie haben die Straßenparade verpasst. Aber spätestens, wenn an Samhain die Party dann tatsächlich losgeht, wird sich auch die letzte fantastische Kreatur auf den Weg zu den Menschen machen. Wir sind uns übrigens ziemlich sicher, dass ein magisch begabtes Wesen das Artefakt entfernt hat, denn Nichtmagische können es gar nicht sehen.« Aruna roch an einem Teebeutel aus meinem Harfenkoffer und verzog das Gesicht. »Urghs!«

Ich grübelte. »Aber irgendwie finden doch die Bewohner der Sid in jedem Jahr nach Samhain wieder nach Hause.«

»Aber natürlich!«, rief Felia. »Nach Samhain stecken wir Feen das Artefakt feierlich zurück ins Portal.«

»Ihr müsst wissen«, raunte Aruna uns so leise zu, als käme jetzt ein noch viel größeres Geheimnis, »auf der Menschenseite wirkt die Sehnsucht auf Fabelwesen wie ein Kompass nach Hause. Das stellt sicher, dass Weltengänger auch unter dem Jahr immer wieder heimfinden, und ursprünglich sollte es damals auch dazu dienen, die Fabelwesen in die Sid zu rufen, die bei der Errichtung der Parallelwelt noch in ganz Irland verstreut lebten.«

Felia schluchzte auf. »Und weil dieser Magnet uns nicht nach Hause zieht, finden wir nicht heim. Die Sid kann man nur durch diese Sehnsucht erreichen.«

Aruna legte ihr einen Arm um die Schultern. »Solange man diesen besonderen Sog nicht im Herzen spürt, rennt man nur gegen die Wand. Es ist ein ganz besonderes Gefühl, das sich nur schwer beschreiben lässt. Es ist wie eine Mischung aus Liebe, Heimweh und Apfelkuchenduft. Versteht ihr?«

»Ja«, sagte Connor leise und nickte. »Ich ahne es zumindest.«

»Aber wo?«, fragte ich in die bedrückende Stille hinein. »Wo ist denn nun das Portal, in das dieses Artfakt gehört?«

»Wir zeigen es dir.« Aruna legte den Teebeutel zurück in den Harfenkoffer und Felia steckte sich noch ein bisschen Obst in die Jackentaschen. Dann flatterten die beiden Feen nacheinander aus dem offenen Dachfenster.

»Stopp! Ihr vergesst, dass wir keine Feen sind«, sagte Connor grinsend.

Aruna sah Felia überrascht an. »Das hab ich jetzt wirklich vergessen.«

»Kaum zu glauben«, meinte Felia kopfschüttelnd. »Ihr seid so nett, dass man völlig vergisst, dass ihr nur Menschen seid.«

Wenig später liefen wir durch die schmalen Gassen der Altstadt. Die Morgensonne schimmerte auf dem noch nassen Kopfsteinpflaster. Es hatte also in der vergangenen Nacht geregnet. Einige Menschen saßen in Kaffeehäusern, andere hetzten an uns vorbei. Ein Wagen der Stadtreinigung fuhr langsam tuckernd durch die Straßen. Vor den Pubs und Restaurants waren noch die Jalousien und Absperrgitter herabgelassen.

»Moment mal«, sagte Connor, als Aruna an einer Kreuzung rechts abbog. »Da hinten ist ja meine alte Grundschule.«

»Warst du etwa auf der St. Audoen?«, fragte Aruna. »Lustig! Genau da gehen wir hin.«

Connor sah sie verblüfft an.

»Also, nicht ganz. Aber in die Nähe«, meinte Felia.

In Selmors unverständliches Gebrummel meldete sich plötzlich mein magischer Instinkt. Ich spürte etwas und sah mich unauffällig um. Vor mir liefen Connor und die beiden Feen. Auf der Straße neben uns zogen Autos und Busse im Schneckentempo vorbei.

Ich fühlte, wie sich mir die Nackenhaare aufstellten. Ein Angstschauer lief mir über den Rücken. Etwas war hinter mir.

Ich holte tief Luft und drehte mich um. Mit geschultem Blick taxierte ich den Gehweg und fand nichts Auffälliges. Da trat eine junge Frau aus einer Seitenstraße auf den Gehweg. Sie trug ein weißes Flatterkleid und war barfuß. Neben ihr fuhr eine Pferdekutsche. Das Mädchen auf dem Bock war kreidebleich und von oben bis unten in Schwarz gekleidet.

Entsetzen griff mit eisigen Fingern nach meiner Kehle. Das waren keine normalen Jugendlichen, das waren Connors Banshee und die Vampirin vom Festival. Und sie kamen genau auf uns zu!

Augenblicklich beherrschte ich mich und tat so, als hätte ich nichts bemerkt. Gut, dass niemand sehen konnte, wie meine Gedanken rasten.

Bei Gefahr ist es lebenswichtig, seine Atmung zu kontrollieren. Hyperventilation verringert die Denkleistung. Ich rief mir die Fragen und vor allem die Antworten aus der Magentenprüfung in Erinnerung.

Checke zuerst die Lage. Wer oder was ist in Gefahr? Das war offensichtlich. Connor trug seine Kopfhörer nicht auf den Ohren, sondern um den Hals. Und zu was die Vampirin fähig war, hatte ich ja schon erlebt. Wir waren alle so gut wie tot!

Wenn eine Gefahr festgestellt wurde, prüfe als Nächstes, ob es einen Ausweg gibt. Ich sah mich um.

»Wir sind fast da.« Aruna drehte sich lächelnd zu mir herum und wurde blass. »Elia, da sind …« Sie hob ihren Arm und deutete hinter mich.

»Ja, ich weiß, was da ist.« Ich bemühte mich, nicht hysterisch zu werden.

Doch Connor musste das Zittern in meiner Stimme bemerkt haben, denn er sah mich fragend an.

»Deshalb setzt Connor jetzt ein bisschen plötzlich seine Kopfhörer auf. Wird's bald?«, zischte ich ihm zu.

Connor nickte mechanisch und tat, was ich ihm befohlen hatte. Keine Sekunde zu früh. Schon mischte sich der Schrei der Banshee in das Rattern der Leichenwagenkutsche.

»Oh Mama, ich hab Aangst!«, jammerte Selmor.

Ich streichelte meinem Muffel sanft über das Fell. »Bleib ganz ruhig. Wir schaffen das.«

»Darauf würde ich nicht wetten«, flüsterte Aruna.

Ich lotste alle zu einem Nebeneingang von Connors alter Schule, wo wir uns hinter einen Mauervorsprung kauern konnten.

Vorsichtig lugte ich aus der Deckung um die Häuserecke. »Immerhin ist der Sarg in der Leichenkutsche heute leer«, raunte ich.

»Fragt sich nur, wie lange noch«, gab Connor totenbleich zurück und rüttelte an der Tür.

Dass ein magischer Begleiter einen Menschen berührt oder ein Mensch mit dessen Gewürge, Speichel oder Gelege in Kontakt kommt, ist nahezu ausgeschlossen (was der Unsichtbarkeit der Begleittiere für Nicht-Magenten zu verdanken ist). Sollte es dennoch passieren – etwa weil der magische Begleiter noch nicht stubenrein ist –, sind die häufigsten Symptome nach dem Berühren eines magischen Begleiters oder seiner Exkremente:

- anhaltende Übelkeit mit schwallartigem Erbrechen
- Verwirrtheitszustände, die mitunter tagelang andauern können
- Eiterpustelausschlag

Auszug aus:
Mein magischer Begleiter – wie er wirklich tickt
5. Kapitel: Wechselwirkungen
23., überarbeitete Auflage
S.A.M. international Publications

19. KAPITEL

Wasserspeiermagie

Aus meinem Versteck heraus beobachtete ich, dass die Vampirin ihre Kutsche genau vor dem Haupteingang anhielt. Die Banshee stand vor der Schultür, hauchte die Glasscheibe an und malte mit ihren langen Fingernägeln darin herum. Sogar viele Meter weit hörte ich es schaurig kratzen. Die beiden vermuteten uns offensichtlich in der Schule.

Ich wich zurück in den Schutz des Gebäudes, wo mich Connor fragend ansah.

»Dort vorne ist übrigens das St. Audoen's Gate, das letzte verbliebene Stadttor Dublins«, sagte Felia leise. Sie deutete auf ein schwarzes Gitter in einer hohen grauen Steinmauer, hinter der eine ebenso graue Kirche aufragte. »Wenn man dort hindurchgeht, findet man auf der linken Seite das Portal zur Sid.«

Ich beugte mich aber erst mal zum Türschloss des Nebeneingangs der Schule herab, richtete meinen linken Zeigefinger darauf und sagte: »Vampire lieben Blut so rot, so rot – drum öffne diese Tür für meine Freunde in Not!« Es klickte leise im Schloss, dann sprang die Tür einen Spaltbreit auf. »Versteckt euch hier drinnen und bleibt in Sicherheit.

Ich werde versuchen, die beiden gruseligen Damen dort drüben loszuwerden. Und lass bloß deine Kopfhörer auf, Connor!«, sagte ich entschlossen.

»Was hast du vor, Elia?«, zischte Connor erschrocken hinter mir her, als ich hinaus auf den Gehweg trat.

»Meinen Auftrag erledigen. Bleibt, wo ihr seid!«, rief ich, als ich auch schon das Rattern der Leichenwagenkutsche vernahm. Es verlief also alles nach Plan.

»Warum nur dürfen die anderen in Sicherheit bleiben, und ich muss immer mit? Das ist sehr unfair«, jammerte Selmor.

Ich drückte meine Umhängetasche fest an mich, während ich auf die hohe graue Mauer zustürmte.

»Was soll das Lamentieren? Wurde ich etwa gefragt, ob ich so sterben will?«, krähte Glenda heiser.

Die Vampirin hatte mich beinahe eingeholt. Auch die Banshee kam bedrohlich nahe. Wie schnell sie barfuß rennen konnte!

Ich sprintete quer über eine kleine Wiese zur Stadtmauer.

»Schneller, schneller!«, jaulte Selmor. »Die Vampirin ist von der Kutsche gesprungen – und verflixt, die ist sooo schnell.«

Ich hatte das Gefühl, dass ich den Atem meiner Verfolgerinnen schon im Nacken spüren konnte. Es waren nur noch wenige Schritte. Auf gut Glück hob ich meine linke Hand und richtete sie auf das Gitter aus. »Willst du mich retten, löst du die Ketten!«, schrie ich.

Die beiden Torflügel sprangen mit einem Knall auf.

»Was für ein miserabler Reim«, höhnte Glenda.

Ich rannte durch das Tor und warf einen kurzen Blick über die Schulter, als ich über einen Steinvorsprung stolperte und lang hinfiel. Verdammt, direkt hinter dem Stadttor war eine Treppe. So wie meine Knie pochten, hatte ich sie mir aufgeschlagen. Auf allen vieren kroch ich weiter. Geradeaus, etwa zehn Stufen hinauf, war eine kleine Holztür in ein graues Gemäuer eingelassen. Rechts daneben führte ein dunkler, schmaler Weg weiter zur Kirche. Ich kauerte mich auf der linken Seite in eine Nische, die wie ein zugemauerter Durchgang aussah.

Das Portal zur Sid!, schoss es mir durch den Kopf. Das musste es sein.

Ich setzte alles auf eine Karte. Im offenen Stadttor erschienen die Banshee und die Vampirin. Sie kamen langsam auf mich zu. Die Vampirin leckte mit der Zungenspitze über ihre langen Eckzähne, die Banshee spuckte ihr Kaugummi aus.

»Bist du die gesuchte Tür, dann öffne die Sid für die beiden hier!«, flüsterte ich und streckte meinen linken Zeigefinger mit Ennos magischem Türöffner aus. Leider tat sich absolut nichts.

Ich atmete tief durch und blickte auf die verwinkelte Gasse, die zwischen den hohen Mauern zur Kirche führte. Ob ich es wagen sollte?

»Sieh an«, drang da ganz leise eine Stimme zu mir.

Ich schaute mich um und entdeckte den Jungen, den ich nun schon zweimal gerettet hatte. Er lehnte an der alten Mauer mir gegenüber.

»Nein, wie tragisch! Magentin Evander wird gleich bei ihrem ersten Einsatz sterben. Die Frage ist nur: An einem Todesschrei?« Er stieß sich ab und zeigte grinsend auf die Banshee, die laut und hässlich auflachte. »Oder doch an einem Vampirbiss?« Er streichelte der Vampirin nahezu liebevoll über das vorgereckte Kinn. »Was darf es sein?«

»Du Lügner!«, schrie ich. »Wer oder was bist du?«

Ich spürte eine Bewegung neben mir. Eine Sekunde später hatte Selmor sich in einen Muffel verwandelt. Er stellte sich schützend vor mich und bleckte die Zähne.

»Gloom?«, sagte der Junge daraufhin mit eisiger Stimme. Da kroch aus seinem Rucksack ein Wesen, das mich an einen Wasserspeier erinnerte, wie sie in Kirchen oder alten Gebäuden zu finden waren. Die scheußliche Kreatur, halb Drache, halb Mensch, mit riesigen Klauen baute sich vor uns auf.

Es war ein magischer Begleiter vom Typ Speier. Äußerst selten – und sehr gefährlich, denn ihr Speichel konnte bei Berührung eine versteinernde Wirkung haben.

»Du bist ein Magent.« Langsam ging ich auf den Jungen zu. Die Banshee und die Vampirin bleckten die Zähne, doch der Fremde hielt sie zurück.

»Ein Magent …«, sagte er kühl. »Nein, ein Magent durfte ich nie sein. Die S.A.M. wollte mich nicht, obwohl ich ein guter geworden wäre.« Er zog seinen rechten Mundwinkel hoch, als wollte er lächeln. Doch sofort wurde sein Ausdruck wieder ernst. »Pure Verschwendung von Talent. Nein, ich bin ein Anwärter der *Elite*.«

»Elite? Was soll das sein?« Fieberhaft überlegte ich, wie ich aus der Situation entkommen konnte. Eine Flucht war aussichtslos. Die Mauer war zu hoch, die Angreifer in der Überzahl. Ich brauchte Zeit.

»Die Elite, das sind die Besseren. Diejenigen, die etwas mit Magie anzufangen wissen«, sagte der Junge. »Die, die Magie leben und an die sie nicht verschwendet ist.« Er guckte mich abfällig an.

»Die Magie leben? Ist das dein Ernst? Der magische Geheimdienst ist dafür da, das Übernatürliche zu beschützen«, gab ich zornig zurück.

Der Junge lachte kalt. »So, wie du mich beschützt hast, ja?«

»Genau«, zischte ich. »Sag bloß nicht Danke.«

»Du bist noch naiver, als ich dachte«, raunte er. »Hast du es immer noch nicht kapiert? Der Vampirbiss war nur vorgetäuscht. Ich wollte dich anlocken, damit meine Freundin dich erledigen kann! Irgendwie hast du sie ausgetrickst. Aber egal, lieber spät als nie.« Er drehte sich zu der Vampirin und streifte sanft ihren Eckzahn. »Nicht wahr? Jetzt bekommst du dein frisches Magierblut und dann kannst du zurück nach Hause. Wie versprochen.«

Die Vampirin kam langsam auf mich zu.

»Er lügt!«, schrie da jemand mit schriller Stimme. War das etwa Felia?

»Ja, genau. Das ändert überhaupt nichts!«, rief Aruna.

Die beiden Feen und Connor waren mir trotz aller Warnungen gefolgt und standen nun genau hinter dem Jungen.

Augenblicklich verlor die Banshee ihr Interesse an mir, drehte sich jauchzend herum und ging auf Connor zu.

»Achtung, Connor!«, schrie ich, doch er hörte mich nicht. Er trug nicht nur die Kopfhörer, er hatte auch laute Musik eingeschaltet. So laut, dass sie durch die Gasse hämmerte.

»Niemand von uns kann zurück in die Sid«, sagte Felia, und Aruna nickte zustimmend.

Connors Banshee und die Vampirin zuckten beim Anblick ihrer Flügel zurück.

»Ihr seid Feen?«, fragte die Vampirin skeptisch und betrachtete Aruna eingehend, als würde sie an ihrer Echtheit zweifeln.

Die Banshee fiel auf die Knie und klammerte sich an Felias Bein. »Ich will nach Ha-ha-hauuu-se. Egal wie, einfach nur nach Hause. Und er sagt, dafür muss ich jemanden totschreien.«

»Es hilft natürlich kein bisschen, wenn du diejenigen umbringst, die dich retten wollen«, sagte Aruna zornig und baute sich vor dem Jungen auf. »Was erzählst du eigentlich für einen Blödsinn?«

»Euch retten?«, rief der Junge und zeigte auf mich. »Die? Nein, das könnt ihr nur selbst schaffen. Indem ihr Looser endlich das tut, wozu ihr geschaffen seid: zum Töten. Und jetzt schnappt sie euch!«

»Bist du wirklich unser Freund, Earl?«, fragte die Vampirin und sah den Jungen an.

Auch die Banshee schaute Earl fragend an. »Du hast uns ja wohl nicht angelogen?«

»Das traust du mir zu?« Earl lachte sarkastisch auf. »Aber was ist schon eine Lüge? Wieso wollt ihr euch eigentlich in die Sid einsperren lassen? Seht es doch mal so: Ihr seid frei! Und zwar dank mir, denn ich habe das Artefakt hier herausgezogen.« Er ging ganz dicht an mir vorbei und legte seine Hand an den zugemauerten Durchgang.

»Wo ist der Schlüssel jetzt?«, fragte die Vampirin und folgte Earl bedrohlich.

»Das weiß ich nicht.« Er zuckte mit den Schultern. »Ihr müsst mir glauben.«

»Gar nichts glaube ich dir mehr«, zischte die Vampirin und entblößte ihre Zähne. »Sag mir, wo der Schlüssel ist.«

»Ich weiß es wirklich nicht«, flüsterte Earl. Schweißperlen traten auf seine Stirn. »Als ich ihn herausgezogen hatte, war er plötzlich weg. Wie in Luft aufgelöst.«

»Das denkst du dir aus!«, rief ich. Verzweiflung machte sich in mir breit.

»Würde ich wirklich gerne behaupten.« Earl keuchte. »Ich hatte echt gehofft, dass du talentierter bist und den Schlüssel irgendwie wiederfindest. Aber hey, du hast nur Riesen versorgt, mit Feen geplaudert und dir langweilige Bibliotheken angesehen! Nur als meine Vampirfreundin dich erledigen sollte, damit ich deinen Notknopf betätigen kann, machst du auf einmal einen auf Heldin. Dabei dachte ich, die S.A.M. würde dann endlich einen Magenten herschicken, der in der Lage ist, den Schlüssel für mich zurückzuholen.«

»Für dich? Und was soll das überhaupt heißen? Hast du mich die ganze Zeit beobachtet?«, stammelte ich heiser. »Du wolltest mich … ausschalten?«

»Was denn sonst? Nach der Katastrophe mit dem ersten Magenten, der hier aufgetaucht ist … Mir war schnell klar, dass der den Schlüssel nie findet. Also habe ich ihn überwältigt und seinen Notknopf gedrückt.« Earl wich vor der Vampirin zurück, die nach ihm schnappte. »Und dann schicken sie ausgerechnet eine Anfängerin als Ersatz.«

»Du hast Eddi ausgeschaltet?« Ich wurde immer wütender. »Wegen dir darf er keine Einsätze mehr übernehmen.«

»Wie tragisch. Ich weine, wenn ich mal Zeit habe«, sagte Earl sarkastisch. Er schloss die Augen, als würde er sich seinem Schicksal ergeben.

»Wofür brauchst du den Schlüssel?«, fragte ich tonlos. »Du hast sicher nicht vor, ihn wieder ins Portal einzusetzen.«

»Wenn ich das Artefakt besorge und die Fabelwesen aus der Sid befreie, werde ich in die Elite aufgenommen«, sagte Earl stolz.

»Willst du ernsthaft behaupten, dass du uns alle in Gefahr gebracht hast, nur um eine lächerliche Aufnahmeprüfung zu bestehen?«, rief ich zornig. »Der Schlüssel ist für dich bloß eine Trophäe?«

»Keiner nennt die Elite lächerlich«, presste Earl zwischen den Zähnen hervor. »Und schon gar nicht du.« Er beugte sich an der Vampirin vorbei zu mir. »Und natürlich ist das Artefakt viel mehr als eine Trophäe. Mit ihm wird es zukünftig die Elite sein, die darüber entscheidet, ob und wann magische Kreaturen die Sid verlassen dürfen. Und damit gehört Dublin und die Kontrolle über alle Fabelwesen dort *uns*!«

Ich war sprachlos, doch die Vampirin schrie auf. Sie wollte ihre Wolfszähne gerade in Earls Hals bohren, als dieser sich zur Wand drehte.

»*Pooka!*«

Ich zuckte zusammen. »Spinnst du?«

»Hat er jetzt ernsthaft Pooka gerufen?«, fragte die Banshee schockiert.

Einen Moment lang drang nur das Hämmern aus Connors Kopfhörern durch die Totenstille in der kleinen Gasse.

»Idiot!« Die Vampirin stieß Earl von sich.

»Wer ist hier ein Idiot?«, zischte Earl und drängte das Vampirmädchen Schritt für Schritt zurück. »Hast du ernsthaft geglaubt, dass ein bisschen Magentenblut dich durch das Portal zur Sid bringt?« Er lachte auf.

Da wurde hinter uns Kettenrasseln laut.

»Das ist er. Das ist Pooka! Rennt um euer Leben!« Felia breitete ihre Flügel aus und schoss an der alten Stadtmauer hoch in die Luft.

Auch Aruna verschwand in die Höhe. Sogar die mordlustige Vampirin und die Banshee zogen sich angsterfüllt aus der Gasse zurück.

»Keine Bewegung«, zischte Earl, als ich zu Connor laufen wollte. Er schnippte mit den Fingern, und Gloom, sein magischer Begleiter, richtete sich neben ihm auf. »Ihr wollt doch das Beste nicht verpassen.«

Selmor fauchte Gloom an und dieser spuckte eine Speichelfontäne in seine Richtung.

Mein Herz setzte für einen Schlag aus, nur um danach doppelt so schnell weiterzuhämmern. »Selmor!«

»Ne, ne«, sagte der Muffel da zu meiner Beruhigung. »Der Sabber kann mir nichts anhaben. Der prallt von meinem Fell dank der Zauberpaste einfach ab. Was aber nicht heißt, dass es nicht widerlich ist, derart angespuckt zu werden!« Die letzten Worte schrie er regelrecht.

Das Kettenrasseln wurde so laut, dass es mir eine Gänsehaut bescherte. Ich machte Connor ein Zeichen. Er hatte natürlich nichts mitbekommen.

»Wo sind denn die Feen hin?«, fragte er, schaltete seine Musik aus und sah sich suchend um.

»Die sind geflohen«, sagte ich so belanglos wie möglich. »Was du auch tun solltest.«

Da riss er die Augen auf und tastete sich langsam rückwärts auf das Stadttor zu.

Als Gloom die Bewegung bemerkte, drehte er seinen Wasserspeierkopf zu Connor und spuckte ihm eine Fontäne entgegen.

»*Connor!*«

Mein entsetzter Schrei hallte von den alten Mauern wider, als der Speichel des Speiers Connor am linken Bein traf.

Connor sah erschrocken an sich hinab.

Da streckte ein riesiges Biest hinter uns seinen Kopf aus der Sid.

S.A.M. international

Hamburg – Boston – Rio de Janeiro –
Johannesburg – Tokio

Rundbrief No. 3_Oktober

An alle aktiven Magenten!

Die Hauptverwaltung der S.A.M. international informiert darüber, dass die Verfolgungsbehörde für gefährliche, magische Gruppierungen die **»Elite«** als höchst riskant eingestuft hat. Jeglicher Kontakt mit dieser Organisation ist untersagt, weitere Informationen folgen.
Bei Missachtung des Verbots wird ein internes Ermittlungsverfahren eröffnet. Es droht eine unverzügliche Versetzung in den Innendienst und bei wiederholter Missachtung ein Ausschluss aus der S.A.M.

Immer gutes Geschick!

Im Auftrag:

Amanda Adams

S.A.M. international, Headquarters

20. KAPITEL

Pooka

Zuerst sah ich nur die gigantischen Ziegenhörner.

Natürlich hatte ich schon viel von Bestien jeder Art gehört, denn die Welt der Fabelwesen besteht nicht nur aus Feen. Das hatte man uns in *Magische Wesen* schon in der ersten Stunde eingebläut und es wurde zu Beginn jeder Lehreinheit wiederholt. Und doch war es ein Unterschied, einem solchen Biest nun leibhaftig gegenüberzustehen.

Die Hörner des Wesens waren mindestens so lang wie meine Arme und befanden sich vorne an einem Pferdeschädel mit wilder schwarzer Mähne und weiß glühenden Augen. Bei Pooka handelte es sich um einen Gestaltwandler, der mal als Ziege, mal als Pferd und manchmal auch in Mischformen erschien. Das Rasseln seiner unsichtbaren Ketten war sein Erkennungszeichen – und seine Spezialität lag darin, Menschen zu entführen, um sie zu ertränken. Vorzugsweise in Mooren.

Und dieser Pooka schlüpfte nun immer weiter aus der Sid. Ich konnte schon den pferdeähnlichen schwarzen Körper mit den dürren Beinen erkennen, die in Ziegenhufen endeten.

Mit schnell klopfendem Herzen sah ich die Gasse entlang. Earl und sein magischer Begleiter waren weg, sie hatten sich noch rechtzeitig in Sicherheit gebracht.

Pooka, der jetzt vollständig auf der Treppe angekommen war, richtete sich auf, bis er nur noch auf seinen Hinterbeinen stand, und gab einen gruseligen Laut von sich: halb Wiehern, halb Schreien.

»Weg hier!«, rief ich und stürmte zu Connor. »Pooka ist da!«

Das Biest ließ seine Vorderhufe wieder zu Boden sinken und schaute sich mit leuchtenden Augen um.

»Ich kann nicht!« Ich hörte die Panik in Connors Stimme. »Mein Bein!«

»Nun komm schon, Connor.« Ich zerrte an meinem Freund, der nicht sehen konnte, dass Pooka seinen Kopf herabsenkte und an ihm roch.

Connor beugte sich zu seinem linken Bein. Er zog die Hose hoch, und ich erschrak, obwohl ich bereits geahnt hatte, was mich erwartete.

»Versteinert?«, keuchte ich entsetzt. Ich ließ mich vor Connor auf die Knie fallen und betastete seinen Unterschenkel. Die Haut rund um den Knöchel war grau, rissig und vor allem eiskalt.

»Verdammter Speier«, fluchte ich. Als ich hochblickte, sah ich direkt in die glühenden Augen von Pooka. »Versuch zu laufen, Connor.« Ich richtete mich auf und half ihm, sein Bein anzuheben.

Nach wenigen Schritten ließ Connor sich erschöpft auf den Boden sinken. »Verflucht, ist das schwer. Bring dich in Sicherheit, Elia.«

»Und dich hier alleine lassen?«, schrie ich. »Nie-mals.«

Da senkte Pooka den Kopf wie ein wütender, schnaubender Stier.

Ich zog und zerrte an Connors Bein, doch es half alles nichts.

Mit einem Schwung stieß Pooka seine Hörner unter Connors Arme und hob ihn hoch in die Luft. Er schleuderte ihn auf seinen Rücken und setzte sich in Bewegung.

»Aaaah!«, schrie Connor. »Elia, tu doch irgendwas. Hol mich hier runter! Was passiert mit mir?«

»Connor!« Verzweifelt stellte ich mich Pooka in den Weg und ging in Angriffsposition. Doch das Biest stieß mich mit Leichtigkeit zur Seite, als wäre ich nur eine lästige Fliege.

Ich prallte rückwärts an die Mauer. Ein heller Schmerz schoss mir durch den Kopf, dann wurde alles schwarz.

»Ohnmachtartiger Zustand festgestellt. Sollte Magentin Evander nichts anderes befehlen, wird der Notknopf in zehn Sekunden automatisch ausgelöst«, drang Glendas Stimme durch die tiefe Schwärze zu mir. »… fünf, vier, drei …«

»Stopp«, flüsterte ich.

»Notfallcountdown gestoppt.«

»Na super.« Selmor stöhnte neben mir enttäuscht. »Und ich dachte schon, wir wären jetzt gleich zurück in der Geheimdienstzentrale und würden uns gegrillte Heuschrecken auf Toast servieren lassen.«

»*Connor!*« Ich rappelte mich auf und sofort schoss mir der Schmerz vom Kopf durch den ganzen Körper. »Autsch.«

»Bist du sicher, dass nicht doch lieber der Notknopf ausgelöst werden soll?«, fragte Glenda und klang nahezu besorgt.

»Das wäre wohl wirklich das Beste«, meinte Selmor. »Zumal Pooka ja längst mit Connor über alle Berge ist.«

»Ich soll Connor allein seinem Schicksal überlassen?« Ich fuhr mir mit der Hand prüfend über den schmerzenden Hinterkopf. Kein Blut, stellte ich zu meiner Beruhigung fest. »Okay, das wird nur eine Beule. Sag mal, Selmor, kannst du Pookas Spur aufnehmen?«

Mein Muffel nickte. »Keine gegrillten Heuschrecken auf Toast, ich sehe schon.« Er roch an den Treppenstufen, witterte und lief dann ein Stück an der alten Mauer entlang. »Was ist nun? Willst du Pooka verfolgen oder hier rumstehen?«

Selmor bewegte sich schnüffelnd weiter über das feuchte Gras. Dann bog er plötzlich in eine kleine Gasse ein, die Richtung Altstadt führte. »Er ist da entlanggelaufen. Halte die Augen auf, die Spur ist ganz frisch. Würde mich nicht wundern, wenn er noch in der Nähe ist.«

Weil uns nun wieder viele Menschen entgegenkamen, musste Selmor sich verwandeln. Ich trug ihn als Umhängetasche vor meinem Bauch, damit er gut schnuppern konnte.

»Ich rieche Connor deutlich«, sagte mein magischer Begleiter. »Kannst du ihn sehen?«

Ich schaute mich um. Ein paar Meter vor uns lag ein einzelner Turnschuh. »Der gehört eindeutig Connor!«, rief ich und hob den Schuh auf.

»Wir sind auf dem richtigen Weg«, meinte Glenda frohlockend.

»Wenn es noch nicht zu spät ist«, flüsterte ich und drückte den Turnschuh an mich.

Bald schon hatte ich in den vielen kleinen Altstadtgassen die Orientierung verloren. Immer wenn ich glaubte, einen der Orte schon einmal gesehen zu haben, ließ Selmor mich die Richtung wechseln.

»Bist du dir sicher, dass du die Spur noch hast?«, fragte ich irgendwann und setzte mich erschöpft auf den Sockel einer Statue.

Da begann Glenda plötzlich zu singen. »In Dublin's fair city, where the girls are so pretty, I first set my eyes on sweet Molly Malone, as she wheeled her wheelbarrow, through streets broad and narrow, crying, ›Cockles and mussels, alive, alive, oh!‹«

»Aufhören, Glenda! Sofort aufhören!« Ich konnte es nicht fassen. Connor war in Pookas Gewalt, und meine Uhrenhexe sang so laut Lieder über jemanden namens Molly Malone, dass sogar Passanten mich irritiert ansahen.

»Wie du willst«, sagte Glenda eingeschnappt. »Die Skulptur von Molly Malone, an der du da lehnst, hätte jedenfalls etwas Spannendes zu erzählen. Sie ist eine sogenannte Sprechende Statue – ich müsste nur den Code einscannen.«

»Dafür haben wir wirklich keine Zeit.« Aufgebracht sah ich auf den Bildschirm meiner WitchWatch.

Eingehender Anruf von Molly Malone, stand da.

Ich drückte auf Annehmen. »Hallo?«

»Ich wusste nie, auf was ich hier warte«, sagte eine sanfte Frauenstimme.

Ich drehte mich zu der Statue herum. Die bronzene Fischhändlerin mit ihrem Handkarren trug ein tief ausgeschnittenes Kleid und eine Flechtfrisur. Auf ihrem Wagen lagen mehrere Körbe und drum herum ein paar Bronzefische.

»Aber jetzt ist es mir klar«, fuhr die Frau fort, und ich hatte den Eindruck, als würde mir die Statue zuzwinkern.

»Hör mal, Molly«, sagte ich. »Wir haben es leider eilig. Mein Freund ist von Pooka entführt worden und …«

Wieder blinzelte Molly. »Ich weiß. Ich habe sie gesehen. Erst dachte ich, dass der Junge ein verkleidetes Pferd reitet. Kurz vor Samhain wäre das nicht außergewöhnlich in Dublin. Was glaubst du, was ich schon alles erlebt habe? Ich stehe hier den ganzen Tag herum. Menschen machen Selfies mit mir, und ich merke, dass sie doch nur Augen für sich selbst haben.« Molly Malone lachte auf und wurde dann wieder ernst. »Aber etwas war merkwürdig. Er hat stumm um Hilfe geschrien. Und da habe ich Pooka erkannt. Ich sagte zu ihm: Hör mich an, du verirrter Bewohner der Sid. Es gibt nur einen rechten Weg für dich – du musst den Jungen gehen lassen. Die Menschen sind nicht alle so böse, wie du glaubst. Die meisten von ihnen lieben uns.«

»Und hat er Connor laufen lassen?«, fragte ich atemlos.

Molly Malone seufzte schwer. »Nein, er hat nicht auf mich einfache Fischhändlerin vertraut. Von der Ha'penny Bridge will er den Jungen im Liffey ertränken. Und zwar genau dann, wenn die Uhren an Samhain mittags zwölfe schlagen.«

»Was? Connors Bein ist schwer wie Blei. Er wird wie ein Stein versinken.«

»Nun«, sagte Molly Malone. »Pooka ist nicht für seine Gnade bekannt. Die anderen Fabelwesen, die sich seit Tagen bei mir ausweinen, weil sie aus der Sid ausgesperrt sind, glauben, dass sie sich den Zutritt in die Sid verdienen müssen. Doch Pooka ist von Natur aus grausam.«

»Du verstehst ihn?«, rief ich entsetzt.

»Verständnis ist nichts Schlechtes. Jedes Wesen hat Empathie verdient«, flüsterte Molly sanft.

»Aber Connor wird sterben!«, schrie ich, und einige Passanten starrten mich erschrocken an.

»Ich vertraue auf meine vier Freunde.« Molly Malone war wirklich durch nichts aus der Ruhe zu bringen. »Einer negativen Kraft muss man eine positive entgegenstellen. Vertraue, und du wirst sehen. Die Schwäne Lirs werden dir helfen.«

Ich beendete mit rasendem Herzen den Anruf und sah meine Uhrenhexe an. »Glenda? Wie spät ist es genau?«

»Es ist elf Uhr und 52 Minuten«, sagte Glenda. »Die Entfernung zur Ha'penny Bridge beträgt 450 Meter. Ein durchschnittlicher Erwachsener benötigt sieben Minuten für den Weg.«

Ich rannte los. Bevor ich um die Häuserecke stürmte, sah ich noch einmal über die Schulter zu Molly Malone zurück. Hatte sie jetzt genickt?

»Der Fluss Liffey teilt Dublin in eine Südstadt und in eine Nordstadt«, berichtete Glenda. »Viele seiner Brücken haben berühmte Namen, wie etwa die Samuel Beckett Bridge, die nach dem Schriftsteller und Nobelpreisträger benannt wurde.«

»Sag mir lieber, wie spät es ist«, unterbrach ich sie japsend.

»Es ist elf Uhr und 58 Minuten«, sagte Glenda beleidigt.

Ich stürmte durch die nächste enge Gasse, quetschte mich an Fußgängern vorbei und lief eine Treppe hinab, die auf eine Straße führte. Vor mir lag nun eine Fußgängerbrücke, die nicht viel breiter als das Gässchen war. Viele schmale Stufen führten auf die Brücke hinauf und auf der anderen Seite wieder hinunter. Links und rechts war sie von weißen Metallgeländern gesäumt und über ihr spannten sich drei weiße Bögen mit Laternen. Ich hatte die Ha'penny Bridge erreicht.

Dann plötzlich stockte mir der Atem. Etwa auf Höhe des zweiten Laternenbogens stand Pooka. Er hatte die Vorderhufe auf das Brückengeländer gestemmt und Connor baumelte an seinen Hörnern hoch über dem Fluss.

Schaulustige versammelten sich auf beiden Seiten der Brücke und hielten das Ganze offenbar für ein Samhain-Spektakel. Einige applaudierten sogar oder filmten den schwebenden Connor mit ihren Handys. Pooka konnten sie natürlich nicht sehen.

»*Connor!*«, schrie ich und rannte über die Straße. Irgendwo schlug eine Uhr. Ich quetschte mich durch die Zuschauermenge.

»Es ist genau zwölf Uhr mittags an Samhain«, rief Glenda.

Pooka bog den Kopf zurück und holte weit aus.

»Nein!« Ich stürmte die Stufen zur Brücke hinauf, beugte mich über das Geländer und rief: »Schwäne Lirs!« Mir blieb nichts anderes übrig, als auf Molly zu vertrauen – und hatte keine Ahnung, was jetzt geschehen sollte.

Da wurde unter mir ein Rauschen immer lauter. Ich klammerte mich ans Geländer und sah aus dem mittleren Torbogen einen Schwan fliegen, groß wie ein Ruderboot. Ihm folgte noch einer und dann noch zwei. Insgesamt vier der riesigen Tiere zogen über uns hinweg. Der Luftzug ihrer mächtigen Flügel erfasste mich und presste mich gegen die Brüstung. Die Schwäne drehten einen Bogen über die Brücke und flogen dann tief über dem Flusswasser darunter hindurch.

Da ließ Pooka seinen Kopf vorschnellen und Connor schoss im hohen Bogen über das Brückengeländer.

Wie aus weiter Ferne hörte ich vereinzelten Applaus. Was war nur los mit den Leuten? Ich bückte mich, nahm meine Umhängetasche ab und legte die WitchWatch darauf. »Drück den Notknopf für mich, falls ich nicht wieder auftauche, Selmor.«

»Das Flusswasser ist bittere acht Grad kalt. Du willst da jetzt nicht ernsthaft reinspringen!«, rief Glenda.

»Ehrlich, überleg es …«, begann auch Selmor besorgt, als die Menge durchdrehte. Die Menschen jubelten, johlten und klatschten.

Ich stand auf und beugte mich über das Geländer. An der Stelle, an der Pooka Connor fallen gelassen hatte, rauschten die vier Schwäne unter der Brücke hervor. Und sie waren nicht alleine! In ihrer Mitte trugen sie Connor. Sie hatten ihn aufgefangen. Immer höher stiegen sie über den Fluss auf, zogen noch einen letzten Bogen und drehten dann ab in Richtung Altstadt.

Während ich mir meine Tasche und die WitchWatch schnappte, versuchte ich, die Schwäne am Himmel nicht aus den Augen zu verlieren. Ich zog mein Monokular hervor und stellte fest, dass die Menschen weder die Schwäne noch Pooka sehen konnten. Der aufgebrachte Gestaltwandler stand noch immer unter dem mittleren Torbogen auf der Ha'penny Bridge und scharrte mit den Hufen.

Blitzschnell nahm ich eine der vollmagischen Handschellen von meinem Gürtel, holte aus und schleuderte sie gezielt auf Pookas Vorderbeine. Zischend flog die Fessel durch die Luft und wand sich dann unerbittlich um Pookas Vorderhufe. Das Biest sackte zu Boden, und bevor es auch nur auf die Idee kommen konnte, mit seinem Maul die Fessel aufzubeißen, warf ich noch eine zweite hinterher. Sie fand ihr Ziel und fixierte eins von Pookas Ziegenhörnern am Brückengeländer. Er schrie und wieherte grauenvoll, doch außer mir konnte das keiner hören.

Zufrieden bahnte ich mir einen Weg von der Brücke. Fürs Erste waren die Menschen vor Pooka geschützt.

Ich blickte wieder suchend zum Himmel hinauf und konzentrierte mich auf das nächste Problem: Wohin würden die Schwäne Connor bringen? Und lebte er überhaupt noch?

Magischer Notfall – Definition

Wenn ein Magent sich selbst oder anderen nicht mehr aus eigener Kraft helfen kann, spricht man in der Regel von einem *magischen Notfall*. In einer solchen Situation geht es um Leben und Tod, und der Magent hat alles, wirklich alles getan, um die Lage zu klären. Der Magent ist bereit, die Konsequenzen für das Auslösen des Notknopfs zu tragen.

Auszug aus:
Grundlagen für Magenten
12. Kapitel: Der magische Notfall
76., überarbeitete Auflage
S.A.M. international Publications

21. KAPITEL

Die Schwäne Lirs

Ich stürmte durch die kleine Gasse, wo die Schwäne einen tiefen Bogen über dem Haus der McFergus zogen. Hoch oben auf dem Dach standen zwei Feen und winkten wie Fluglotsen.

Manchmal ist es kaum zu glauben, wie wenig die Menschen wahrnehmen. Spätestens bei einer so plötzlich auftretenden Windböe, wie sie gerade durch Dublins Altstadt rauschte, sollte man doch skeptisch werden und einen kurzen Blick in die nicht vorhandenen Wolken werfen. Vielleicht standen die Häuser hier aber auch nur deshalb so dicht aneinander, damit sich die Feen unbemerkt auf den Dächern bewegen konnten?

Ich ließ mir nichts anmerken, holte den Hausschlüssel hinter dem losen Backstein neben der Tür hervor und stürmte die Treppen zu meinem Zimmer hinauf. Zum Glück waren Connors Eltern nicht zu Hause!

»Noch ein bisschen nach links!«, rief Aruna gerade, als ich die Tür aufriss.

Ich hastete zur Dachluke und schob sie weit auf. Über mir schwebten die Schwäne mit dem bewusstlosen Connor.

»Wehe, ihr lasst ihn zu früh los!«, warnte Aruna.

»Prima, das Fenster ist jetzt offen.« Felia reckte ihren Daumen in die Luft. »Abladen.«

Noch ehe ich etwas sagen konnte, ließen die Schwäne Connor fallen.

Ich konnte gerade noch vom Bett springen, da landete Connor auch schon wie ein schwerer Stein in den weichen Kissen.

»Puh!« Aruna kletterte ihm hinterher. »Das war ja gruselig mit anzusehen.«

Felia blieb in der offenen Luke sitzen und winkte zu den Schwänen hinauf, die sich auf dem Dach niederließen. »Danke, ihr Schwäne Lirs!«

Ich sah Connor besorgt an. Dann betastete ich sein Bein und fühlte seinen Puls, denn ich konnte nicht glauben, dass er tatsächlich heil gelandet war. Doch als ich sein linkes Hosenbein hochschob, erschrak ich. Die Versteinerung war weiter fortgeschritten und hatte sich an seinem Unterschenkel hinauf bis zum Knie ausgebreitet. Ich musste schnell handeln, denn sollte das Speiergift sein Herz erreichen, gäbe es kein Zurück.

Im Gegensatz dazu waren meine aufgeschürften Knie absolut lächerlich. Ich nahm den Wundenverschließer von meinem Gürtel, drückte ihn kurz auf die beiden Stellen und sah dabei zu, wie meine Haut sich in Sekundenschnelle selbst erneuerte. Wäre es doch für Connor auch so einfach!

Da hörte ich von irgendwo ein leises Summen. Eine wunderschöne und traurige Weise erklang, und die Feen stimmten mit ein.

»Musik erkannt: Es ist das Lied der vier Schwäne Lirs«, flüsterte Glenda.

»Es hat auf Menschen eine heimbringende Wirkung«, erklärte Aruna und betrachtete ebenso sorgenvoll wie ich Connors Bein.

»Der Schwanengesang hat schon viele Verirrte nach Hause geführt. Die meisten wissen nur nicht, dass es das Lied der Schwäne war, das sie auf den richtigen Weg gebracht hat. Sie denken immer, es wäre ihr Orientierungssinn.« Felia kicherte. Dann entdeckte auch sie die Versteinerung an Connors Bein. Sie flog zu ihm und tastete mit zittrigen Fingern vorsichtig über seinen Unterschenkel. »Was ist mit ihm passiert?«

»Das war dieser verflixte Gloom«, presste ich hervor. »Earls magischer Begleiter. Er hat ihn angespuckt. Die Versteinerung ist als natürliche Folge nach einem Kontakt mit Speierspeichel bekannt.«

»Versteinerung?«, rief Felia entsetzt.

»Ob Feuerblätter helfen würden?«, überlegte Aruna.

Felia nickte. »Gut möglich ... *hatschi*! Zumindest in der Sid hilft das in solchen Fällen.« Sie warf einen verärgerten Blick auf Selmor, der gerade auf dem Boden seine Muffel-Gestalt annahm.

»Dann nichts wie los.« Aruna breitete ihre Flügel aus.

»Da gibt es nur ein Problem.« Ich seufzte. »Wie wollt ihr die Feuerblätter aus der Sid holen?«

Die beiden Feen sahen zuerst mich und dann sich gegenseitig sprachlos an.

»Das habe ich vor lauter Schreck ganz vergessen«, sagte Aruna niedergeschlagen. Sie setzte sich wieder neben Connor und ließ den Kopf hängen. Ich hatte den Verdacht, dass sie erst jetzt wirklich begriffen hatte, dass sie vielleicht nie mehr zurück nach Hause konnte.

»Connor bleibt nicht mehr viel Zeit«, sagte ich leise. »Mit jeder Minute wird es für sein Herz schwieriger, das Blut durch seinen Körper zu pumpen. Wir müssen uns beeilen.«

Da kroch mir der Geruch von faulen Eiern in die Nase. Aruna und Felia flohen mit tränenden Augen aufs Dach hinaus. Ich setzte mich auf den Boden und nahm den erbärmlich stinkenden Selmor auf den Schoß, um ihn hastig zu streicheln. Bei der MLMB-App gab es ganz offensichtlich noch Verbesserungsbedarf!

Als sich der beißende Schwefelgeruch etwas verzogen hatte, holte ich meinen Harfenkoffer hervor und öffnete ihn. »Wollen wir doch mal sehen, ob wir hier nichts gegen Versteinerungen haben.«

»Gute Idee.« Selmor schnurrte und sprang zu Connor aufs Bett. Dann sah er nachdenklich hinauf in den Himmel. »Eigentlich ein schöner Ort zum Sterben.«

»Selmor!«, riefen Aruna und ich entsetzt im Chor.

»Sooo abwegig ist der Gedanke an den Tod nicht, wenn jemand an einer fortschreitenden Versteinerung leidet!«, verteidigte sich mein Muffel.

Ich seufzte und zog ein Fläschchen nach dem anderen aus dem Harfenkoffer. »Vergiss-es-Tropfen, Unsichtbarkeitspillen, Alterungssaft, Rückverwandlungspastillen«, murmelte ich. »Das hilft uns alles nicht weiter. Außerdem ist die Anwendung von magischen Heilmitteln an Nicht-Magenten riskant. Es kann zu allerlei Wechselwirkungen kommen. Was sollen wir nur tun?«

Glenda sah mich aus der WitchWatch erwartungsvoll an – genauso wie Felia, Aruna und Selmor.

»Was schaut ihr denn alle so?«

Glenda räusperte sich. »Die Antwort lautet: Du bist die Magentin. Sag du uns, wie es weitergeht.«

Ich holte tief Luft und versuchte, mich auf meinen magischen Instinkt zu fokussieren. »Okay, dann lies mir mal aus MAMA vor, was wir alles an Informationen hinzugesammelt haben.«

»Nun«, meine Uhrenhexe räusperte sich. »Der Möchtegern-Magent Earl hat den Schlüssel aus dem Portal zur Sid gezogen und behauptet, dass das Artefakt sich in dem Moment in Luft aufgelöst hat.«

»Ist das glaubwürdig?«

»In der Sid geht so was«, rief Felia durchs Dachfenster herein. »Übrigens: Connors Banshee und diese Vampirin sind schon zweimal unten vorbeigelaufen.«

»Ob sie uns suchen?«, fragte Selmor mit wackliger Stimme und kroch ein wenig näher an mich heran.

»Gut möglich«, überlegte ich. »Sie hoffen vielleicht, dass wir ihnen nun statt Earl nach Hause verhelfen. Aber jetzt lenkt nicht ab! Was hast du gerade gesagt, Felia? In der Sid können sich Dinge in Luft auflösen?« Ich musste fast schreien, denn der Schwanengesang von draußen rauschte inzwischen laut in meinen Ohren.

»Na ja, jedes Feenwesen kann einen solchen Zauber anwenden. Ist kinderleicht.« Felia kicherte. »Schwieriger wird es dann schon, wenn man das weggezauberte Ding wiederfinden will.«

»Feenwesen gibt es viele, kann dein Auge alle schau'n? Eine Fee ist manchmal auch ein alter Leprechaun«, sangen die Schwäne gerade. Dann mischte sich in ihren Gesang plötzlich Flügelschlagen. Die Schwäne stiegen von den Dachziegeln auf und segelten tief über die Häuser davon.

»Aber natürlich! Die Schwäne haben recht! Auch der Leprechaun ist ein Feenwesen Irlands!«, rief ich wie elektrisiert und sah den Schwänen Lirs nach, bis sie nur noch winzige Punkte am Himmel waren. »An der Makademie haben wir gelernt, dass er zwar zu den Feen gehört, aber ein Einzelgänger ist. Es heißt außerdem, dass Leprechauns sehr geizig sind.«

»Das ist wahr!« Aruna flog ins Zimmer zurück und sah mich aus halb zusammengekniffenen Augen an. »Unsere Heilkräuter nehmen sie gerne, aber bezahlen wollen sie die Medizin nie. Außerdem verwalten sie unser Geld. Doch sie bunkern es an geheimen Orten, und wehe, man will es wieder abholen! Sie rücken es nur raus, wenn man es schafft, sie an den Schultern zu packen und sie dann nicht mehr aus den Augen lässt. Das ist gar nicht so leicht, denn ein Leprechaun ist blitzschnell.«

»Geld abholen ist immer ein Abenteuer«, stimmte Felia ihr zu.

»Meistens«, sagte Aruna kichernd. »Nur Fionn McCumhaill kennt diese Probleme nicht. Er hat mal seinem Leprechaun das Leben gerettet, und wann immer er Goldmünzen ausgibt, füllt sein Leprechaun sie ihm gleich wieder auf.«

»Ich will ja wirklich nicht drängeln«, meinte Selmor mit einem Blick zu Connor. »Aber könnt ihr das vielleicht ein anderes Mal vertiefen? Ich fürchte wirklich, dass wir sonst bald die Leichenkutsche der Vampirin benötigen.«

»Kennt ihr einen Leprechaun hier in der Menschenwelt?«, fragte ich Felia.

»Nein, leider nicht.« Sie schüttelte bedauernd den Kopf. »Aber ich glaube, sie können wie wir zwischen der Sid und der Menschenwelt hin und her wechseln. Sie sind nur so verschwiegen.«

»Schon gut«, sagte ich. Seit dem Lied der Schwäne blitzten Bilder in meinem Kopf auf, die plötzlich einen Sinn ergaben. Ich fühlte mich von einer ungeheuren Aufregung gepackt. »Ich muss sofort los!«

»Langsam!«, rief Selmor. »Du willst Connor einfach hier oben alleine liegen lassen? Was, wenn sein Herz versteinert und er stirbt?«

»Die Feen könnten bei ihm bleiben«, schlug ich vor.

Aruna und Felia sahen sich kurz an und nickten dann zustimmend.

»Klar, wenn du uns nicht brauchst?«, meinte Aruna.

»Und nur, wenn du den Muffel mitnimmst«, fügte Felia hinzu.

»Natürlich muss der Muffel wieder mit, während andere zu Hause bleiben dürfen und belegte Brote mit Thunfisch serviert kriegen«, knurrte Selmor, als ich ihn vom Bett hob.

»Und wie willst du ungesehen an der Vampirin und der Banshee vorbeikommen?«, fragte Glenda interessiert.

»Oh nein, die hatte ich schon wieder ganz vergessen.« Ich lief zur Dachluke und sah hinaus. »Aber die Luft scheint rein zu sein.«

»Connor? Elia?«, hörte ich in dem Moment Briannes Stimme vor der Zimmertür. »Seid ihr da drin?«

Panisch sah ich zu Connor. Dann warf ich schnell die Bettdecke über sein versteinertes Bein, während Selmor sich wieder in eine Umhängetasche verwandelte.

Keine Sekunde zu früh. Schon flog die Tür auf und Brianne strahlte mich an. »Angus und ich sind zurück – und jetzt guckt mal, wen wir mit hereingebracht haben.« Sie winkte hinter sich. »Der Arme hat sich vor dem Haus schon die Beine in den Bauch gestanden. Es ist nicht sehr nett, seine Freunde so lange warten zu lassen!«

Verwandlung – Definition

Auf einer Undercover-Mission ist Tarnung das A und O. Manchmal reichen Verkleidungen oder Verstecke nicht aus, damit ein Magent seine Arbeit ungestört verrichten kann. Dann ist es gestattet, kurzfristig in das körperliche Erscheinungsbild einzugreifen. Es gibt eine große Auswahl an Verwandlungshelfern, die in den folgenden Kapiteln näher beleuchtet werden.

Für alle Verwandlungshelfer, egal ob Pillen, Aufgüsse oder Tinkturen gilt aber, dass die Dosierungs- und Anwendungshinweise streng zu beachten sind, da es sonst zu Magenkrämpfen, starker Übelkeit und dauerhafter Verwandlung kommen kann.

Auszug aus:

Grundlagen für Magenten

1. Kapitel: Verwandlung

76., überarbeitete Auflage

S.A.M. international Publications

22. KAPITEL

Der Alterungssaft

Lass dir niemals deine Überraschung anmerken. So lautete die Faustregel 53a im Handbuch für Magenten, die ich erst kürzlich für meine Prüfung gelernt hatte. Diese und alle anderen Magentenregeln waren dank meines fotografischen Gedächtnisses fest in meinem Kopf abgespeichert. Doch ich kannte nicht nur sämtliche Regeln auswendig, ich wusste auch, an welcher Stelle sie auf welcher Seite und in welcher Schrift abgedruckt waren. Über dem Wort »niemals« von Regel 53a war ein winziger schwarzer Fleck in meinem Buch. Man hätte den Punkt für einen Fliegenschiss halten können, wenn man nicht wusste, dass Edvina ihn dorthin gespuckt hatte, als sie gerade ihr schwarzes Ei ausschlürfte und gleichzeitig über Ennos fahrbare Mülltonne lachen musste.

Deutlich schwieriger, als sie zu lernen, war es da schon, die Regeln auch anzuwenden. Ich starrte Earl finster an und versuchte, meine Gesichtszüge unter Kontrolle zu bekommen. Brianne durfte auf keinen Fall Verdacht schöpfen.

»Hey, Earl, du bist schon da?«, rief ich lauter, als es vielleicht nötig gewesen wäre. Irgendwie musste ich ja Selmor übertönen, der Earls Rucksack angriffslustig anknurrte.

Earl taxierte alles in meinem Zimmer ganz genau. Sein Blick wanderte von meiner Umhängetasche langsam zum weit offenen Harfenkoffer bis hinüber zu Connor und verweilte schließlich am offenen Dachfenster.

»Was heißt hier *schon?*« Brianne sah auf ihre Armbanduhr. »Ihr wollt doch bestimmt gleich zusammen zur Parade.«

»Sicher«, sagte ich und stellte mich so vor den Koffer, dass weder Earl noch Brianne den Inhalt länger in Augenschein nehmen konnten.

»Leider können wir euch nicht begleiten.« Brianne schaute mich entschuldigend an. »Samhain ist das Fest der irischen Musik. Angus und ich werden im Pub erwartet. Aber ich hoffe doch sehr, dass wir euch da heute Abend zu sehen bekommen.«

»Unbedingt! Und wir sollten auch gleich aufbrechen«, sagte ich strahlend. »Sonst kriegen wir keinen guten Platz am Straßenrand und ich sehe gar nichts von der berühmten Samhain-Parade.«

Da trat Brianne näher an Connor heran. »Geht es ihm nicht gut?« Sie beugte sich zu ihm hinab und legte ihm eine Hand auf die Stirn. »Er ist so blass. Und ein bisschen verschwitzt.«

Angst und Panik überliefen mich eiskalt. Was, wenn sie sein versteinertes Bein entdeckte?

»Ach, er wollte sich nur einen Moment ausruhen. Wir waren wieder den ganzen Tag unterwegs«, erzählte ich. »Connor hat mir seine Grundschule gezeigt, die alte Stadtmauer, die Ha'penny Bridge, den Süßigkeitenladen – einfach alles.« Zum Beweis hob ich Selmors leere Popcorntüte von *Aunty Nellie's* vom Boden auf.

»Wow! Ja, da wäre ich jetzt auch geschafft.« Brianne zwinkerte mir zu und wandte sich dann zum Gehen.

»Warten Sie, wir kommen mit«, sagte ich hastig. »Wir haben mit Connor einen Treffpunkt verabredet. Er wird später nachkommen.«

»Das wäre genial, dann könntet ihr zwei uns helfen, die Ausrüstung zu tragen.« Brianne stieg vor Earl und mir die Treppen hinab.

Keinen Millimeter wich Earl mir von der Seite. Wie ein Schatten klebte er die ganze Zeit über an mir, als wir durch die Haustür traten und zusammen mit Brianne und Angus ihre Instrumententaschen in den Pub schleppten.

Verkleidete Kinder zogen in Scharen durch die Gassen, trugen Kürbislaternen vor sich her und kicherten aufgeregt.

»Bis die Parade hier ankommt, dauert es noch eine ganze Weile«, sagte Brianne. »Aber das hat Connor euch bestimmt schon erzählt. Er kennt die guten Plätze in der Westmoreland Street, von denen aus man den Umzug gut sehen kann.«

Auf dem Bildschirm meiner WitchWatch erschien eine Straßenkarte. »Die Parade beginnt am Parnell Square.« Ich hielt mir die Uhr ganz dicht ans Ohr, damit ich Glenda verstehen konnte. »Dann geht es über die O'Conell Street und die gleichnamige Brücke zur Westmoreland Street. Hier im Bezirk Temple Bar endet der Umzug und löst sich auf. Die Menschen gehen dann in die Pubs, wo sie noch bis in den frühen Morgen weiterfeiern.«

»Danke, Glenda«, flüsterte ich und begegnete dabei Earls skeptischem Blick.

Im Pub war noch nicht viel los. Nur vereinzelt saßen verkleidete Erwachsene an der Theke oder an den kleinen Tischen, tranken schwarzes

Bier und unterhielten sich lautstark, denn auf der Bühne spielte schon die erste Band.

»Vielen Dank! Dann wollen wir euch nicht länger aufhalten«, sagte Angus. »Wir gehen jetzt in den Keller, um uns einzuspielen.« Er deutete auf eine Tür neben der Bühne.

Kaum hatten er und Brianne sich mit dem Rest ihrer Band von uns entfernt, wurde Earl gesprächig.

»Ich habe einen guten Rat für dich, Elia Evander«, raunte er mir zu. »Versuch bloß nicht, dich zu verdrücken. Denn dann jage ich dir Gloom auf den Hals und du endest als Statue neben deinem Freund.«

Ich starrte auf Earls Rucksack und hatte für einen Moment das Gefühl, dass Gloom darin bei seinem Namen gezuckt hatte.

»Das ist wirklich zu viel der Ehre«, zischte ich. »Womit habe ich deine Aufmerksamkeit überhaupt verdient?«

»Du bist eine grottenschlechte Magentin, weißt du das?« Earl lachte kurz auf. Es war ein falsches, aufgesetztes Lachen und es sollte mich einschüchtern.

Doch den Gefallen tat ich ihm nicht. »Das sagst ausgerechnet du?« Ich lächelte zurück. »Wer von uns beiden hat noch mal den Schlüssel verloren?«

Earls Miene verhärtete sich. Fort war sein arrogantes Lachen. »Ich habe dich durchschaut. Dein Freund Connor liegt halb versteinert im Bett. Du hast deine Gastmutter angelogen, dass sich die Balken biegen. Und trotzdem bist du so verdammt ruhig bei der ganzen Sache. Das kann nur eins bedeuten.«

»Sag es mir, ich bin schon ganz gespannt!« In mir brannte Wut, kochte hoch und höher.

»Du weißt, wo der Schlüssel ist.« Earl beobachtete mich genau.

Und weil ich das bemerkte, wippte ich gelassen zur irischen Musik und lachte ihn an. »Das wäre zu schön, nicht wahr?«, flötete ich und machte ihm ein Zeichen, näher zu kommen. »Aber mal angenommen, ich wüsste es: Dann würde ich es dir sicher nicht verraten.«

Ich konnte Earls lange, dunkle Wimpern beben sehen, als er mir zuraunte: »Es kommt immer auf den Preis an, oder?« Er zog einen kleinen Beutel aus der Jackentasche und hielt ihn mir unter die Nase.

»Was soll das sein?«, fragte ich und tat möglichst desinteressiert.

»Feuerblätter«, flüsterte Earl. »Die brauchst du doch dringend, nicht wahr?«

»Und selbst wenn es so wäre«, sagte ich kühl. Gut, dass er nicht sehen konnte, wie mein Unterkiefer bebte! »Ich handle nicht mit Verrätern, Dieben und Erpressern.«

»Du wirst deine Meinung schon noch ändern.« Earl steckte den Beutel gelassen wieder ein.

»Abwarten«, flüsterte ich zurück und schloss meine Finger eng um das Fläschchen, das ich bei der Inspektion meines Harfenkoffers unauffällig an meinem Gürtel befestigt hatte. Ich drehte mich um und ging zur Kellertür.

Natürlich folgte Earl mir die Stufen hinab.

Der Keller war eiskalt und viel größer, als ich ihn mir vorgestellt hatte. Aus einem Raum hörte man, wie jemand eine Gitarre stimmte. Manche Türen hier unten standen weit offen und es herrschte eine erstaunliche Betriebsamkeit im dunklen Flur. Angestellte des Pubs und Musiker liefen an uns vorbei. Die Wände waren über und über mit Stickern beklebt oder bunt bemalt, es schien so, als hätte jeder zweite Gast sich hier mit einem Spruch verewigt.

Ich öffnete die Tür, an der *Toilette* stand – und prompt versperrte Earl mir den Weg. Er quetschte sich vor mich und sah prüfend in den Raum hinein.

»Darf man fragen, was du suchst?« Ich schaute ihn mit hochgezogenen Augenbrauen an. »Üblicherweise haben Keller keine Fenster, falls du besorgt bist, dass ich dir entwischen könnte.«

»Ich warte hier auf dich.« Earl zeigte auf einen alten Barhocker neben der Toilettentür. »Keine Tricks, Elia Evander, oder …« Weil sich zwei Kellnerinnen an uns vorbei in die Toilette drängten, ließ Earl offen, was dieses *oder* bedeutete.

Ich lief durch den Waschraum und sperrte mich in der letzten Kabine ein. Kaum hatte ich meine Umhängetasche auf dem Boden abgelegt, verwandelte Selmor sich in einen Muffel.

»Ahh«, machte er und reckte sich. »Welch eine Wohltat.«

»Okay«, sagte ich und nahm das Fläschchen mit dem Alterungssaft vom Gürtel. »Wir müssen uns beeilen.«

»Du willst das wirklich trinken?«, fragte Selmor und sah mich skeptisch an. »Und was, wenn die Veränderung dauerhaft ist?«

Ich klappte den Toilettendeckel herunter, setzte mich darauf und las noch einmal die Beschreibung auf der Rückseite der Flasche. »Hier steht, dass der Saft nur für eine Stunde wirkt. Ein Teelöffel sorgt für zehn Jahre Alterung. Ich mache mir also eher Sorgen darüber, dass die Veränderung nicht lange genug dauert.«

»Das ist die weitaus logischere Befürchtung«, stimmte Glenda mir zu. »So eine Stunde ist ja rein gar nichts, wenn man vor einem fiesen Doppelmagenten flüchten muss!«

»Also dann.« Ich schraubte den Deckel von dem Fläschchen und roch an dem schwarzen Sirup. »Urghs.« Die Tinktur roch furchtbar streng, wie eine Mischung aus altem Käse und Salmiakpastillen.

»Nicht so eilig!«, rief Selmor. Er sprang mir auf den Schoß und legte eine Pfote auf meine Hand. »Was ist dein Plan, wenn du dich verwandelt hast?«

Ich überlegte kurz. »Sag mal, Glenda? Gibt es einen zweiten Ausgang aus diesem Keller?«

Glenda stemmte ihre Hände in die Hüften und blaffte mich scharf an. »Verlangst du etwa, dass ich mich in geheime Akten der Regierung einhacke?«

»Ach Quatsch!«, wehrte ich ab. »Hätte ja sein können, dass du Lagepläne gespeichert hast, mit Hauseingängen oder so.«

»Jetzt einmal langsam und zum Mitschreiben, Magentin Evander«, schimpfte Glenda. »Ich habe nur das gespeichert, was du mir in Auftrag gegeben hast. Oder denkst du etwa, dass ich irgendwelche fremden Cookies hier einlagere, statt sie pflichtbewusst zum Tee zu verspeisen?«

»Das glaube ich dir aufs Wort, Glenda. Du bist die allerbeste Witch in der Watch, die ich kenne«, sagte ich beschwichtigend.

»Wie viele kennst du denn?«, fragte Selmor interessiert.

»Und deshalb brauche ich deine Hilfe«, versuchte ich, Selmors Frage zu übertönen. »Falls irgendetwas mit diesem Alterungssaft schiefläuft, musst du bitte den Notknopf für mich auslösen, Glenda.«

»Sehr gerne.« Glenda nickte und hielt mir beide hochgereckten Daumen entgegen.

Ich musste lächeln, obwohl mir eigentlich kotzübel vor Angst und Ekel war. Da ich keinen Teelöffel dabeihatte, setzte ich kurzerhand das Fläschchen an den Mund, atmete noch einmal tief ein, nahm dann einen großen Schluck und dann noch einen.

Im nächsten Augenblick hatte ich das Gefühl, mein Mund stünde in Flammen. Heiß brennend rann der Sirup langsam meine Kehle und die Speiseröhre hinab. Ich hustete und würgte und rang nach Luft.

Jemand klopfte an die Toilettentür, hinter der ich mich vor Schmerzen krümmte. »Hey, alles klar da drinnen?«, rief eine Frau.

»Ja, danke«, presste ich mühsam hervor.

Dann, genauso schnell, wie er gekommen war, verzog sich der Schmerz und machte einer wohligen Wärme Platz. Ich wollte gerade den Deckel auf das Fläschchen zurückschrauben, als ich vor Schreck zusammenzuckte. Meine Hände waren alt und runzelig und mit vielen kleinen Altersflecken übersät.

»Oh«, machte Selmor bei meinem Anblick.

Glenda prustete los vor Lachen. »Einen Teelöffel für zehn Jahre Alterung, das hast du doch selbst vorgelesen. Und wie viel hast du eingenommen?«

»Einen Schluck halt«, sagte ich und verzog das Gesicht. Sogar meine Stimme klang älter, irgendwie heiser und viel tiefer.

Ich öffnete die Kabinentür und trat angstvoll vor den Spiegel.

»Ja, das ist erst mal ein Schock, sicherlich, aber dann hast du schon mal einen Eindruck davon, wie du in sechzig oder siebzig Jahren aussehen wirst«, plauderte Glenda ohne Pause, während ich mein Spiegelbild betrachtete.

Meine Haare waren zu einem grauen Knoten hochgebunden, an meinen abstehenden Ohren hingen lange Ringe und mein Gesicht war runzlig wie ein verdorrter Apfel. Ich trug zu einem karierten Faltenrock eine Blümchenbluse und darüber eine altrosa Strickjacke. Das Ganze wurde von einem fürchterlichen Häkelponcho gekrönt.

»Die Frage ist ja, ob sie nur alt ist oder schon eine Mumie«, murmelte Selmor.

»Würdet ihr mich so wiedererkennen?« Ich schüttelte mich beim Klang meiner Stimme.

»Niemals«, sagten Selmor und Glenda im Chor.

»Dann nichts wie los.« Auf mein Zeichen hin verwandelte Selmor sich diesmal in einen Muff, den ich mir vor den Bauch hängte.

»Die Magiekonzentration hier unten ist übrigens enorm hoch«, vermeldete Glenda.

»Könnte das von Earl und seinem magischen Begleiter kommen?«, fragte ich leise.

»Nicht nur«, sagte Glenda, und mir lief eine wohlige Gänsehaut über den Rücken.

Ich hatte also den richtigen Riecher gehabt.

Earl saß noch immer auf dem Barhocker vor der Toilettentür.

Mein Herz pochte schnell, als ich den Waschraum verließ. Ich zupfte nervös den Ärmel meiner Rüschenbluse über die WitchWatch und stellte zu meiner Beruhigung fest, dass Earl mich keines zweiten Blickes würdigte. Stattdessen lugte er an mir vorbei in den Waschraum hinein. Ich war schon ein paar Schritte gelaufen, als er mir etwas hinterherrief.

»Hey, Sie!«

»Oh, oh«, machte Selmor leise.

Das Blut rauschte laut in meinen Ohren, als ich mich langsam zu ihm herumdrehte. »Meinst du mich, junger Mann?«

»Haben Sie da drinnen ein Mädchen mit langen schwarzen Bindfadenhaaren und abstehenden Ohren gesehen?«, fragte Earl.

»Ah das!« Ich versuchte, mir meine Erleichterung nicht anmerken zu lassen. »Du meinst bestimmt das arme Ding, das sich in einer der Toilettenkabinen eingeschlossen hat und die ganze Zeit vor sich hin schluchzt.« Ich ging einen Schritt auf Earl zu. »Wenn du mich fragst, dann hat die Kleine Liebeskummer. Etwa wegen dir? Keine Sorge, das wird wieder!« Ich winkte Earl zu, drehte mich herum und lief zur Treppe.

»Liebeskummer?«, feixte Glenda, als ich die Stufen hinaufstieg. »Wegen dem?«

»Oh Mama«, stöhnte Selmor. »Ich dachte, ich sterbe vor Angst.«

Oben im Schankraum suchte ich mir einen Sitzplatz an der Bühne und streichelte meinen Muff.

»Hallo, was darf es denn sein?«, fragte John, der mit einem feuchten Tuch den zerkratzten Holztisch vor mir abwischte. Auch er erkannte mich nicht.

Ich bestellte eine Tasse Tee und wartete. Aber nicht auf den Tee. Und auch nicht auf Earl, den ich dank meiner Verwandlung endlich abgeschüttelt hatte.

LEPRECHAUN, der
noun (n)
von irisch: »leipreachán«

Ein Leprechaun, oftmals fälschlicherweise auch als Kobold bezeichnet, ist eine Kreatur der irischen Mythologie und gehört zur Kategorie der Naturgeister. Er ist ein männliches Feenwesen und neben der Harfe ein Wahrzeichen Irlands. Leprechauns sind geizig und sammeln alles, was golden glänzt. Es heißt, dass ein Leprechaun demjenigen seinen Schatz vermacht, der es schafft, ihm auf die Schulter zu tippen.
Für Nicht-Magenten ist ein Leprechaun unsichtbar.
Ein Magent erkennt ihn an seiner kleinkindgroßen Statur und dem zumeist überlangen und sehr ungepflegten Haar. Und wie immer gilt: Ein Blick durch ein Wechselglas verschafft Gewissheit.

Lexikon der Fabelwesen
Prof. Dr. Dr. Emeralda Emerson
S.A.M. international Publications

23. KAPITEL

Das Geheimnis des Leprechauns

»In a shady nook one moonlit night a leprechaun I spied …«, sang Brianne gerade. Angus spielte eine lustige Melodie auf seiner irischen Fiddle dazu.

Es war inzwischen voller geworden im Pub. Die Tische füllten sich, und Kellner und Bedienungen liefen geschäftig hin und her.

Ich nippte gerade an meinem Tee, als ich ihn entdeckte. Ein kleiner Mann näherte sich der Bühne. Auf ihn hatte ich gewartet. Es war der Kerl mit den struppigen Haaren und dem von Falten zerfurchten Gesicht, der mir bei meinem ersten Besuch hier schon aufgefallen war.

»Der da drüben, das muss ein Leprechaun sein«, flüsterte ich Glenda und Selmor zu. »Er hat die typische kleine, gedrungene Gestalt und das ungepflegte, griesgrämige Aussehen.«

Aufgeregt starrte ich das magische Wesen an. Ich hatte ihn gefunden.

Plötzlich bemerkte er meinen Blick und sah mir direkt ins Gesicht. Und dann lief er geradewegs auf die Wand zu, durch die er das letzte Mal verschwunden war.

»Glenda? Versuche aufzunehmen, was der Leprechaun sagt«, raunte ich in meine WitchWatch.

»Alles klar«, flüsterte Glenda.

Ich nahm meine Uhr ab und schleuderte sie in einer schnellen Bewegung quer durch den Pub in Richtung des kleinen Mannes.

Zum zweiten Mal musste ich zusehen, wie er leise murmelnd durch die Wand ging, als wäre sie eine Gardine und keine Mauer.

Als er verschwunden war, sammelte ich die WitchWatch unauffällig wieder ein. »Hast du ihn verstanden?«, fragte ich Glenda.

»Hab ich.« Meine Uhrenhexe nickte. »Einen Moment noch, er sprach in Alt-Irisch, ich muss das erst übersetzen.«

»Aber bitte ganz schnell!« Aufgeregt sah ich in meine Uhr.

Glenda notierte sich eifrig etwas auf einem Notizblock, kratzte sich nachdenklich hinter den Ohren und nickte mir dann zu. »Ich hab's! Sprich mir nach.«

»Oh weh«, murmelte Selmor. »Seht mal, wer da kommt.«

Ich folgte seinem Blick zur Kellertreppe. Earl stürmte die Stufen hinauf und sah sich zornig um.

»Es war ja anzunehmen, dass er unseren kleinen Schwindel irgendwann durchschaut«, meinte Glenda gelassen. »Magenten sind für gewöhnlich intelligente Köpfe. Wobei auch hier Ausnahmen die Regel bestätigen.«

Ich duckte mich hinter einen Tisch, während ich unauffällig noch näher an die Wand heranrutschte, durch die der Leprechaun verschwunden war. Mit der rechten Schulter lehnte ich mich an die Tapete. »Wie lautet denn jetzt der Spruch, Glenda?«

»Bleib, wo du bist, denn einen Leprechaun fängst du nicht.« Glenda steckte das Notizbuch weg.

»Was soll das denn, Glenda?«, zischte ich wütend.

»Er hat uns ent-de-he-heckt«, warnte Selmor.

Ich lugte über den Rand des Tischs und sah Earl, der sich zwischen den Stühlen und Menschen hindurch einen Weg zu mir bahnte.

»Wie war das mit der Intelligenz?«, schimpfte Glenda. »Das *ist* doch der Spruch! Klingt auf Irisch natürlich viel melodischer.«

»Das ist der Spruch? Bleib, wo du bist, denn einen Leprechaun fängst du nicht?«, rief ich erstaunt. Kaum hatte das letzte Wort meine Lippen verlassen, kippte ich langsam durch die Wand.

Earl hechtete vor und griff nach meinem Arm, ich hörte Stoff zerreißen, dann wurde es kurz dunkel um mich herum.

»Autsch, au, ahhh!«, stöhnte ich, als ich den Halt verlor und gegen eine Brüstung schlug. Geistesgegenwärtig krallte ich mich daran fest. Ich befand mich nun hinter der Mauer auf einer schmalen Treppe. Die Stufen führten in einen spärlich erleuchteten Kellerraum hinab, der voller Kisten stand.

Langsam rappelte ich mich auf den Stufen hoch und rieb mir die schmerzende Schulter. Der linke Ärmel meiner Strickjacke und der Bluse fehlten. Earl hatte sie zerfetzt, als er versucht hatte, mich festzuhalten.

Da hörte ich lautes Klopfen an der Wand neben mir. Das musste Earl sein, der im Pub gerade wutentbrannt über mein plötzliches Verschwinden gegen die Mauer schlug.

»Glenda? Selmor?«, flüsterte ich.

»Alles gut bei mir«, vermeldete Glenda. »Kein Glasbruch, nur ein paar durcheinandergeratene Apps. Wie geht es dem magischen Begleiter?«

»Selmor?«

»Hier unten«, meldete mein Muffel sich endlich kaum hörbar zu Wort.

Ich stieg die Stufen hinunter. »Wie lange bin ich eigentlich schon verwandelt?«, überlegte ich laut.

»Genau neunzehn Minuten. Dir bleiben also noch einund...«

»Danke Glenda, das Rechnen ist nicht mein Problem«, sagte ich und beugte mich am Fuß der Treppe zu meinem magischen Begleiter.

Der lag eingerollt in der Ecke und stöhnte. »Als Muff hab ich keine Reflexe. Ich muss mich zurückverwandeln. Biiiiitteeee!«

»Sicher! Sei einfach du selbst. Es ist ja Samhain, da wird sich keiner über dich wundern«, sagte ich und streichelte ihn.

Sekunden später sprang Selmor in seiner Muffel-Gestalt auf die Beine. »Ah, schon viel besser! So ein Leben als Muff wäre wirklich nichts für mich.«

Es war sehr beruhigend, dass Selmor sich ganz offensichtlich nicht ernsthaft verletzt hatte, und ich nahm ihn erleichtert auf den Arm. Dann sah ich mich in dem dunklen Kellerraum um. Die meisten Kisten waren aus Holz. Von Neugier gepackt, öffnete ich eine davon.

»Schaut euch das an!«, rief ich erstaunt, denn die Kiste war voller Schmuck: Armbanduhren, Halsketten, unzählige Fingerringe. »Wisst ihr, was ich glaube? Der Leprechaun sackt oben im Pub diese Sachen von den Gästen ein.«

»Es würde jedenfalls zu seiner Spezies passen«, murmelte Glenda.

Ich sah mich weiter um. Der einzige Ausgang aus dem Raum war unter der Treppe, auf der wir gerade gelandet waren. Dort befand sich eine niedrige Holztür. Ob der Leprechaun dort hindurchgegangen war?

»Taschenlampe, Glenda!« Ich lief langsam zur Tür und leuchtete dabei in alle Ecken. Überall standen Holzkisten, und ich fragte mich, wie lange der Leprechaun seinem diebischen Geschäft schon nachging.

Dann erreichte ich die Holztür und richtete meine linke Hand auf die Klinke aus. »Öffne dich jetzt schnell für mich.«

»Also ehrlich.« Glenda stöhnte. »Wenn wir diese Mission überleben sollten, müssen wir ganz dringend an deiner Reimfähigkeit feilen.«

»Funktioniert doch«, sagte ich zufrieden, denn die Holztür flog mit einem Knall auf und gab den Weg in einen spärlich erleuchteten Gang frei.

Vorsichtig lugte ich hinein. Selmor lief voraus, und ich hatte Mühe, ihm zu folgen. Nach hundert Metern etwa wartete Selmor in einer Kurve auf mich, bevor er in einen langen steinernen Tunnel einbog, an dessen Wänden in regelmäßigen Abständen Laternen flackerten. Am hinteren Ende führte ein kreisrundes Loch in der Mauer in absolute Dunkelheit.

»Da ist er!« Ich hatte den Leprechaun vor der Öffnung entdeckt. Er lehnte an der Wand und starrte mir entgegen, als würde er auf mich warten.

»Ich kann ihn regelrecht riechen«, stimmte Selmor zu.

Fast hatte ich den Leprechaun erreicht, da stieß er sich von der Wand ab und rannte auf seinen krummen Beinen los. Er sprintete genau auf das Loch zu, sprang hoch – und war weg.

»Wo ist er hin?« Ich sah mich erschrocken um. »Wenn das ein Torzauber war, haben wir ein Problem.« Schnell überprüfte ich das Loch in der Mauer. Seltsam. Eine dicke Glasscheibe versperrte den Weg in die dunkle Höhle dahinter.

»Was ist denn ein Torzauber?«, fragte Selmor.

»Damit erschafft man Türen, wo gar keine sind«, erklärte ich. »Es gibt magische Kreaturen, die so etwas ruckzuck zustande bringen. Beim Durchschreiten benennen sie das Ziel – und schwupp sind sie weg.«

»Braucht man dafür einen Zauberspruch? So, wie bei der Wand im Pub?«, fragte Selmor weiter.

»Nein.« Ich seufzte. »Ein Torzauber ist viel komplizierter. Nur der, der ihn heraufbeschworen hat, kennt das Ziel seines Tores. Folglich kann es auch niemand sonst nutzen.«

»Willst du damit sagen, dass wir ihn verloren haben?«, flüsterte Selmor.

»Das ist zu befürchten«, antwortete Glenda leise.

Ich ließ mich an der Mauer langsam zu Boden sinken und fühlte, wie Tränen mir die Kehle zuschnürten.

Soweit ich mich erinnern konnte, hatte ich in meinem ganzen Leben erst dreimal geweint. Beim ersten Mal war ich fünf gewesen und meine Eltern hatten mir kurz vor der Einschulung unser magisches Familiengeheimnis offenbart. Ich hatte eine Nacht durchgeheult, weil ich kein normales Kind war.

Das zweite große Heulen war dann in der Grundausbildung an der Makademie gewesen, als man mich beim Escape-Room-Training in einem Grabgewölbe vergessen und erst nach Stunden befreit hatte.

Am schlimmsten verzweifelt war ich aber gewesen, als Enno die Werkstatt der S.A.M.-Zentrale in Schutt und Asche gelegt hatte. Nach dem Vorfall musste ich wochenlang immer wieder weinen, weil es nichts Gruseligeres für mich gab, als im Zentrum der Aufmerksamkeit zu stehen.

Aber jetzt war ich auf einer Mission. Ich musste mich zusammenreißen. Also wischte ich mir über die Augen und rief mir mein Wissen aus *Die unlösbaren Zauber der Welt* ins Gedächtnis. »Es gibt drei bekannte Fälle von gebrochenen Torzaubern. Und in allen drei Fällen hat nicht das erratene *Wohin* zum Ziel geführt.«

»Und was soll das heißen?«, fragte Selmor irritiert.

»Das heißt, dass wir vielleicht noch eine Chance haben, dem Leprechaun zu folgen«, sagte ich.

»Probieren wir es aus!«, rief Selmor.

Ich stand auf und nahm Anlauf. Ich lief auf den Mauerdurchgang zu, beschleunigte meine Schritte und sprang hoch. Mit einem Knall prallte ich gegen die Glasscheibe und rutschte langsam daran zu Boden. »Autsch.« Ich rieb mir die pochende Stirn. »Das wäre auch zu einfach gewesen.« Ich rappelte mich hoch und klopfte nachdenklich die Scheibe ab.

»Wenn wir nicht das *Wohin* brauchen, um zum Ziel zu kommen«, überlegte ich. »Was könnte uns sonst zu demjenigen bringen, dem wir folgen wollen?«

Noch während ich sprach, dämmerte es mir. Ich trat ein paar Schritte zurück und starrte das verglaste Loch an. Dann presste ich Selmor fest an mich, atmete ein paar Mal tief durch und rannte wieder los. Ich musste es einfach versuchen.

»Das bringt doch nichts!«, rief Selmor ängstlich.

»Außer eine zweite Beule vielleicht«, stimmte Glenda ihm zu.

Ich beschleunigte meine Schritte, spannte meinen Körper an und sprang, so hoch ich konnte. In der Luft rief ich: »Der Leprechaun mit dem Schlüssel zur Sid!«

Als meine Füße wieder den Boden berührten, war ich nicht mehr in dem dunklen Tunnel.

Magische Intelligenz – Definition

Die Fähigkeit eines Magenten, sich in magische Kreaturen jeder Art hineinzuversetzen, ist die Grundvoraussetzung für intelligentes Verhalten bei einer Mission. Oftmals erreicht man viel schneller sein Ziel, wenn man sich auf sein Gegenüber einlässt und sich verständnisvoll für dessen Bedürfnisse zeigt. Kommen dann noch ein umfangreiches magisches Wissen, logische Kombinationsgabe und Kompetenz in übernatürlicher Kommunikation hinzu, spricht man von *magischer Intelligenz.*

Auszug aus:
Grundlagen für Magenten
15. Kapitel: Magische Intelligenz
76., überarbeitete Auflage
S.A.M. international Publications

24. KAPITEL

Schlüssel über Schlüssel

Ich stand in einer unterirdischen Kammer, an deren Wänden es vor lauter Gold und Silber nur so funkelte. Dazwischen flackerten Kerzen in Halterungen, und an den Mauern lief Wasser in kleinen Rinnsalen zu Boden, wo es zwischen Felsgestein versickerte. Es roch modrig nach altem Fisch und Schlick.

Mehr und mehr gewöhnten meine Augen sich an das schummrige Licht, und ich stellte fest, dass das, was hier unten so glitzerte, ausschließlich Schlüssel in allen denkbaren Größen waren. Der ganze Raum war voll davon! Manche lagen auf Seidenkissen, ausgestellt wie königliche Kronen, die meisten hingen aber an kleinen Nägeln an der Wand.

»Wow«, hauchte ich beeindruckt.

»Ja, schön. Ich will aber trotzdem nach Hause«, jammerte Selmor, als ich ihn auf dem Boden absetzte, um mich umzusehen.

Zaghaft streckte ich meine Hand nach einem der Schlüssel aus. Doch kaum berührten meine Finger das glänzende Metall, verschwand er.

»Nanu?«, flüsterte ich erstaunt, denn sobald ich die Hand wegzog, war der Schlüssel wieder da.

»Beim Barte der Leprechauns! Wer bist du, dass du mir bis hierher folgen konntest?«, ertönte eine tiefe Stimme hinter mir.

Ich fuhr herum und stand dem Leprechaun aus dem Pub gegenüber.

»Siehst aus wie ein Mensch, kannst aber keiner sein. Denn mal bist du jung, mal alt und doch verrät dich dein immer gleicher Blick.« Der kleine Mann umrundete mich neugierig.

Glenda räusperte sich. »Darf ich vorstellen? Elia Evander, Magentin der S.A.M. Europa, ausgebildet für magische Vorfälle aller Art.«

»Und hat Magentin Elia Evander keine Stimme, um selbst zu sprechen?«, zischte der Leprechaun.

»Natürlich habe ich …«, begann ich, als es passierte. Mein Magen krampfte sich zusammen und meine Haut spannte, als hätte mich jemand in Kleister getaucht und zum Trocknen in den Wind gestellt. Schmerzerfüllt ging ich in die Knie und presste mir die Hand auf den Bauch.

»Ja, das ist das Mädchen aus dem Pub«, sagte der Leprechaun nickend.

Der Schmerz in meinem Magen ließ nach. Ich sah an mir herab und stellte fest, dass der Alterungszauber verflogen war. Meine Hände waren glatt und ich trug wieder Jeans und Chucks. Sogar meine langen schwarzen Haare klemmten wieder wie immer hinter den etwas zu großen Ohren. Ich war wieder ich – und doch hatte sich etwas verändert. Aber das konnte niemand sehen. Nur wer genau hinhörte, konnte es vielleicht an meiner Stimme erkennen: Ich hatte keine Zweifel mehr.

»Ja genau, ich bin das Mädchen aus dem Pub. Und ich bin gekommen, um den Schlüssel zur Sid abzuholen«, sagte ich.

Da stampfte der Leprechaun wütend mit dem Fuß auf. »Verschwinde von hier!«

»Sie haben ihn, stimmt's?«, fragte ich den kleinen, müffelnden Mann.

»Jaa-ha-haaa!« Der Leprechaun schrie mich aufgebracht an. »Sicher habe ich ihn. Der größte Schatz der Welt ist in meinem Besitz. Ich habe ihn. Er ist mein.«

»Sie sind ein Dieb!«, rief Glenda empört.

Der Leprechaun zuckte zusammen und verstummte. Der Zorn verschwand von seinem Gesicht und machte etwas anderem Platz: Entsetzen. »Ich stehle die Schlüssel nicht. Sie kommen zu mir! Seht ihr diese winzig kleinen hier überall? Sie gehören zu den Schlössern oben an der Ha'penny Bridge, die Pärchen dort anbringen. Sie versprechen sich ewige Liebe und werfen die Schlüssel dann ganz romantisch in den Fluss. Die Stadt entfernt die Schlösser regelmäßig, denn die Brücke ist ein Denkmal. Aber niemand kümmert sich um die vielen Schlüssel im Wasser.«

»Sie tauchen im Liffey, um die Schlüssel an sich zu nehmen?«, fragte ich überrascht.

Der Leprechaun lachte kurz und hässlich auf. Es klang ein bisschen wie das Meckern einer grummeligen Ziege. »Aber nein! Ich habe einen Zauber über Dublin gelegt. Jeder Schlüssel, der gestohlen wurde oder kein passendes Schloss mehr hat, kommt automatisch zu mir.«

»Also auch der Schlüssel zur Sid«, sagte ich leise.

»Richtig!« Der Leprechaun ging stampfend durch die Kammer und winkte mich hinter sich her. »Aber ich bin kein Dieb!«

»Natürlich nicht, wie konnten wir so was annehmen?«, sagte Glenda sarkastisch. »Sie haben bestimmt auch nichts mit den Klunkern in den Kisten unter dem Pub zu tun. Sie doch nicht.«

»Irgendwie sind Sie schon ein Dieb, wenn Sie die Schlüssel nicht zurückgeben«, bemerkte ich.

»Meistens wüsste ich ja gar nicht, an wen.« Der Leprechaun hatte sich etwas beruhigt und zuckte mit den Schultern.

»Aber in diesem einen, besonderen Fall haben Sie schon gewusst, woher der Schlüssel stammte.«

»Sicher«, gab der Leprechaun zu. »Ich konnte mein Glück gar nicht fassen, als er hier erschien.« Er lief durch eine kleine Felsspalte und ging zu einer Nische, in der es hell funkelte.

Ich folgte ihm und staunte.

Selbst Selmor gab ein entzücktes »Wow!« von sich.

Auf einem großen Felsen waren zwölf schwere, handgroße Ringe im Kreis angeordnet. Ich hielt sie zunächst für Vorhängeschlösser oder alte Türklopfer. Doch sie glänzten golden, und jeder der Ringe ging an einer Seite in zwei Hände über, die ein gläsernes Herz mit einer goldenen Krone umschlossen. Sie lagen so, dass die bunten Edelsteinherzen alle mit ihren Spitzen in die Mitte des Kreises zeigten. Jedes Herz schimmerte in einer anderen Farbe, und dort, wo sich die Strahlen im Zentrum trafen, funkelte es so hell weiß, dass ich geblendet war und nicht lange hinsehen konnte.

»Das ist es«, sagte der Leprechaun andächtig. »Das Ende des Regenbogens. Diese zwölf gläsernen Herzen wurden von den Feen vor langer Zeit zur Besiegelung des Abkommens zwischen den Menschen und den Fabelwesen gestiftet. Das Licht des geschlossenen Kreises verleiht dem Besitzer ewiges Leben und unermesslichen Reichtum.«

»Das Ende des Regenbogens?«, flüsterte ich ergriffen. »Darüber habe ich schon viel gehört. Ich dachte eigentlich, dass ein Leprechaun am Ende des Regenbogens einen Topf Gold versteckt hat. Ich hatte keine Ahnung, dass damit tatsächlich einer der größten Feenschätze überhaupt bezeichnet wird.«

»Ich bin froh, dass du das verstehst«, sagte der Leprechaun leise. »Es besteht aus den Schlüsseln zu den alten Portalen zwischen den Welten. Die Menschen haben eins ums andere abgerissen.«

»Und weil die Schlüssel kein Schloss mehr hatten, in das sie passten, kamen sie aufgrund Ihres Zaubers hierher«, folgerte ich. »Aber welcher war der letzte?«

»Der dunkelgrüne«, flüsterte der Leprechaun andächtig.

»Stellt euch das mal vor«, brummte Selmor schwärmerisch. »Ewiges Leben! Das bedeutet: unendlich viele geröstete Eidechsenschwänze an Salbeirouladen.«

»Urghs«, machte Glenda.

Der kleine Mann schaute meinen Muffel verständnislos an und brüstete sich. »Fortan bin ich der Mächtigste der Sid. Keine Banshee, kein Vampir und keine Fee, sondern ein Leprechaun! Ich werde unendlichen Ruhm erlangen und niemand wird mehr über mich lachen.«

»Sie sind ein Genie!«, rief Glenda.

Ich sah stirnrunzelnd auf meine WitchWatch. »Und ein Dummkopf.«

»Wie bitte?« Der Leprechaun stemmte erbost seine Hände in die Hüften. »Ich habe mich wohl verhört. Wie sprichst du denn mit dem Besitzer vom Ende des Regenbogens?«

Ich schaute den kleinen Mann nickend an. »Ja, Sie sind ein ausgemachter Dummkopf. Wahrscheinlich haben Sie Ihr Leben lang davon geträumt, eines Tages diesen Kreis zu schließen. Aber haben Sie auch bedacht, welchen Preis Sie dafür zahlen müssen?« Ich drehte mich um und tat so, als wollte ich die Höhle verlassen.

»Wovon sprichst du?«, fragte der Leprechaun misstrauisch.

»Der Preis für Reichtum und ewiges Leben ist die Einsamkeit. Sie können nun nämlich nicht mehr nach Hause, um ihren Triumph auszukosten. Vielleicht wird nie wieder eine Banshee über Sie lachen, mag sein. Kunststück, wenn Sie nie wieder in die Sid zurückkehren. Ja, Sie sind der reichste Mann der Welt – aber auch der einsamste.«

»Das muss jetzt ein harter Schlag sein!«, plauderte Glenda. »Da rennt man sein ganzes Leben lang verbissen einer Sache hinterher und stellt am Ende fest, dass man sich damit alles andere verbaut hat.«

»Verbaut ist vielleicht das richtige Wort«, sagte der Leprechaun zaghaft. »Aber woher wisst ihr das?« Er hob mit knorrigen Fingern seinen zerzausten Haarschopf an und deutete auf seine Stirn, an der gleich mehrere Beulen zu erkennen waren. »Ich komme tatsächlich seit ein paar Tagen nicht in die Sid.« Er ging zu einem Wasserrinnsal am Mauerwerk. »Normalerweise gehe ich hier hindurch. Das Wasser stammt direkt aus dem Fluss.«

»Über uns ist der Liffey?«, rief ich erstaunt.

Der Leprechaun deutete nach oben. »Ja, wir sind genau unter der Ha'penny Bridge.« Er seufzte schwer und sah mich aus feucht schimmernden Augen an. »Und du glaubst wirklich, dass das Ende des Regenbogens schuld daran ist, dass ich hier festsitze? War es das, wovor die alten Feen immer warnen, wenn sie über das letzte Portal zur Sid sprechen? Hätte ich mich nur ein bisschen für die Geschichten meines Volks interessiert und ihnen *einmal* zugehört! Dann wäre das alles wohl nicht passiert. Denn so will ich gar nicht ewig leben, ich will nach Hause. Auch wenn ich dafür wieder ein ganz normaler Leprechaun sein muss.« Eine dicke Träne kullerte über seine Wange.

»Heimweh ist wirklich schlimm«, meinte Selmor und rieb sich an meinem Hosenbein. »Allein der Gedanke an das gute Essen dort kann einen depressiv machen.«

Ich streichelte meinen Muffel und blickte den Leprechaun an. »Ja. Wir brauchen den Schlüssel zur Sid, um Ihnen dabei helfen zu können, wieder nach Hause zu kommen. Sie könnten wieder rundum glücklich werden, wenn wir das Artefakt jetzt sofort in das Portal einsetzen.«

»Wie denn, wenn ich nicht weiß, wo das Portal ist?« Der Leprechaun fuhr sich verzweifelt durch sein struppiges Haar. »Wir Leprechauns benutzen das Portal ja nicht, uns reicht ein Wasserrinnsal, um zwischen den Welten zu wechseln.« Er klopfte an den Felsen und schrie verzweifelt: »Was soll ich denn nur tun? Selbst wenn ich es wirklich will, ich komme nie wieder zurück. Nie. Wieder.«

»Nicht verzagen, Magentin Evander fragen«, flötete Glenda, und ich musste ein bisschen schmunzeln.

»Jaaa?« Der Leprechaun sah mich fragend an. »Ist das so? Kennst du das Portal zur Sid?« Er umrundete mich aufgeregt.

»Es stimmt«, sagte ich langsam. »Ich weiß, wo das Portal ist.«

Der Leprechaun riss seine Augen weit auf. »Das soll ich dir glauben?«

»Es wird Ihnen wohl nichts anderes übrig bleiben«, donnerte Glenda. »Wir haben kaum noch Zeit.«

»Meine Uhrenhexe hat recht.« Ich atmete tief durch. »Sie wissen doch, dass heute Samhain ist. Das bedeutet, dass gerade sämtliche Fabelwesen aus der Sid schlüpfen. Wenn der Schlüssel nicht vor dem Morgengrauen wieder im Portal ist, haben wir alle hier ein großes Problem.«

Der kleine Mann wurde ganz unruhig. »Worauf wartest du dann noch?«

»Das heißt, Sie würden mir den Schlüssel jetzt geben, damit ich ihn zurückbringen kann?« Ich wagte kaum zu atmen, während ich auf die Antwort wartete.

»Aber ja«, sagte der Leprechaun endlich und nahm den Ring mit dem dunkelgrünen Herzen vom Felsen.

Das Licht im Kreis erlosch mit einem letzten Flackern, als er ihn mir feierlich in die Hände legte. Doch sobald das Artefakt meine Haut berührte, verschwand es.

»Du musst dich darauf konzentrieren, wofür du den Schlüssel benötigst«, sagte der Leprechaun eindringlich.

Ich runzelte die Stirn und schloss die Augen. »Ich möchte, dass alle Fabelwesen wieder nach Hause finden. Und ich möchte, dass die Feen rechtzeitig das Heilkraut für Connor aus der Sid holen können.« Ich blinzelte. »Und ich möchte, dass dieser Leprechaun hier vor mir kein Heimweh mehr haben muss und wieder glücklich ist.« Ich zwinkerte dem kleinen Griesgram zu. Dann blickte ich hinunter auf das glänzende Artefakt in meinen Händen und konnte es nicht glauben. »Wie ist das ...«

»Wie das möglich ist?«, fragte der Leprechaun leise. »Das ist mein liebster Zauber. Ein Leprechaun gibt seine Schätze nicht an irgendwen. Nur an jemanden, der etwas aus selbstlosem Grund verlangt oder den Leprechaun rettet.« Er legte seine Hände über den Ring und murmelte etwas, das sich leiernd wie ein Gebet anhörte. Als er fertig war, lächelte er mich an. »So geh nun.«

»Danke«, flüsterte ich.

»Ich habe zu danken.« Der Leprechaun verbeugte sich sogar ein wenig.

»Japp, alles klar«, sagte Glenda ungeduldig. »Bliebe nur noch die Frage, wie wir hier wieder herauskommen.«

»Ach, das ist nicht schwer.« Der Leprechaun machte eine abwehrende Handbewegung. Er deutete auf halbrunde Metallhaken, die übereinander ins Felsgestein eingelassen waren. »Dieser Schacht führt direkt auf den Gehweg vor der Ha'penny Bridge. Stoßt euch nicht den Kopf! Er ist mit einer Metallklappe verschlossen.«

»Selmor?«, rief ich meinen Muffel, und der wusste gleich, was zu tun war. Er verwandelte sich in eine Umhängetasche und ich hängte ihn mir über die Schulter.

»Also dann.« Ich befestigte den Schlüssel zur Sid sicher an meinem Gürtel und kletterte an den Haken empor.

»Auf Wiedersehen, Magentin Evander!«, rief der Leprechaun mir nach. »Viel Glück! Es war mir eine Ehre, dich kennenzulernen.«

Ich lächelte und sah nach unten, wo nur noch das leise Klimpern der Schlüssel verriet, dass er dort war.

SAMHAIN
noun (n)
von irisch: »Samuin«
Beginn: Vorabend des 1. November

Laut der irischen Mythologie haben an Samhain die Wesen aus der Anderwelt (Sid) Zugang zur Menschenwelt. Der Anlass bringt viele Brauchtümer mit sich, und es galt lange als sehr gefährlich, in dieser Nacht das Haus zu verlassen.

Lexikon der Fabelwesen
Prof. Dr. Dr. Emeralda Emerson
S.A.M. international Publications

25. KAPITEL

Das Portal zur Sid

Tatsächlich gelangten wir über den Schacht bis hinauf zum Fluss Liffey. Oben in der Uferstraße verschlug es mir die Sprache: Tausende Menschen hatten sich dort versammelt. Viele hielten ihr Handy hoch in die Luft, um die gruseligen Wagen und meterhohen Figuren zu filmen, die vorbeizogen. Wir waren mitten in die Samhain-Parade geraten! Gerade lief ein Stelzenmann an mir vorbei, der einen langen schwarzen Frack und unter seinem Zylinder einen riesigen Rabenschnabel trug. Er beugte sich mal links, mal rechts zu den Zuschauern herab und überall erklangen erschrockene Schreie. Am meisten kreischte das Publikum aber rund um eine mindestens drei Meter hohe, überdimensionale Hexe, die in ihren knorrigen Händen eine Laterne durch die Menge balancierte.

Ich drückte meine Selmor-Tasche fest an mich und fädelte mich in den Menschenstrom ein.

»Ey, kannst du nicht aufpassen?«, schrie mich ein vorbeilaufendes Skelett an.

Ich blickte mich um. Und plötzlich war mir, als wäre jeder Zweite hier draußen wirklich ein Fabelwesen aus der Sid. Ein Blick durch mein

Wechselglas gab mir recht. In der ganzen Stadt wimmelte es nur so von magischen Kreaturen.

»Ist das da hinten nicht Pooka?«, rief Selmor.

Der Schreck überlief mich eiskalt. Mein Muffel hatte recht. Inmitten der Feiernden lief Pooka suchend hin und her. Irgendwie hatte er sich von den Fesseln befreien können. Ich wusste, was er vorhatte, Molly Malone hatte uns ja gewarnt: Er suchte sich ein neues Opfer, das er ertränken konnte. Und dieses Mal suchte er offensichtlich inmitten der Parade. Ich musste mich beeilen, wenn ich verhindern wollte, dass gleich ein Unglück geschah.

Da schaute Pooka plötzlich in meine Richtung. Als er mich erkannte, schnaubte er, senkte witternd den Kopf und nahm die Verfolgung auf. Mein Instinkt riet mir zur Flucht. Doch es war klüger, mich mit dem Strom treiben zu lassen, bis ich mich auf der anderen Straßenseite in eine kleine Gasse verziehen konnte.

Auch in den kleinen Nebenstraßen kamen mir Kostümierte und Fabelwesen entgegen, und während ich mich immerzu nach Pooka umsah, musste ich Geistern, Vampiren, Hexen und Monstern ausweichen.

»Das Kettenrasseln kommt näher!«, rief Glenda alarmiert.

Ich umklammerte mit einer Hand meine Umhängetasche und mit der anderen den Schlüssel. Dann rannte ich los.

»Schneller, Elia! Schüttel ihn ab!«, rief Selmor panisch.

Die Nachtluft brannte kalt in meinen Lungen und ich hatte schlimme Seitenstiche. Links neben mir erkannte ich Connors Grundschule, die jetzt in Dunkelheit lag.

Nur noch ein paar Hundert Meter!, machte ich mir selbst Mut. Schon konnte ich das Stadttor sehen. Es stand noch immer weit offen.

»Achtung, denk an die Treppe«, warnte mich Glenda.

Im Laufen zog ich den Schlüssel von meinem Gürtel. »Taschenlampe, Glenda!«, japste ich in die WitchWatch.

Es wurde hell und ich zuckte vor Schreck zusammen. Denn in dem kleinen Durchgang hinter dem Stadttor stand jemand.

»So sieht man sich wieder.« Earl lehnte lässig an der Wand. »Ich hatte also recht damit, dass du mir den Schlüssel heute bringen würdest«, sagte er. »Gib ihn mir, und ich lass dich laufen.« Er wollte nach dem Schlüssel greifen. Doch bei seiner Berührung wurde das Artefakt sofort unsichtbar. Erst als er die Hand zurückzog, tauchte es wieder auf.

»Vergiss es!« Ich krallte meine Finger um den glänzenden Metallring. »Geh zur Seite.«

»Pooka?«, rief Earl laut in die Nacht und ließ seinen Speier Gloom aus dem Rucksack.

»Du sollst zur Seite gehen«, zischte ich und trat näher an Earl heran. Hinter mir wurde Kettenrasseln laut.

»Er ist daaaa«, jaulte Selmor, und ich spürte, wie er zum Muffel wurde und sich an meiner Schulter festklammerte. Ahnungsvoll drehte ich mich um. Pooka kam mit gesenkten Hörnern und weißglühendem Blick langsam auf mich zu.

»Schnapp sie dir, Pooka!«, hörte ich Earl neben mir. »Sie hat den Schlüssel zur Sid.«

»Jetzt wäre ein guter Zeitpunkt, um die Flucht zu ergreifen!«, rief Glenda. Ihre Stimme überschlug sich fast.

Während ich Pooka nicht aus den Augen ließ, quetschte ich mich an Earl vorbei und hastete die Treppe zum Portal hinauf. Verzweifelt suchte ich mit einer Hand nach einer Vertiefung in der Mauer. Die Öffnung für den Schlüssel musste doch hier irgendwo sein!

Pooka stellte sich auf die Hinterbeine.

Da. Ich hatte etwas ertastet. Unmerklich fuhr ich mit dem Zeigefinger über die kreisrunde Mulde. Ich atmete einmal tief ein und dann drückte ich den goldenen Ring in das Portal zur Sid.

Das gläserne Herz begann zu leuchten, und dann strahlte das ganze Portal dunkelgrün auf. Das grelle Licht erhellte den schmalen Durchgang.

»Pass auf, Eliaaaa!«, kreischten da Selmor und Glenda gleichzeitig.

Ich fuhr herum und sah, wie Pooka zum Sprung ansetzte. Schützend hielt ich mir die Arme über den Kopf, duckte mich und wartete auf den Aufprall.

Das Kettenrasseln wurde immer lauter, ich spürte einen kalten Luftzug über mir und hörte Hufe aufsetzen.

Dann war Stille.

»Neeeeinn!«, schrie Earl.

Ich sah vorsichtig hoch. Hinter mir war nichts als grünes Licht. Blendend hell.

Pooka war tatsächlich fort. Wie eine Fliege, die vom Licht angezogen wird, hatte der strahlende Schein der Sid ihn auf die andere Seite gelockt.

»Der ist einfach so durchgerauscht«, hauchte Selmor beeindruckt und hüpfte von meiner Schulter.

»Gut gemacht, Magentin Evander!«, rief Glenda.

Earl trat aus dem nächtlichen Schatten der Gasse ins helle Leuchten der Sid. »Und du glaubst, dass ich den Schlüssel dort stecken lasse?«, zischte er mir entgegen.

»Nun?«, gab ich lächelnd zurück. »Du kannst gerne versuchen, ihn herauszuziehen. Es liegt ein Fluch auf dem Ring.«

»Ich weiß«, sagte Earl, und ich sah den Hass in seinen Augen funkeln. »Aber diesmal bin ich schlauer.«

Ich lachte auf. »Glaubst du?«

Doch die Sorglosigkeit war nur gespielt. Mir blieb keine Zeit mehr, den Schlüssel vor der Dämmerung ein zweites Mal zurückzuholen. Ich musste ihn um jeden Preis verteidigen.

Earl kam langsam die Stufen zu mir herauf. »Uuh, ich bekomme Angst!«

Ich tastete an meinem Gürtel nach einem brauchbaren Werkzeug. »Das solltest du auch!«, rief ich. Das kleine Streichholz lag vertraut in meiner Hand und ich strich damit kräftig über den Boden. Einmal, zweimal und dann flammte es zwischen Earl und mir hoch auf. Ich hatte ein perfektes Laufendes Feuer entzündet. Es war mir besser gelungen als in jeder Trainingsstunde. Aber vor allem wirkte es.

Earl zuckte zurück, denn das Lauffeuer umrundete ihn immerzu.

»Ich warne dich«, zischte ich ihm über die Flammen hinweg zu. »Eine falsche Bewegung und du bist eine lebendige Grusellaterne.«

Schweißperlen glänzten auf Earls Stirn. Er ließ seine linke Hand in die Hosentasche gleiten.

Wenn er glaubte, dass ich das nicht sah, hatte er keine Ahnung von meiner Beobachtungsgabe. Ich fuhr über meinen Gürtel und war bereit, den Schlüssel zur Sid mit allem zu verteidigen, was ich hatte.

Doch als Earl die Hand wieder aus der Tasche zog, war sie leer. Erst als er durch das Feuer griff, wurde mir klar, was er getan hatte: Earl hatte eine Frostbeule gedrückt. Und die legte sich nun schützend über seine Haut, sodass er sich nicht verbrennen konnte.

Panisch sah ich zu, wie Earl sich vom Feuer umtanzt vorsichtig dem Portal näherte und seine Finger langsam um den Ring schloss.

»Wer sagt es denn?«, raunte er mir über die Schulter zu. »Dieses Mal wird er bei mir bleiben.« Er zog an dem Artefakt, das grüne Licht der Sid flackerte kurz. Und dann riss Earl plötzlich erschrocken die Augen weit auf.

Langsam, wie von unsichtbaren Händen gepackt, wurde er in die Sid gezogen. Er stemmte sich mit aller Kraft dagegen, hielt sich an der steinernen Mauer fest, doch der Sog wurde immer stärker. Gloom sprang ihm zu Hilfe und versuchte, ihn zu halten. Sekunden später wurden beide vom gleißend grünen Licht verschluckt und verschwanden in der Sid. Earls Schrei hing noch für einen Moment in der Luft. Dann war Stille.

»Ich sagte ja, der Gnom ist ein Genie!«, jubelte Glenda. »Ich wette, der hat einen zweiten Fluch auf den Schlüssel gelegt, als er ihn dir übergeben hat.«

»Kommen die da wohl jemals wieder raus?«, fragte Selmor und trat näher an das Portal heran.

Ich zuckte mit den Schultern. »Fragt sich nur, welch schaurige Dinge die beiden dort drüben erleben, bevor es so weit ist.«

Glenda und Selmor kicherten.

»Ich darf nach Hause? Ich darf wirklich nach Hause?«, hörte ich da eine weinerliche Stimme am Stadttor. Eine junge Frau in einem weißen Flatterkleid kam langsam und barfuß auf uns zugewankt. »Ich spüre den Sog nach Hause. Stimmt daaas?« Connors Banshee klammerte sich kraftlos an meinen Arm. »Saaaag, dass ich mich nicht täusche.«

»Es stimmt. Du kannst nach Hause.« Ich zeigte auf das leuchtende Portal hinter mir.

Die Banshee streckte ihre Hand aus und ihre langen schwarzen Fingernägel versanken im Mauerwerk. Als könnte sie es nicht glauben, versuchte sie es auch mit der anderen Hand. »Das … das ist … aaaah!«, kreischte sie.

Obwohl es ein Freudenschrei war, hielt ich mir vorsichtshalber die Ohren zu.

Als die Banshee schon zur Hälfte in der Sid war, sah sie mich bedauernd an. »Es tut mir übrigens sehr leid, dass ich euch so viel Angst gemacht habe. Ich dachte wirklich, dass ich ausgesperrt wurde, weil ich als Banshee so unbegabt bin. Deshalb wollte ich Connor ins Reich der Toten befördern, um mich zu beweisen.«

»Unbegabt? Du?«, rief ich ungläubig. »Du bist eine großartige Banshee, einfach zum Fürchten genial!«

Glenda und Selmor kicherten wieder.

»Bitte richte deinem Freund aus, dass ich ihn so schnell nicht mehr besuchen komme. Earl hat mich auf die Idee gebracht.« Die Augen der Banshee leuchteten rot. »Ich bin ein ausgesprochener Dummkopf gewesen.«

»Einsicht ist der erste Schritt zur Besserung«, flötete Glenda.

Connors Banshee schniefte noch einmal herzzerreißend, dann ließ sie sich vom grünen Licht verschlucken.

»Die Fabelwesen werden nun alle zurück nach Hause finden. Fragt sich nur, wann genau sie den Sog spüren«, sagte ich nachdenklich.

»Nicht, dass ich irgendwie drängeln möchte«, sagte Glenda. »Aber fragt ihr euch eigentlich nicht, wie weit die Versteinerung bei Connor schon fortgeschritten ist?«

»Im Moment frage ich mich eher, ob Vampire Lust auf Muffelblut haben«, antwortete Selmor mit wackliger Stimme.

Am Stadttor tauchten ein paar gruselige Gestalten auf. Zwei Vampire und ein leuchtendes, schwebendes Wesen, das ich nicht genauer identifizieren konnte. Ich drückte mich in den Schatten der alten Mauer und wagte kaum zu atmen. Selmor versteckte sich hinter meinen Beinen.

Die magischen Kreaturen stiegen zielstrebig die Stufen hinauf und kamen ganz dicht an uns vorbei. Plötzlich verströmte etwas einen furchtbar modrigen Geruch.

»Puh, dem Gestank nach ist hier ein Geist unterwegs!« Glenda hielt sich die Nase zu.

Mein Herz klopfte schneller, als die Vampire und der Geist bei Glendas Ausruf verharrten und sich kurz umsahen. Ich presste mir die Hand auf den Mund, damit sie mich nicht keuchen hörten. Doch meine Sorge war unbegründet, denn die Gruppe setzte ihren Weg in die Sid unbeirrt fort, und Sekunden später waren die drei durch das Portal verschwunden.

Gerade als ich aufatmen wollte, wurde ein Rattern immer lauter.

»Wo-ho-hooo!«, jaulte Selmor, als ein uns gut bekanntes Vampirmädchen mit seiner Leichenwagenkutsche durchs Stadttor bog und genau auf uns zuraste. Doch zum Glück hatte die Vampirin nur Augen für das Portal. Die Kutsche schaukelte die Stufen hinauf und verschwand im gleißenden Licht der Sid.

»Man stelle sich nur vor, wer sich hier alles herumgetrieben hätte, wäre unsere Lieblingsmagentin nicht erfolgreich gewesen«, murmelte Glenda in die Stille. »Ist das nicht gruselig?«

»Lieblingsmagentin?« Selmor feixte.

»Die Lieblingsmagentin hat noch ein kniffliges letztes Problem zu knacken«, murmelte ich und betrachtete grübelnd die Tools an meinem Gürtel. »Wie wecke ich bloß Fionn McCumhaill, damit auch er die

Sehnsucht zur Sid fühlt und nach Hause geht?« Nach einer schnellen Bestandsaufnahme zog ich die Pistole und reckte sie genau vor dem Portal hoch in den Himmel.

Als ich den ersten Funkenknaller abschoss, breitete sich eine hellgrüne Farbexplosion mit einer rasenden Druckwelle in der Gasse aus, die mich rückwärts gegen die Wand schleuderte. Wie ein Torpedo schoss die Kugel in den Himmel und entfaltete sich wie ein Funken sprühender Fallschirm mit lautem Krachen über der ganzen Stadt.

»Wow!«, schrie Selmor, der sich an mich gekrallt hatte.

»Also wenn das den Riesen nicht aufweckt, dann kann man ihn getrost für immer im Tunnel liegen lassen«, fand Glenda.

Drei Funkenknaller schoss ich insgesamt ab. Dann verließ ich die Gasse hinter dem Stadttor und lief, so schnell ich konnte, in Richtung Altstadt, wo echte und menschliche Gruselgestalten durch die Straßen tanzten.

»Ich will noch nicht nach Hause«, heulte ein kleiner Vampirjunge, der mir an der Hand seiner Mutter entgegenkam »Die Menschen riechen so gut.«

»Reiß dich zusammen!«, schimpfte die Vampirin. »Das war jetzt erst mal wieder genug fremde Kultur. Was für ein Chaos!«

Ich musste laut lachen und war trotzdem froh, als ich endlich den Hauseingang der McFergus erreichte. Der Schlüssel lag noch hinter dem Backstein. Das beruhigte mich, denn es bedeutete, dass Connors Eltern noch unterwegs waren.

Mein Hals zog sich enger zusammen, je näher ich der Tür meines Zimmers kam. Ich hob die linke Hand und rief: »Elia bin ich, öffne dich.«

Auch Glenda musste nervös sein, denn sie vergaß sogar, mich wegen des miesen Reims aufzuziehen.

Die Tür flog auf und ich stürzte hindurch.

Als Erstes sah ich Aruna, die gerade ein feuchtes Tuch auf Connors Stirn drückte. Felia saß auf dem Boden vor meinem Harfenkoffer und las mit verzweifeltem Gesicht die Etiketten der Heilmittel.

»Wir sind zurück«, flüsterte ich und trat ans Bett, um den immer noch ohnmächtigen Connor zu betrachten. »Wie geht es ihm?«

»Ich schätze, es ging ihm schon mal besser«, sagte Aruna leise.

»Hat er Fieber?« Ich setzte Selmor ab, um eine Hand auf Connors Wange legen zu können. Sie war eiskalt.

»Nein, er erfriert eher. Sein Körper versucht, sich gegen die Versteinerung zu wehren«, vermutete Felia.

»Wie weit ist sie denn schon fortgeschritten?«, fragte ich.

Die beiden Feen sahen sich schweigend an.

»Nun sagt schon«, verlangte ich.

Da schlug Aruna die Bettdecke ein wenig zur Seite und ich erschrak. Connors ganzer Unterkörper bis hinauf zum Bauchnabel war zu Stein geworden.

»Es ging plötzlich rasend schnell«, flüsterte Aruna.

»Worauf wartet ihr denn dann noch?«, rief Glenda. »Holt dieses Kraut, aber ein bisschen dalli!«

»Aus der … *Sid?*«, hauchte Aruna.

Felia sah mich gespannt an.

Bevor ich auch nur nicken konnte, verdrehte Glenda die Augen. »Natürlich aus der Sid! Woher denn sonst? Vom Mond?«

S.A.M. international

Hamburg – Boston – Rio de Janeiro –
Johannesburg – Tokio

Rundbrief No. 4_Oktober

An alle aktiven Magenten!

Die Hauptverwaltung der S.A.M. international informiert darüber, dass mehrere Beschwerden aus der Auffüllstation für magisches Gepäck vorliegen. Demnach kommt das Magentengepäck oftmals völlig durcheinander, verschmutzt und nur unvollständig wieder zurück.
Bitte achten Sie bei der Abreise also darauf, dass Sie alles ordnungsgemäß verpacken und sichern.

Immer gutes Geschick!

Im Auftrag:

Amanda Adams

S.A.M. international, Headquarters

26. KAPITEL

Gelöscht, doch nicht vergessen

Ich stand am offenen Dachfenster und starrte hinaus in die Nacht. Connors Versteinerung fraß sich immer weiter in Richtung seines Herzens, und ich wurde mit jeder Minute ungeduldiger.

Draußen tobte nach wie vor das gruselige Spektakel. In der Ferne versprühten meine grünen Funkenknaller eifrig Feuerwerkssalven in den Himmel. Ich stellte mir vor, wie die Fabelwesen alle den magischen Funken und dem Ruf der Sehnsucht folgten und wie glücklich diejenigen unter ihnen sein mussten, die seit Tagen durch Dublin irrten.

Als ich deutlich spürbare Erderschütterungen bemerkte, lächelte ich leicht. Das konnte nur bedeuten, dass Fionn McCumhaill tatsächlich aufgewacht und auf dem Weg nach Hause war.

Ich ging zu Connor und prüfte seine Wangen. Die Temperatur war zum Glück nicht weiter gesunken. »Wo bleiben sie nur?«

»Was, wenn er sti-hi-hirbt?«, jammerte Selmor und setzte sich auf das Kopfkissen neben Connor.

»Na, na«, murmelte Glenda. »Nicht so düster, meine Lieben. Die Feen werden sich schon beeilen.«

»Und ob!«, rief da jemand durchs Dachfenster.

Ich fuhr herum. »Felia! Aruna!«

»Felia, Aruna und die Heilkräuter.« Die beiden Feen winkten mit einem Bündel grüner Blätter ins Zimmer hinein.

»Wie geht es unserem Patienten?«, fragte Aruna, als sie durch die Luke flog.

»Er lebt noch«, sagte Selmor. »So gerade.« Er hatte recht, Connor wurde immer blasser.

Aruna rauschte mit den Blättern zum Bett und schlug die Decke zurück. Die Versteinerung hatte inzwischen die Höhe des Herzens erreicht. »Oh nein, wir kommen keine Minute zu früh!« Sie begann, die Blätter oberhalb der Versteinerung aufzulegen.

»Ihr werdet sehen«, sagte Felia zuversichtlich. »Drei Wochen, und alles ist wieder gut durchblutet.«

»Drei Wochen?« Ich riss entsetzt die Augen auf. »Er wird drei Wochen als Statue hier herumliegen? Wie soll ich das Brianne und Angus erklären?«

»Nee, also wirklich«, meinte auch Glenda. »Da setzt er doch in der Zwischenzeit Moos an.«

Ich sah Aruna nachdenklich an. »Das kann man doch bestimmt irgendwie beschleunigen.«

»Könnte man schooon«, sagte Aruna gedehnt, dann schüttelte sie den Kopf. »Aber das würde er nicht wollen. Glaub es mir.«

»Oh ja!« Auch Felia nickte unheilvoll. »Das will er nicht.«

»Ich bin mir sicher, er würde alles ausprobieren!«, rief ich ungeduldig. »Was muss er dafür tun?«

»Die Blätter langsam lutschen«, sagte Aruna zögernd. »Einfach auf der Zunge zergehen lassen. Aber das ist … Hey, was tust du denn da? Nicht, Elia! Und wenn, dann nur eins.«

Ich hörte gar nicht mehr hin und stopfte Connor ein paar der Blätter, die Aruna gerade so liebevoll auf seiner versteinerten Brust drapiert hatte, in den leicht geöffneten Mund. Hoffentlich war es noch nicht zu spät!

Während ich zusah, wie die Blätter langsam zerfielen, konnte ich mit einem Mal nicht länger verdrängen, was ich noch zu tun hatte. Ich hatte die ganze Zeit gewusst, dass es sein musste, sobald die Banshee keine Gefahr mehr für ihn war, aber es traten mir nun trotzdem Tränen in die Augen.

Langsam ging ich zum Harfenkoffer und holte das Fläschchen mit den Vergiss-es-Tropfen hervor. Es war wohl am besten, wenn ich das so schnell wie möglich erledigte.

»Was wird das denn?«, rief Selmor entsetzt. »Darf ich mich gar nicht vorher von ihm verabschieden?«

»Sentimentalitäten gehören nicht zum Repertoire einer Magentin.« Glenda nickte mir zu.

Ich setzte mich wieder neben Connor auf die Bettkante und holte tief Luft. Denn egal, was Glenda behauptete: Das, was die Regeln des magischen Geheimdiensts jetzt von mir verlangten, war das wohl Schwerste meiner ganzen Mission.

Ich öffnete die Flasche und ließ drei Tropfen auf Connors Zunge fallen. »Es tut mir so leid! Aber ich bin dazu verpflichtet«, flüsterte ich. Und weil ich fast laut aufgeschluchzt hätte, hielt ich dann lieber den Mund.

Plötzlich schluckte Connor, hustete kurz und seine Lider begannen zu flattern.

»Seht nur, seht!«, rief Aruna.

Ich konnte es nicht glauben. Die graue, rissige Haut auf Connors Brust wurde zusehends wieder rosig. Wir hatten es tatsächlich geschafft! Er war gerettet.

»Wo bin ich? Was ist passiert?« Connor öffnete mühsam die Augen. Im nächsten Moment schlug er sich eine Hand vor den Mund und ruderte mit der anderen in der Luft. Er hob den Kopf über die Bettkante und übergab sich in meinen Harfenkoffer, den Felia geistesgegenwärtig zu uns herübergestoßen hatte.

»Ist mir schlecht!« Connor stöhnte. Er nahm das feuchte Tuch von seiner Stirn und wischte sich damit über das Gesicht. Dann übergab er sich direkt noch einmal.

»Puh! Wie erklären wir dieses Schlamassel bloß der S.A.M.?«, flüsterte Glenda mir zu.

Auch den Rest der Nacht übergab Connor sich immer wieder und wurde von Magenkrämpfen geschüttelt. Aruna und Felia überwachten ihn dabei die ganze Zeit heimlich vom Dach aus, denn ich musste mich noch einmal auf den Weg in den Phoenix Park machen, um nachzusehen, ob Fionn McCumhaill dort ein großes Chaos hinterlassen hatte.

Als ich mit der Schlafharfe wieder zurückkam, graute schon der Morgen. Die beiden Feen entdeckten mich vom Dach aus und flogen mir entgegen.

»Im Park ist jetzt alles wieder in Ordnung. Ich habe die verdächtigen Spuren beseitigt, man wird es nun für einen normalen Erdrutsch halten«, sagte ich zufrieden.

Aruna flatterte strahlend auf mich zu. »Vielen Dank, Elia Evander. Für alles.« Sie fiel mir um den Hals und drückte mich fest an sich.

»Das war ja zu erwarten. Wer dankt schon einem Muffel oder einer Witch in der Watch?«, krähte Glenda eifersüchtig.

»Glenda, wir danken dir sogar ganz herzlich!«, rief Felia. »Ich mag dich so sehr, dass ich dich am liebsten mit in die Sid nehmen würde.«

»Mit in die Sid nehmen? So weit kommt es noch!«, wehrte Glenda erschrocken ab. »Wer rettet Magentin Evander denn sonst zukünftig das Leben?«

Wir grinsten uns alle an.

Dann warf Aruna einen bedauernden Blick zum Dachfenster hinauf. »Jammerschade, dass wir uns nicht von Connor verabschieden können.«

Und dann umarmte sie mich noch ein letztes Mal, bevor die beiden Feen ihre Flügel ausbreiteten und tief über Dublins Altstadtdächern davonflogen.

»Flugtickets von der S.A.M. erhalten!«, verkündete Glenda ein paar Stunden später und weckte mich aus einem unruhigen Schlaf. »Es ist zehn Uhr dreizehn am ersten November. Draußen sind frische drei Grad, und das Passwort muss in siebzehn Minuten geändert werden.«

»Was stinkt denn hier so?« Ich setzte mich auf und sah mich nach Selmor um.

Doch der lag friedlich neben mir auf dem Kopfkissen und schlug nun aufgeregt die Augen auf. »Wir fliegen nach Hause? Wann?«

»Heute Mittag. Aber zuvor benötigt der Harfenkoffer dringend eine Reinigung«, verlangte Glenda.

Mein Hals schnürte sich eng zusammen. Ich hatte meine erste Mission tatsächlich erfolgreich beendet. Doch ohne Connor und die Feen wäre das wohl ganz anders ausgegangen. Und nun sollte ich sie schon wieder verlassen?

Um mich von diesen düsteren Gedanken abzulenken, schnappte ich mir meinen Harfenkoffer und trug ihn nach unten in die Badewanne. Er roch wirklich fürchterlich!

»Wieso musst du denn so schnell abreisen?«, fragte Connor, der mir mit traurigem Gesicht folgte. Inzwischen ging es ihm zum Glück schon etwas besser. »Ich habe dir ja noch gar nichts von der Stadt gezeigt.«

Ich zuckte mit den Schultern und drückte eine Ladung Seife auf den Samtbezug des Koffers. »Meine Eltern sind manchmal etwas komisch. Ich wurde nach Hause gerufen.«

»Und ich dachte, du gehst nächste Woche mit mir zur Schule.« Connor seufzte schwer, dann aber breitete sich ein Strahlen auf seinem Gesicht aus. »Wie wäre es, wenn ich einfach stattdessen bald dich besuchen komme?«

»Super Plan«, murmelte Glenda und verdrehte die Augen.

Nachdem Connor und ich den Harfenkoffer trocken geföhnt hatten, riefen Brianne und Angus uns zum Frühstück.

»Gut, dass heute ein Feiertag ist«, sagte Brianne, als wir gemeinsam um den Tisch saßen. »Dann können wir dich gleich alle zusammen zum Flughafen begleiten.«

»Ich wünschte wirklich, du könntest noch länger hierbleiben«, meinte Angus und wischte sich Milchschaum aus dem Bart. »Jetzt, wo Samhain vorbei ist, geht es in Dublin wieder ruhiger zu. Meinst du, es nützt etwas, wenn ich deine Eltern anrufe und ihnen versichere, dass wir dich von nun an nicht mehr aus den Augen lassen?«

»Das beruhigt sie ganz bestimmt!« Glenda kicherte.

Bevor die McFergus noch auf die Idee kamen, dieses Vorhaben in die Tat umzusetzen, murmelte ich etwas Unverständliches und verdrückte mich dann in mein Zimmer, um zu packen.

Die Zeit bis zum Abflug verging rasend schnell. Als es dann so weit war, half Connor mir, das Gepäck nach unten zu tragen.

Angus suchte kopfschüttelnd nach den Autoschlüsseln. »Es tut mir so leid, Elia! Brianne und ich waren wohl einfach zu beschäftigt.« Traurig sah er auf meinen Instrumentenkoffer. »Wir hatten noch nicht mal Zeit, deine Harfe auszuprobieren.«

Wenn der wüsste!

Brianne rief von draußen, dass sie das Auto bereits vorgefahren hätte, aber im absoluten Halteverbot stehen würde. Ich schulterte meinen Seesack und eilte die Treppen ein letztes Mal herab.

Brianne blickte mich entschuldigend an, als ich das Gepäck in den Kofferraum legte. »Ich kann verstehen, dass deine Eltern dich nach Hause holen. Wir haben euch wirklich zu viel allein gelassen. Sei uns nicht zu böse.«

Ich sah sie und Angus, der mir gefolgt war, lächelnd an. »Machen Sie sich keine Sorgen. Ich hatte eine wunderbare Zeit. Meine Eltern sind einfach so … so unnormal.«

Ich setzte mich neben Connor auf den Rücksitz und dann verließen wir Dublins Altstadtgassen Richtung Flughafen. Von der Samhain-Parade waren keine Spuren mehr zu sehen. Die Stadtreinigung hatte ganze Arbeit geleistet. Sogar die Pubs waren wieder geöffnet, alles wirkte, als wäre ein ganz normaler Tag. Niemand hier wusste, dass es in Wahrheit der erste Tag nach einer großen Beinahe-Katastrophe war und wie knapp sie den Ungeheuern der magischen Welt entkommen waren. Ich überlegte, ob der Leprechaun wohl gut zu Hause angekommen war.

Dieses Mal stellte Brianne den Wagen im Parkhaus ab. »Wir wollen uns ja wenigsten in Ruhe von dir verabschieden«, meinte sie mit einem Zwinkern.

Und das taten die McFergus dann auch. Angus zog meinen Harfenkoffer in die Flughafenhalle und Brianne hatte den Seesack geschultert.

Ich lief mit Connor hinter den beiden her und hatte richtige Magenschmerzen, weil mir der Abschied trotz aller Professionalität wirklich schwerfiel.

»Hier, das ist für dich«, sagte ich leise und reichte Connor die Tüte mit dem restlichen Feenlockstoff. Das war zwar eigentlich nicht erlaubt, aber ich brachte es einfach nicht übers Herz, ihm so gar keine Magie dazulassen.

»Was ist das?« Connor betrachtete interessiert die kleinen, nach Schulseife riechenden Marshmallowblumen.

»Was wohl? Feen...«, setzte Glenda an.

Connor sah sich suchend nach der Stimme um.

»Das ist besonderes Marshmallow«, erklärte ich lächelnd. »Es heißt, wenn man es an einem fließenden Gewässer auslegt, lockt man damit eine Fee an.«

Connor staunte. »Du bist echt abergläubisch, was?«

»Oh ja.« Ich grinste ihn an.

Doch er sah an mir vorbei, stutzte und meinte: »Warte mal kurz hier. Ich glaube, dann habe ich auch genau das Richtige für dich. Wo du doch fest an so etwas glaubst.«

Ich schaute ihm nach, als er zu einem Automaten ging und drei Münzen hineinsteckte. Er holte etwas aus der kleinen Klappe und drehte es hin und her.

»Hände auf und Augen zu«, verlangte er, als er wieder vor mir stand.

Ich öffnete die Hände zu einer Schale und schloss die Augen. Doch Connor legte nichts in meine Hände, er schob etwas auf meinen linken Ringfinger.

»Augen wieder auf!« Er strahlte mich stolz an.

Verblüfft sah ich auf meinen Finger, an dem ein Ring aus grünem Plastik funkelte. Er sah aus wie eine kleine Nachbildung des Schlüssels zur Sid!

»Der Claddagh-Ring ist typisch irisch«, sagte Connor verlegen. »Ich hätte dir so gerne mehr über diese Dinge erzählt. Es heißt, dass die Hände, das Herz und die Krone symbolisch für Freundschaft, Zuneigung und Treue stehen.« Er starrte auf seine Schuhspitzen. »Ich dachte, du hättest vielleicht gern eine Erinnerung an Dublin und Irland und … an mich.« Er lächelte vorsichtig.

Ich fiel Connor gerührt um den Hals und bewunderte dann wieder den Claddagh-Ring. »Danke! Das ist toll, Connor. Der Ring wird mich an so vieles erinnern.«

»An mehr, als der Junge ahnt«, raunte Glenda.

»Da wären wir also.« Angus stellte den Harfenkoffer vor dem Schalter der Airline ab.

Während die Mitarbeiterin meinen Pass einlas und das Gepäck aufnahm, legte ich meine Umhängetasche ab und umarmte Brianne zum Abschied.

»Pass gut auf dich auf, Elia. Vielleicht bist du ja mal wieder in Dublin, dann würden wir uns freuen, wenn du uns besuchen kommst«, sagte sie.

»Unbedingt«, bekräftigte Angus und drückte mich ebenfalls an sich.

»Vielen Dank für alles«, sagte ich leise und konnte nicht aufhören, Connor zu beobachten.

»Mach's gut, Elia. Und du musst nicht weinen! Ich komme dich besuchen, das habe ich schließlich versprochen«, sagte er und wischte mir eine Träne mit seinem Jackenärmel fort.

»Okay, dann ist es nun so weit.« Ich legte meinen Bordpass auf den Scanner und die Glastür zur Sicherheitskontrolle öffnete sich. »Macht es gut. Und Connor? Ruf mich mal an.« Ich drehte mich ein letztes Mal zu den McFergus herum.

Brianne und Angus hatten sich links und rechts neben Connor gestellt und sahen mir nach.

Connor winkte mir zu und deutete auf seinen Ringfinger. Ich nickte und hob meine Hand mit dem leuchtend grünen Claddagh-Ring.

»Mission erfolgreich beendet«, vermeldete Glenda zufrieden.

»Im Gegensatz zu Connor werden wir das alles nie vergessen!«, sagte Selmor, als ich durch die Glastür ging. »Nicht wahr, Elia?«

»Nie! Besonders nicht das Gekotze von letzter Nacht«, erwiderte ich und versuchte zu grinsen. Gegen Katzenjammer half manchmal ja eine Prise Humor. Doch diesmal konnte ich nicht lachen. Stattdessen brannten mir heiße Tränen im Hals.

Vergiss-es-Tropfen

Zutaten: streng geheim

Mit natürlichen Aromen. Auch bei bekannten Allergien gut verträglich.

Anwendung:

3 Tropfen ins Essen mischen oder direkt auf die Zunge des Nicht-Magenten geben.

Die Wirkung tritt augenblicklich ein und kann **nicht** rückgängig gemacht werden.

Bei Überdosierung kommt es gelegentlich zu starker Verwirrung.

Achtung:

Oft färbt sich die Zunge vorübergehend schwarz!

Für Magenten nicht zum Verzehr geeignet.

27. KAPITEL

Die Kunst, einen Muffel zu hüten

Brauchst du Kopfhörer?«, fragte mich die Stewardess, die mit einem Körbchen durch die Reihen ging.

»Wieso? Sind etwa Banshees an Bord?«, rief Glenda erschrocken.

Die Stewardess schaute sich irritiert um.

»Kleiner Scherz.« Ich lächelte und nahm die eingeschweißten Kopfhörer entgegen. »Ehrlich, Glenda, du bringst mich immerzu in Schwierigkeiten«, flüsterte ich in meine Uhr, als die Stewardess weitergezogen war.

»Ich?« Glenda stemmte die Hände in die Hüften. »Da gibt es ganz andere, die dich in Schwierigkeiten bringen werden, wenn du sie nicht schleunigst streichelst.«

Ich sah aus dem Fenster und stellte mir vor, wie Connor gerade ohne Erinnerung an unser Abenteuer mit seinen Eltern nach Hause fuhr. »Wenn ich jemals so wie Enno eine magische Erfinderin werde, dann entwickle ich Erinnere-dich-Cracker, mit denen man sich für eine kurze Zeit wieder an das erinnern kann, was von den Vergiss-es-Tropfen aus dem Gedächtnis gelöscht worden ist«, sagte ich zu Selmor, während ich ihn streichelte. Doch aus meiner Umhängetasche kam nur ein leises Schnarchen.

»Eine schöne Idee«, meldete sich Glenda da. »Ich werde es auf deiner To-do-Liste abspeichern. Und wenn ich schon dabei bin: Darf ich den Masterplan deiner ersten Mission mit *erledigt* markieren und ins Archiv bringen?«

»Ja.« Ich lehnte mich lächelnd zurück und schloss die Augen. In Gedanken ging ich noch einmal durch, was ich alles in diesen Masterplan eingetragen hatte. Der Einbruch in die Marsh Library, die Banshee, das Vampirmädchen, der falsche Magent, der Leprechaun und vieles mehr zogen an mir vorbei. Und ich dachte an die Dinge, die in der Liste fehlten, die aber für immer mit diesem Abenteuer verbunden sein würden. Wie Connor.

Erst nach der Landung öffnete ich die Augen wieder. Ich hatte den ganzen Flug durchgeschlafen. Kein Wunder, nach *der* Nacht!

Ich holte meinen Seesack und den Harfenkoffer ohne Zwischenfälle aus der Gepäckausgabe und ging in die Ankunftshalle.

»Elia Evander, hier bin ich!«

Ich sah mich suchend um. Dann entdeckte ich Edmondo, den Busfahrer der Makademie, der heftig winkend am Ausgang stand.

»Es tut mir so, so leid für dich«, sagte er und nahm sogar seine Sonnenbrille ab. Es musste etwas wirklich Tragisches passiert sein.

»Wovon sprichst du, Edmondo?«, fragte ich sorgenvoll. In Gedanken spielte ich alle möglichen Schauerszenarien durch, die sich in meiner Abwesenheit ereignet haben könnten. Sonderbarerweise hatten alle mit Enno zu tun.

»Nicht hier, vor den ganzen Leuten.« Edmondo übernahm mein Gepäck, ging nach draußen und warf alles achtlos hinten in den Bäckereiwagen. Dann stiegen wir vorne ein und er startete den Motor.

»Ahh«, machte Selmor. Er verwandelte sich auf meinem Schoß zurück in einen Muffel und reckte und streckte sich ausgiebig.

»Oh Elia. Gräm dich nicht zu sehr. Wenn du möchtest, könnte ich ein gutes Wort für dich bei Rosie einlegen«, sagte Edmondo, während er den Bulli durch die Stadt lenkte. »In der Bäckerei ist immer viel zu tun und mit Ablenkung kommt man einfach leichter über so was hinweg. Deine armen Eltern! *Das* haben sie sicher nicht erwartet.«

»Was ist passiert, Edmondo?« Mein Herz klopfte bis zum Hals. Ich sah ihn angstvoll an.

»Na, dein Einsatz. Epione ist nicht gut auf dich zu sprechen. Gar nicht gut! Wie lange hast du durchgehalten, bevor du den Notknopf gedrückt hast?«, fragte Edmondo vorsichtig.

»Das ist eine Fehlinformation. Der Notknopf in dieser WitchWatch wurde nicht gedrückt, das würde ich als zuständige Uhrenhexe ja wohl mitbekommen haben!«, rief Glenda entrüstet.

Edmondo wäre fast in ein wartendes Auto gekracht, so verblüfft war er. »Willst du behaupten, dass du den Fall so schnell gelöst hast?«

»In drei Tagen und 21 Stunden«, gab Glenda Auskunft. »Rekord ist das aber nicht. Es gab mal eine erfolgreiche Mission in Schottland, die nur zwei Tage und achtzehn Stunden dauerte.«

»Und ich habe mir die ganze Zeit tröstende Worte für dich zurechtgelegt.« Edmondo fluchte, als wäre das nun schlimmer, als wenn ich den Notknopf gedrückt hätte. »Verflixt noch eins, Elia! Herzlichen Glückwunsch! Ich habe es ja gleich gewusst. Schon als du mit sechs Jahren zum ersten Mal in meinen Bus gestiegen bist.«

Glenda lachte. »Sagten Sie nicht gerade …«

»Schweig, Glenda!«, zischte ich in meine WitchWatch. »Danke, Edmondo. Ich kann es tatsächlich gar nicht erwarten, auf die nächste Mission geschickt zu werden.«

»Ja, das klingt ganz nach Elia Evander!« Edmondo trommelte zufrieden aufs Lenkrad.

Kaum hatte Edmondo den Bulli vor *Rosies Backstube* geparkt, wurde die Beifahrertür aufgerissen.

»Magentin Evander?«, flüsterte Edward. »Bitte gehe unauffällig durch die Bäckerei nach oben. Epione erwartet dich, ich komme gleich nach.«

Ich nickte, nahm Selmor auf den Arm und stieg aus. Die Stadt roch ganz anders als Dublin. Und Rosies Backstube erst! Auf einmal merkte ich, wie sehr ich den Geruch von ihren frischen Zimtcroissants vermisst hatte. Alles kam mir plötzlich so fremd vor, und ich fragte mich, ob ich tatsächlich erst vor vier Tagen von hier aufgebrochen war.

Als ich mit dem Paternoster auf dem Dach ankam, wurde in einigen der Büros noch gearbeitet. Epiones Tür stand weit offen.

»Was ist denn das für eine Stimmung?«, flüsterte Glenda mir zu. »Man hat ja das Gefühl, zu einer Beerdigung zu gehen.«

»Mir ist auch schon ganz mulmig«, murmelte Selmor.

Epione saß an ihrem Schreibtisch, tief über eine Akte gebeugt.

Ich klopfte zaghaft an, und als Epione nicht reagierte, schob ich mich in das Büro und schloss die Tür hinter mir.

»Setz dich doch.« Epione blickte nicht mal auf.

»Irgendwie habe ich mir den Empfang feierlicher vorgestellt«, meinte Selmor leise. »Ich dachte, es werden zumindest ein paar Schnittchen gereicht oder so …«

»Zumal wir unsere erste Mission erfolgreich erfüllt haben«, fiel Glenda mit ein.

Epione klappte die Akte zu und schaute mich ernst an. »Was war da bitte bei dir los, Elia? Du hast in der Zeitung gestanden und hättest damit unser Geheimnis verraten können! Und damit nicht genug – du hast deinen Gastgeber in die Arbeit der S.A.M. eingeweiht und ihn in Lebensgefahr gebracht.«

»Das klingt gaaar nicht gut«, stellte Glenda unheilvoll fest.

»Elia!« Epione legte ihre Fingerspitzen aneinander, als müsste sie sich sehr beherrschen. Sie beugte sich über den Tisch. »Ist dir klar, dass du für massenhaft Zeugen gesorgt hast? So was darf nicht passieren!«, zischte sie und schlug bei jedem der letzten Worte auf die Schreibtischplatte.

»Ich musste Connor einweihen, weil ihn seine wahnsinnige Banshee sonst getötet hätte. Und die Zeugen haben alle Vergiss-es-Tropfen erhalten. Na ja, bis auf den Möchtegern-Magenten, aber der hat gerade ganz andere Probleme«, verteidigte ich mich.

Epione lehnte sich perplex zurück. »Was soll das heißen, Möchtegern-Magent?« Ihre Stimme nahm endlich wieder eine normale Lautstärke an.

Ich zuckte mit den Schultern. »Er heißt Earl und sein Bruder ist wohl ein Mitglied der S.A.M. Er selbst will es aber in eine Gruppe schaffen, die sich Elite nennt. Und um dort aufgenommen zu werden, sollte er den Schlüssel zur Sid besorgen und die Fabelwesen dazu aufhetzen, in Dublin für Chaos zu sorgen.«

»Earl?« Epione überlegte. »Der Name sagt mir nichts.« Dann stand sie auf und winkte mich zu der kleinen Sitzgruppe, wo sie auf die Tischplatte tippte. Auf dem leuchtenden Bildschirm öffnete sie mithilfe ihres Fingerabdrucks eine App, die *Wer-bin-ich?* hieß. »Kannst du mir ein

Profilbild von dem Jungen erstellen? Jeder, der absichtlich einen magischen Vorfall auslöst, wird umgehend auf die internationale Fahndungsseite der S.A.M. gesetzt. Die Anhänger der Elite sind leider bekannt für solche gefährlichen Aktionen. Sie richten Chaos in der Welt an, weil sie glauben, die Magie und die Herrschaft über alle magischen Kreaturen stünden allein ihnen zu. Ich glaube, ohne die Elite gäbe es kaum magische Notfälle. Und sie werden immer stärker. Das macht mir ehrlich gesagt schone eine ganze Weile Sorgen.« Epione seufzte und stand auf. »Na ja, wie dem auch sei, du kennst dich ja mit der Anwendung der App aus. Und lass dir Zeit.« Sie ging zurück zu ihrem Schreibtisch. Als sie an meinem Harfenkoffer vorbeikam, stutzte sie.

»Oh, oh«, machte Selmor.

Ich beobachtete, wie Epione sich herabbeugte und an dem Gepäck roch. »Was zum Kuckuck hast du damit angestellt? Das stinkt wie ein Ziegenstall.«

»Ach, das«, sagte ich gedehnt. »Ja, das tut mir echt leid. Aber es ging bei der Sache um Leben und Tod.«

Epione richtete sich wieder auf und zog die Augenbrauen hoch. »Eine genaue Erklärung werde ich dann in deinem Bericht lesen, nicht wahr?«

Mit *Wer-bin-ich?* Fahndungsbilder zu erstellen, hatte mir in der Ausbildung immer viel Spaß gemacht. Wir hatten uns die miesesten Schurken dafür ausgedacht. Jetzt fand ich es aber nicht so leicht, ein Bild von Earl zu zeichnen, mit dem andere ihn erkennen würden. Es dauerte fast zwanzig Minuten, bis ich mit dem Ergebnis zufrieden war.

»So, das ist er.« Ich zeigte Epione das Profilbild. »Er trägt sein Haar mal mit Gel zurückgekämmt und mal etwas länger. Seine Jacke ist schwarz. Da im Rucksack ist sein magischer Begleiter Gloom, ein Speier.«

Epione betrachtete die Zeichnung eingehend. »Okay, Elia«, sagte sie. »Dann speichern wir das ab und du bist für heute fertig.« Sie sah auf und lächelte mich an. »Ich bin übrigens sehr stolz auf dich, dass du deinen ersten Einsatz so schnell und erfolgreich ausgeführt hast. Mit deinen eigenen Methoden zwar, aber erfolgreich. Und das ist es, was am Ende zählt.«

Ich spürte, wie mir bei dem unerwarteten Lob die Hitze in die Wangen schoss. »Danke, Epione! Aber darf ich dir noch was sagen, bevor ich nach Hause fahre?«

Die Leiterin der S.A.M. machte eine abwehrende Handbewegung. »Schreib es in den Einsatzbericht. Ich erwarte ihn bis morgen früh.«

»Es hat aber nichts mit mir oder mit meinem Einsatz zu tun.« Ich stand auf. »Es war nicht Eddi, der den Notknopf gedrückt hat. Das war Earl. Er hat ihn ausgetrickst.«

Wenn Epione diese Information wichtig fand, dann ließ sie es sich nicht anmerken. Sie nickte mir zu, führte mich zur Tür und sagte: »Morgen früh!«

Kaum hatte ich ihr Büro verlassen, fiel die Tür hinter mir ins Schloss.

Eine Sekunde später riss Epione sie wieder auf und kam nach draußen. »Ich habe ganz vergessen, dich um die Rückgabe der WitchWatch zu bitten!« Sie hielt ihre Hand auf. »Du kannst dann gleich in der Ausgabe für Magententools vorbeigehen und dir bei Emmy eine gescheite SmartWatch abholen.«

»Ich muss Glenda wieder hergeben?«, rief ich erschrocken.

»Du musst natürlich nicht«, sagte Epione. Verwundert sah sie mich an. »Die Testphase war für die Dauer einer Mission angesetzt, und ich dachte, dass du erleichtert bist, diese nervtötende Quasselstrippe wieder loszuwerden.«

»Das ist ja wohl die Höhe!«, zeterte Glenda.

»Wenn es okay ist, würde ich Glenda, also die WitchWatch, gerne behalten. Sie ist mir richtig ans Herz gewachsen.« Ich musste lächeln, als Glendas Wut sich augenblicklich in Rührung verwandelte.

Sie kam ganz nah an den Bildschirm heran und flüsterte mit feuchten Augen: »Ist das wahr?«

»Wenn sie es doch sagt«, maulte Selmor und verdrehte die Augen.

Epione lachte. »Sicher darfst du sie behalten. Aber ich erwarte deinen Testbericht zur WitchWatch ebenfalls bis morgen. Und jetzt lass mich raten, Elia Evander: Selmor willst du auch behalten?«

»Als wäre das verwunderlich«, schnauzte mein Muffel Epione an. »Welchen Grund sollte es geben, mich nicht behalten zu wollen?«

Ich grinste ihm zu und Epione verzog sich laut lachend in ihr Büro.

»Ist ganz gut gelaufen, oder?«, fragte Edward. Er lehnte an der Wand neben dem Paternoster und hatte offenbar auf mich gewartet.

»Mal abgesehen davon, dass uns kein Toast mit Lachs, Gürkchen und einem Hauch Mayonnaise serviert wurde«, murrte Selmor.

»Prima.« Edward stieß sich von der Wand ab. Auf dem Weg nach unten lächelte er mich an. »Deine Eltern sind übrigens informiert worden, dass du gleich nach Hause kommst. Um auffällige Begrüßungsszenarien zu vermeiden, dürfen sie dich natürlich nicht abholen. Aber du kannst bei Edmondo im Bus mitfahren. Er startet gleich seine Tour.«

In meinem Bauch kribbelte es plötzlich vor Aufregung. Aber das wollte ich vor Edward nicht zugeben. »Danke!«, sagte ich deshalb nur knapp und schulterte meinen Seesack.

Zum zweiten Mal innerhalb einer Stunde brauste ich mit Edmondo durch die Straßen der Stadt. Doch dieses Mal saß ich nicht im Taxi, sondern ganz hinten im recht vollen Bus der Makademie. Mein Seesack lag neben mir und Selmor hatte sich auf meinem Schoß eingerollt. Hin und wieder schmatzte er im Schlaf, und ich hätte wetten können, dass er von Eidechsenschwänzen träumte.

Lächelnd drehte ich den Claddagh-Ring an meinem Finger und sah verträumt auf die WitchWatch, wo Glenda mit dem Großreinemachen begonnen hatte. Da blinkten auf dem Display plötzlich die Worte: *Eingehender Anruf von Connor.*

Aufgeregt drückte ich auf Annehmen, und eine Sekunde später erschien Connors Gesicht auf dem Bildschirm. »Hey, Elia!« Er winkte mir zu. »Ich wollte hören, ob du gut zu Hause angekommen bist.«

»Ja, fast.« Ich nickte. »Ich sitze im Bus und in zehn Minuten muss ich aussteigen.«

Connor kam ganz nah an den Bildschirm heran und flüsterte: »Ich habe vorhin eins von den Marshmallows probiert, die du mir gegeben hast. Da ist etwas Merkwürdiges passiert.«

Mein Herz klopfte schneller. »Du hast eins gegessen??«

»Ja, und ich hatte den ganzen Mund voll Schaum. Seifenschaum. Die Dinger riechen nicht nur nach Seife – ich glaube, das sind gar keine Süßigkeiten! Wusstest du das?« Connor grinste.

»Nein«, sagte ich entsetzt. Verdammt, ich hatte ganz vergessen, dass Connor keiner Nascherei widerstehen konnte. »Aber dann iss sie bitte nicht mehr.«

»Kein Stück!«, rief Connor und tat so, als müsste er würgen. »Die restlichen Blüten lege ich wohl wirklich am Liffey aus. Mal sehen, ob mich eine Fee besucht.« Er lachte und lachte über diese Vorstellung. Dann zwinkerte er mir zu. »Mach's gut, Elia! Wir hören voneinander.«

»Ja, bis bald, Connor! Und grüß mir die Feen«, sagte ich und legte schmunzelnd auf.

»Nächster Halt: Erlenweg«, tönte es aus den Lautsprechern im Bus.

Ich griff nach meinem Seesack und hängte mir Selmor, der sich für den Heimweg wieder in eine Umhängetasche verwandelt hatte, über die Schulter.

Als die Bustür sich öffnete, wehte mir ein Hauch von Schwefel entgegen.

Ich schlenderte durch den Erlenweg nach Hause. Alles war wie immer. Ilseborg hockte vor ihrem Haus und kratzte mit einem alten Messer Unkraut aus den Steinfugen des Gehwegs. Theo saß nebenan auf einem wackeligen Hocker an seinem schneeweißen Gartentor, das er gerade mit der nächsten Farbschicht überzog. Ein sonderbares Glücksgefühl durchströmte mich und ich lief schneller.

»Ah, Elia«, brummte Theo griesgrämig, als ich an ihm vorbeikam. »Ich dachte schon, du bist ausgebüxt. Nicht, dass es mich wundern würde.«

»Begrüßt man so seine Nachbarin? Du meine Güte, obwohl er kein bisschen nach Schwefel stinkt, hätte ich ihn glatt für einen Muffel gehalten!«, rief Glenda aus meiner Uhr.

»Soll das eine Beleidigung sein? So miese Laune wie der hat nicht mal ein Muffel«, schimpfte Selmor. »Höchstens ein Leprechaun.«

Theo ließ den Pinsel in seinen Farbtopf fallen und blitzte mich an. Langsam erhob er sich.

»Der guckt, als wollte er dir jetzt am liebsten einen Malaysischen Murmelschocker an den Hals werfen.« Selmor feixte.

»Bist du jetzt schon genauso durchgeknallt wie deine Eltern?«, krähte Theo und wischte sich aufgebracht über die Wange, was eine weiße Farbspur in seinem Gesicht hinterließ.

»Ich sag's ja: keine Manieren, der Kerl«, meinte Glenda spitz.

Ich zuckte mit den Schultern und lächelte Theo unschuldig an.

Da stand auch Ilseborg ächzend auf. »Sieh an, Elia Evander, du lässt dich also auch mal wieder im Erlenweg blicken.« Sie kam langsam auf mich zu und deutete dabei mit ihrem erdigen Messer zu unserem Haus hinüber, das zu meiner Beruhigung unversehrt war. Ilseborg trat noch näher und raunte: »Aus eurem Schornstein steigen neuerdings ringförmige schwarze Rauchwolken auf.«

Ich folgte fasziniert der Bewegung von Ilseborgs frisch gestutztem mausgrauen Pottschnitt. Sie hatte recht: Wie aus einer Kanone abgeschossen, stoben mit einem lauten Knall drei dunkle Rauchringe nacheinander aus unserem Kamin in den bewölkten Abendhimmel.

»Was hab ich gesagt?«, hauchte Ilseborg mir zu und presste sich erschrocken eine Hand auf die Brust. Sie wies auf die Ascheflöckchen, die auf uns herabregneten. »Ich habe schon seit Tagen diesen Ruß auf meinen Fensterscheiben.«

»Was wahrlich ein Jammer ist«, tönte Glenda verständnisvoll. »Am Ende kriegt man gar nicht mehr mit, was die Nachbarn so treiben.«

Ilseborg zog langsam die Augenbrauen hoch, und ich beeilte mich, sie zu beruhigen. »Da sitzt bestimmt nur ein Vogelnest fest, ich werde meinen Eltern sagen, dass sie den Schornsteinfeger rufen sollen.« Ich nickte Ilseborg zum Abschied zu und war richtig stolz auf meine schlagfertige Ausrede. Das Tarnungs- und Undercovertraining war auch im Alltag manchmal unbezahlbar!

»Vogelnest?«, rief Selmor lachend, als ich weiterlief. »Das sind eindeutig Explosionen durch den Gebrauch von zu viel Drachenschmauch.«

»Wo der Muffel recht hat«, stimmte Glenda ihm lauthals zu.

Ich schaute über die Schulter zurück. Ilseborg sah mich an, als wäre ich eine Außerirdische, die gerade aus einem Raumschiff gestiegen war.

Vielleicht sagte ihr Blick aber auch: Jetzt sind sie alle verrückt geworden! Ich war mir nicht so sicher.

Nur eines wusste ich ganz genau: Auch wenn mein aufregendes und fantastisches Leben als Magentin gerade erst begonnen hatte und dank Selmor und Glenda viel komplizierter und unvorhersehbarer geworden war, als ich jemals gedacht hätte, würden manche Dinge sich niemals ändern.

Wie zur Bestätigung knallte es da erneut in unserem Kamin und ein dicker Rauchring schoss aus dem Schornstein.

SMS-Posteingang

Magenten-WitchWatch,
SIM-Kartennr. 000 001
Inhaberin: Elia Evander

Hey Elia,

ich komme gerade vom Fluss zurück und habe etwas so Schräges erlebt, das glaubst du nicht! Es ist absolut verrückt: Ich habe eine Fee gesehen. Ernsthaft. Du hattest recht! Sie heißt Aruna, sieht dir zum Verwechseln ähnlich und ist so groß wie ein Drumstick. Ich soll dich schön grüßen. Jetzt grüble ich seit Stunden, woher diese Fee dich wohl kennt?

Mach's gut,
Connor

Foto: © privat

Autorin

Anja Wagner wuchs in einer kleinen Stadt im Münsterland auf, wo sie im Alter von zehn Jahren an ihrem ersten Schreibwettbewerb teilnahm und wo ihr Schreibtisch noch immer steht. Seit 2009 hat sie zahlreiche Kinder- und Jugendbücher verfasst, die mit verschiedenen Literaturpreisen ausgezeichnet wurden. Nur manchmal, wenn das Fernweh sie packt, reist sie in ferne Welten, um sich dort von den Legenden und Mythen zu neuen magischen Geschichten inspirieren zu lassen.